醫統江山

第二輯

卷3

真相殘酷

石章魚 著

什麼富貴榮華、無上皇權
唯有活著，這一切才能屬於自己
人死如燈滅，所有屬於自己的一切
也都會在一夜之間易主！

目錄

第一章

水火無情

胡小天暗叫不妙，
水火無情杜天火還未現身，刀魔風行雲已經循跡先行趕來，
面對兩大高手，自己也沒有取勝的把握。
表情鎮定如故，笑瞇瞇望著殺氣逼人的風行雲道：
「風行雲，你還要不要臉，刀都被我搶來了，
還死皮賴臉地跟上來糾纏，當真以為我不忍心殺你嗎？」

胡小天話音剛落，已經向四人衝去，這次發起的進攻毫無徵兆，即使處在他身邊的閻怒嬌也沒有預料到。胡小天就是要攻其不備出其不意，先下手為強，在對方尚未完成攻擊陣式之前，將之全部剷除。

四道長鞭幾乎在同時啟動，他們的速度雖然夠快，可是胡小天的動作更快，在對方的進攻還沒有成型之前，已經欺入他們的陣營之中，伏虎擒龍手閃電般扣住一人咽喉，喀嚓一聲已經折斷了對方的頸椎。

三名襲擊者顯然沒有料到胡小天的速度如此之快，倖存的三人慌忙舞動長鞭向胡小天纏繞而去，長鞭揮舞之時火焰迅速沿著長鞭蔓延開來，三道長鞭猶如三條火龍一般，吐著火舌狂舞而來。

胡小天抓起那人的屍體，以之作為武器向前方迎去，燃燒的三條長鞭纏繞到屍體身上。胡小天抓住時機又靠近一人，一拳重擊在對方的後心，以胡小天如今的功力，全力攻出的一拳豈是對方能夠抵抗，一拳打得那人口中鮮血狂奔，眼看已經無法活命了。

閻怒嬌從腰間掏出一顆磷火彈，趁著對方不備，砸在倖存一人的身上，磷火彈熊熊燃燒起來，不過那人身體周圍有鱗甲防護可以隔絕火焰，他帶著一身熊熊燃燒的火焰向胡小天撲了上去。

胡小天接連幹掉兩人，看到這人突然就衝了上來，雖然胡小天武功遠勝於對方，可是畢竟對他身上的磷火有所忌憚，準備躲避的時候忽然聽到身後閻怒嬌道：「接著！」她取出那柄胡小天從風行雲手中搶來的秀眉刀扔了過來，剛才胡小天因為要照顧薛靈君，所以一直將秀眉刀放在她這裡保存。

胡小天一把將秀眉刀接過，反手就是一刀揮出，這一刀正砍在對方的脖子上，那遍身磷火的突襲者頓時身首異處，一顆仍然在燃燒的腦袋嘰哩咕嚕地滾了出去。

猶自燃燒的身軀失去頭顱之後繼續前衝，胡小天用秀眉刀在他的胸膛上輕輕一點，止住這無頭屍首前衝的勢頭，隨後向後方撤退，躲開對方跌倒之時散落一地流火的波及。

秀眉刀上沾染了一朵流火，宛如鮮花般怒放在刀尖之上。

四名偷襲者如今只剩下一人活命，他望著胡小天，滿面惶恐之色，轉身欲逃，胡小天手中秀眉刀一抖，內息震動秀眉刀發出嗡嗡聲響，那朵流火突然飛起，射向那名想要逃走的偷襲者，流火的速度遠比不上胡小天啟動的速度，流火為至，胡小天已經來到對方身後，一刀刺入對方的後心，刀尖從對方的前胸透露出來，偷襲者望著從前胸冒出的雪亮刀尖，雙手微微揚起，話都未說出一句，便軟綿綿撲倒在了地上。

河面上磷火漸漸熄滅，空氣中瀰散著一股焦臭的味道，胡小天將秀眉刀從屍體上抽出，回到薛靈君的身邊，低聲道：「咱們走！」

閻伯光目睹胡小天接連幹掉了四名襲擊者，心中對他更是懼怕，知道今晚想要逃出生天，必須要依靠胡小天的幫忙，默不作聲跟在他們的身後。

閻怒嬌道：「他們之中肯定沒有杜天火在內。」

閻伯光道：「興許他這次沒來呢。」

胡小天道：「也許一直都在暗處觀察著咱們，這些人只不過是他用來試探咱們實力的犧牲品。」

閻伯光聞言不寒而慄，此時已經可以看到遠方村落亮起的燈光，他的心中頓時萌生出逃生的希望：「亮燈的地方是梁家村，咱們到那裡就應該安全了。」

薛靈君不清楚今天到底發生了什麼，也無暇去問，當務之急就是逃離險境，一切要等到他們離開再說，頭腦漸漸清醒之後，她忽然想起了一件很重要的事情，應該呼叫救兵，她怎麼忘記了這麼重要的事情，薛靈君停下腳步，取出隨身攜帶的五彩穿雲箭，取出引線點燃，手臂高舉指向夜空之中。

伴隨著一聲尖銳的鳴響，一道宛如彗星般的金色光芒直衝夜空，於黑暗夜幕之中炸響，蓬的一聲巨響，一朵五彩繽紛的煙花綻放在夜空之中。

胡小天三人仰望夜空，望著那朵五彩煙花，閻怒嬌輕聲讚道：「好美麗！」

薛靈君喘了口氣道：「我的屬下看到這朵煙花會知道我遇到了危險，他們會在最短的時間內過來相救。」

胡小天點了點頭，大雍此次使團之中高手不少，收到薛靈君的求援訊息之後，肯定會集結高手前來這裡幫忙。

閻伯光道：「接下來咱們要做的是什麼？」

薛靈君道：「等待救援！」

閻伯光愕然道：「豈不是坐以待斃？萬一那個水火無情追上來怎麼辦？」

胡小天低聲道：「長公主殿下說得不錯，與其盲目逃走，不如在這裡靜待救援，我看他應該就在附近。」

一顆忽明忽暗的光芒在不遠處閃現，它吸引了胡小天的目光，應該是一隻螢火蟲，淡綠色的光芒忽明忽暗，像黑暗中的光子精靈，又像是天空中的星辰，河面上，樹叢中，一顆顆的光芒升騰而起，在他們前方形成了一幅美麗而夢幻的畫卷。

胡小天想到了他和龍曦月落入陷空谷的那個晚上，也是看到了這樣的情景，硝煙過後，這樣的景象靜謐而安詳，讓人的心情不由自主隨之放鬆。

一陣夜風吹過，送來了一陣雨霧，螢火蟲的光芒非但沒有因為雨霧而熄滅，卻變得明亮了許多。

胡小天此時方才覺得不對，螢火漸漸向他們靠近，三三兩兩地聚攏在一起，螢火變成了流火。

胡小天一刀揮出，內力貫注於刀身內，捲起狂飆氣浪，將流火向後方吹蕩開來，流火蕩動了一下，然後又迅速聚攏在一起，成千上萬顆螢火聚攏成團，短時間內已經成為一個火球，直徑在一尺左右，旋轉著向胡小天追逐而來。

胡小天表情凝重，掩護其餘三人沿著河岸向下游繼續撤退。

火球在後方不急不緩地追逐著，如同滾雪球一般越滾越大，尺寸短時間內已經增加到了一丈有餘，猶如一個熊熊燃燒的太陽，將周圍一切照得亮如白晝。

火球經歷之處，樹木草叢立刻燃燒。

此時天空中又開始下起雨來，幾人不敢停留，拚命向山下奔去。閻伯光大聲道：「孤山寺，前面就是孤山寺，咱們可以進去避一避。」

胡小天舉目望去，但見前方出現了一座小廟，想來就是閻伯光口中的孤山寺，再看身後那團火球直徑竟然擴展到驚人的兩丈左右了。胡小天向閻怒嬌道：「你帶他們先過去，我處理了這個火球之後馬上過來。」

閻怒嬌點了點頭，和閻伯光一起護著薛靈君全速奔向孤山寺。

胡小天將秀眉刀插入地上，抓起一旁磨盤大小的岩石瞄準了那個熊熊燃燒的火球猛然用力扔了過去，岩石砸到火球之上，火球瞬間分裂，化成漫天螢火。

這下麻煩更大，看著那一點點螢火鋪天蓋地向自己包圍而來，胡小天慌忙抓起地上的秀眉刀，從地上飛掠而起，在空中已經看到三人就快接近孤山寺的大門。胡小天自空中俯衝而下，後發先至，先行來到了廟門前，用力將廟門推開。

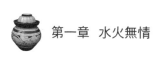

薛靈君、閻怒嬌、閻伯光三人從廟門魚貫而入，胡小天最後一個進去，跟閻伯光一起合力將廟門關上，閻伯光從門縫中向外望去，卻見那大火球重新聚攏成型，正飛快向廟門撲來，他驚呼道：「壞了，火球，火球又來……」

胡小天道：「讓開！」兩人慌忙讓到大門兩側，此時那火球已經來到廟門處，撞擊在廟門之上，蓬的一聲，火光四射，巨大火球化成無數流火，廟門和周圍的院牆瞬間陷入熊熊火海之中。

短時間內整個孤山寺的院牆全都燃燒了起來，閻伯光站在院落之中，看著外面升騰起的火光，嚇得面無血色，喃喃道：「完了，完了，這次要被活活燒死了。」

薛靈君和閻怒嬌也是花容失色，胡小天最為冷靜，他安慰眾人道：「不用驚慌，火勢一時半會不會蔓延到這裡，只要咱們多撐一會兒，說不定援軍就到了。」

此時一個冷酷的聲音道：「胡小天，我看你還能逃到哪裡去？」

眾人轉身望去，卻見大雄寶殿的屋頂之上，刀魔風行雲傲然而立，夜風吹起他身上黑色的披風，宛如一道風中飄揚的黑色旗幟，他的身體筆直挺立，紋絲不動，整個人流露出不可一世的鋒芒，猶如一柄出鞘的利刃。

風行雲的目光盯住了胡小天手中的秀眉刀，這柄讓他引以為傲的長刀，不知斬落了多少成名高手的頭顱，代表著他榮譽和威嚴的長刀，如今正乖乖躺在胡小天的手中。

胡小天暗叫不妙，水火無情杜天火還未現身，刀魔風行雲已經循跡先行趕來，面對兩大高手，自己也沒有取勝的把握。他的表情卻鎮定如故，笑瞇瞇望著殺氣逼人的風行雲道：「風行雲，你還要不要臉，刀都被我搶來了，還死皮賴臉地跟上來糾纏，當真以為我不忍心殺你嗎？」

胡小天最擅長的就是哪壺不開提哪壺，前世在心理學上的研究畢竟沒有白費，任何人都有弱點，即使是風行雲這樣的高手也不例外，越是高手越是將名譽看得高於一切。

風行雲怒道：「混帳，今日我不殺你誓不為人！」右手從身後抽出一柄長刀，這柄長刀比起秀眉刀還要長，更要寬厚許多，看來風行雲手中還有不少的替代品。

胡小天以傳音入密向閻怒嬌道：「你帶他們先去後院，我來對付他，記住一定要保護好公主。」

風行雲從大殿屋頂俯衝而至，雙手將長刀高舉過頂，人刀合二為一，在外人的眼中，他整個人猶如一柄絕世名刀，鋒芒外露，殺氣逼人。

胡小天和風行雲有過交手經歷，那時他用軟劍，風行雲用秀眉刀，剛才的那場交鋒，胡小天多數時間都處在下風，直到最後方才靈光閃現，感悟到不僅劍氣外放可以殺敵於無形，他的虛空大法一樣可以起到這樣的效果。更為重要的是，他的劍氣外放距離隨心所欲相差甚遠，一直都是時靈時不靈，可虛空大法的運用他已經達到了隨心所欲的境界。

風行雲這次使用的長刀雖然也非凡品，但畢竟無法和秀眉刀相提並論，胡小天的眼界要遠超自身的功力，從風行雲這次的攻勢他就已經察覺到細微的差別，這差別就在於武器的不同，風行雲這次的攻擊竟沒有以禦氣為先。究竟是風行雲改變了戰術，還是因為經過剛才的那場大戰讓風行雲內力損耗過度？那就不得而知了。

硬碰硬的比拚，胡小天從來就不害怕，秀眉刀迎擊而上，他不通刀法，以刀作劍。風行雲攜居高臨下之力，一刀劈砍而下，長刀和秀眉刀撞擊在一起，雙刀撞擊在一起，火花四射，風行雲一擊未中迅速後撤，借著胡小天的反震之力重新回到大殿屋頂之上。

胡小天也擔心他會有後招，向後退了三步，戰術上的撤退，絕非是承受不住對方的力量。

風行雲手中長刀豎起，刀刃之上已經出現了一個黃豆大小的缺口，這柄長刀雖非凡品，可是在堅韌程度上要比秀眉刀差上一籌，硬碰硬的比拚中，風行雲顯然吃了虧，風行雲已經悟出人刀合一的境界，可是他在這一境界之中並未走得太遠，能夠做到人刀合一必須是手握秀眉刀，倘若更換武器，他的刀法就會大打折扣，甚至於他利用這把長刀的時候，也沒有把握百分百可以刀氣外放，這才是他選擇第一招和胡小天硬碰硬的真正原因。

可風行雲畢竟是刀法大師，一流高手，這一次硬碰硬的對抗馬上讓他完全進入了戰鬥狀態，真正的高手會在實際交手之中迅速調整自己，找出自己的不足，熟悉自己手中的武器，並根據武器選擇最合適的戰法。

胡小天在武功上的感悟遠不到風行雲的境界，跟他相比，風行雲如同一個善於理財的高手，可是理財高手再厲害，遇到的是一個擁有無盡寶庫的富家子，就算胡小天怎麼敗，也敗不光這筆天降橫財。

風行雲第二刀已經攻出，這次的目標卻不是胡小天，虛空一斬，凌厲的刀氣於無形之中劃過夜空，從胡小天頭頂的上方掠過。

胡小天原本做好了躲避的準備，卻沒想到對方竟然錯失了目標，心中暗自奇怪，按理說這種事情本不該發生在風行雲的身上，非但錯過，而且相差甚遠，刀氣掠過的範圍距離他至少還有三丈。

刀氣劃過胡小天身後的鐘樓，凜冽刀氣擊碎了鐘樓外牆的磚石，斬斷了束縛銅鐘的鐵鍊，鏘啷一聲，粗大的鐵鍊應聲而斷，數千斤重量的銅鐘脫開了束縛，從高處墜落而下，跌在石階之上，然後騰躍翻滾，朝著胡小天覆壓而來。

風行雲的這一刀計算得極其巧妙，對力度和方向的把握幾近完美，甚至連銅鐘的落點都計算得清清楚楚。

胡小天唯有向右側躲去，他可沒有把握擋住這口銅鐘。

在胡小天躲閃的剎那，風行雲的攻勢再度啟動，銅鐘畢竟是死物，此前和胡小天交手的經歷讓他意識到，胡小天有能力可以躲開這口銅鐘，風行雲並沒有指望這口銅鐘可以將胡小天砸死，他的目的就是要利用這口銅鐘封住胡小天的退路，壓榨胡小天的移動空間。

逼狗入窮巷，然後再完成必殺一擊。積蓄已久的內力貫注於刀身，刀身綻放出耀眼奪目的光華，即使是最普通的長刀，風行雲也可以讓它發出最為璀璨的光芒。

此時風行雲的心中忽然忘卻了這把刀和秀眉刀的分別，刀在此刻只是一個載體，真正的殺招還是無形刀氣，一道無形刀氣脫離刀身飛劈而出，這道刀氣的威力絕不遜色於風行雲利用秀眉刀所發，也就是在此時他忽然明白這幾年辛苦修煉卻始終沒有取得進境的原因，是秀眉刀束縛了他的進境，刀可以讓你如虎添翼，可是當你的刀法修煉到了一定的境界，刀就會成為束縛你前進的桎梏，如果不是胡小天搶走了他的秀眉刀，他一時半會兒還感悟不到這個真諦。

胡小天當然不會知道風行雲此刻的內心變化，他能夠感悟到風行雲刀氣的到來，秀眉刀雖在胡小天的手中，但對他來說還是長劍更為得心應手一些，就算是一把光禿禿的劍柄，也能夠運用虛空大法凝水成劍，而現在胡小天卻不知如何應付，剩下的唯一辦法就是逃避，避其鋒芒，依然採用剛才的戰術消耗風行雲的內力。

胡小天一連變換了三種身法，方才將風行雲揮出的這道刀氣徹底避過，刀氣從胡小天的身邊橫飛而出，繼續向前，劈砍在孤山廟的廟門之上，廟門原本就被流火燒掉了大半，刀氣輕易就將廟門轟擊得四分五裂，已經被烤焦的院牆也在這一擊之下轟然倒塌，煙塵瀰漫之中飛起萬千火星。

胡小天望著從後方飛撲而至的千萬點螢火心中暗叫不妙，丹田氣海自然而然虛懷若谷，虛空大法讓他周圍的無形空間猶如塌陷下去，形成巨大的吸力，一點點螢火朝著胡小天飄飛而去，在夜空中形成一條美麗的軌跡，燦若星河，星河的匯集處卻是胡小天手中的秀眉刀。

螢火聚攏在秀眉刀周圍，形成了一柄散發著奪目光芒的長刀。

風行雲也因為眼前這奇特的一幕暫時忘記了進攻，他此前看到胡小天凝水成劍，現在又看到這廝聚火成刀，如此年輕竟然擁有如此修為，這樣下去那還了得？這樣發展下去，再過幾年，自己也不會是他的對手。

胡小天手中秀眉刀猛然一揮，內息猛吐，刀身上的千萬點螢光陡然脫離刀身向風行雲劈去，螢火蟲組成的長刀不是刀氣，顯然做不到無跡可尋，可是一把由螢光組成的長刀全速劈向風行雲，這樣的場面也是難得一見。

風行雲不敢硬碰，手中長刀揮出，又是一道無形刀氣迎擊而出，撞擊在螢光刀影之上，碰撞聲中，光影宛如碎裂一般重新化成千萬點螢光，淡綠色的螢光四面八方向風行雲包繞而去。

風行雲手中長刀一抖，順時針旋轉形成光盾，護在自己身體前方，意圖阻止螢光靠近自己，可是長刀沾染到那螢光之後，刀身馬上燃燒起來，並以驚人的速度向刀鞘蔓延而來，風行雲臉色一變，慌忙將手中長刀棄去，轉身向後院方向逃去，竟然不敢繼續戀戰。

胡小天哈哈笑道：「膽小鬼，還以為刀魔如何厲害，卻是個膽小如鼠的廢物！」

身後響起沉重的腳步聲，胡小天轉過身去，卻見一個身穿鱗甲的怪人從烈火燃燒坍塌的廟門處緩步走了出來，他雙目盯住胡小天咬牙切齒道：「你是胡小天？」

胡小天笑瞇瞇點了點頭道：「行不更名坐不改姓，是我！」

那怪人點了點頭道：「很好，今天剛好將所有大仇一起報了，是你殺了我的師弟師妹？」

胡小天從他的話中判斷出了他的身分，微笑道：「你就是水火無情杜天火？」

水火無情杜天火道：「你是想淹死，還是想被燒死？」

胡小天手中秀眉刀指著杜天火道：「你是想我砍下你的腦袋，還是想我將你的黑心給挖出來？」

杜天火向前跨過火焰，火焰從他的右腳處開始燃燒起來，迅速蔓延到他的全身，火焰在鱗甲外呈現出綠幽幽的色彩，杜天火道：「我會讓你後悔來到這個世界上。」他展開雙臂抱住了橫躺在自身前方的銅鐘，火焰沿著他的雙臂蔓延開來，整個銅鐘都被包圍在綠幽幽的火焰之中，杜天火冷哼一聲道：「受死吧！」重達數千斤的那口銅鐘竟然被他投擲出來，攜帶著綠色的火焰，向胡小天翻飛而來。

胡小天詫異於杜天火的強大膂力，身軀橫跨一步躲過銅鐘的襲擊，銅鐘砸在業已坍塌斷裂的鐘樓之上，鐘樓的斷壁殘垣再次遭受摧毀性的攻擊，轟隆一聲又是半壁坍塌。

胡小天挺起秀眉刀向杜天火大步迎去。

閻伯光兄妹兩人護著薛靈君來到了後院，孤山寺荒廢許久，寺內並沒有僧人駐留，後院之中生滿荒草。閻伯光發現雖然大門處火光熊熊，也已波及到兩側圍牆，可是火勢暫時沒有蔓延到後院，更讓他驚喜的是，後院還有個小門，閻伯光指著那小門道：「咱們從這裡離開！」

閻怒嬌道：「胡大人不是說讓咱們在這裡等著他嗎？」

閻伯光道：「現在不走，恐怕待會兒就走不掉了。」他心中另有盤算，趁著胡小天拖住追兵，他們剛好可以利用這個機會離開孤山寺。閻伯光也不是傻子，今天就算僥幸脫險，也難保胡小天不找他的後賬，什麼杜天火要躲，刀魔要躲，胡小天也要躲。

薛靈君道：「你又怎能斷定外面沒有埋伏？」她的話音剛落，卻見外面夜空之中，一道金色軌跡直射蒼穹，然後綻放出一朵五彩煙花，薛靈君的目光被那朵煙花所吸引，驚喜道：「援軍來了！」

閻伯光兄妹聽到援軍來了，也暗自驚喜，抬頭向夜空中望去。

薛靈君從腰間取出一支五彩穿雲箭，點燃引線，再度向夜空中射去，以此作為回應。

沒過多久就看到一個黑影出現在他們的上方，卻是一隻俊偉的雪雕，雪雕體型極大，翼展在兩丈左右，一名白衣男子騎跨在雪雕背上，犀利的目光不停搜索著下方的景物，燃燒的孤山寺在黑夜裡格外分明。

薛靈君生怕對方錯過，雙手不停揮舞，這會兒她的精神狀態似乎恢復了許多。

閻伯光兄妹二人知道援軍到來，也跟著一起呼喊。

那白衣男子唇角露出一絲會心笑意，操縱雪雕滑翔而下。雪雕俯衝下來，並未選擇降落，而是在貼近地面的時候，那男子伸出手去一把將薛靈君的手臂握住，將她拉上雕背，那雪雕旋即爬升。震動雙翅宛如流星一般飛入漆黑的夜空之中。

閻伯光兄妹二人揮舞的雙臂緩緩停了下來，兩人表情都是無比錯愕，進而變成了失望，閻伯光望著在夜幕中已經變成一個白點的雪雕，咬牙切齒道：「沒義氣，竟然不管我們就逃了！」

閻怒嬌雖然心中也感到失落，卻沒有像閻伯光這般激動，輕聲道：「胡大人一樣沒走……」

閻伯光道：「咱們走，他們才不會管咱們的死活。」抬頭向夜空中望去。雪雕已經徹底消失不見，閻伯光充滿怨毒道：「寡婦無情，戲子無義，我今天算是全都見識到了。」

閻怒嬌嗔道：「二哥，一隻雪雕本來就載不走那麼多人，也許她是去搬救兵，你何必這樣詛咒人家。」

閻伯光道：「就你善良，現在是咱們被人給丟下了。走吧，現在走還有一線機會。」

閻怒嬌道：「咱們既然答應了人家要同舟共濟，就要說到做到。做人不可以不信守承諾。」

閻伯光看到妹子如此堅持，也唯有跺腳的份兒，猶豫了一會兒，他終於下定決心：「你不走，我走！」居然自行向後門走去。

閻怒嬌道：「二哥，外面很可能還有埋伏，留在這裡反倒安全一些。」

閻伯光根本不聽她的勸說。反而越走越快，他的手剛剛拉開院門，迎面光影一閃，卻被早已埋伏在那裡的一人一掌就擊中了胸口，閻伯光慘叫著倒飛而起。撲通一聲摔倒在泥濘之中。

閻怒嬌驚呼道：「二哥！」

右手一抬，一支袖箭倏然向襲擊者射去，袖箭的光芒稍閃即沒，如同石沉大海蹤影全無，一道宛如鬼魅般的黑影緩緩飄了進來，卻是一個面目慘白的女人，她身穿黑色長裙，頭戴黑紗，更映襯得一張面孔毫無血色，慘白之極，這樣的夜晚出現了這樣詭異的女人，讓人從心底發毛。

閻伯光留意到這女人的雙腳並未移動步伐，竟然是一路滑行而來，他嚇得向後不停挪動，顫聲道：「你……你究竟是人是鬼？」

閻怒嬌反倒比兄長表現得更加勇敢一些，她咬了咬櫻唇：「裝神弄鬼！」手臂一抖又是一支袖箭射出。

那黑衣女人身軀宛如靈蛇一般扭曲遊移，袖箭貼著她的身邊飛走，黑衣女人陰冷的目光望著閻怒嬌道：「小賤人，還我兒命來！」此女乃是水火無情杜天火的妻子苗映紅，苗映紅雖不是斑斕門的親傳弟子，但也是用毒高手，婚後更是從丈夫那裡學來了不少用毒秘術，在江湖之中雖沒什麼名氣，可是水準絕不次於北澤老怪的十大弟子，兩人的獨生兒子被閻怒嬌殺死，悲痛欲絕，自然下定決心就算尋遍天涯海角也要找到閻怒嬌給兒子報仇。

閻怒嬌抽出彎刀向苗映紅衝去，一刀向苗映紅斬落，苗映紅身若遊魚，步伐靈動，輕易就避過閻怒嬌的這一刀，一掌擊在閻怒嬌的後心，閻怒嬌被她這一掌打得踉踉蹌蹌向後方退去，不過苗映紅的內力應該不深，這一掌只是將閻怒嬌擊退，而不足以將她打傷。

閻伯光此時也從地上爬了起來，趁著苗映紅攻擊妹妹之時，一拳向苗映紅的後心攻去，拳頭觸及苗映紅的身體，卻感覺她的身體如同抹了黃油一樣，根本毫不著力，閻伯光的拳頭嗤地就滑到了一邊。

苗映紅轉身去拿閻伯光的咽喉，此時閻怒嬌穩住步伐，揮刀再度攻上，兩兄妹左右夾擊，竟將苗映紅逼得步步後退。閻伯光此時意識到苗映紅無非是身法厲害，武功最多也就是三流，不由得振奮精神，大吼道：「妹子，咱們殺了這個裝神弄鬼的老妖婦。」

苗映紅邊打邊退，兩兄妹卻是越戰越勇，雖然連續攻擊都未碰到苗映紅的衣角，可是卻將苗映紅逼退到院牆角落，眼看苗映紅就要退無可退。閻伯光向妹妹使了個眼色，決定同時發動進攻將苗映紅徹底擊垮，兩人同時向前邁了一步，腳下卻感覺突然一軟，他們腳下的地面塌陷下去，原來苗映紅邊走邊退，卻是將他們引入了一個事先佈置好的陷坑。

兩兄妹此時察覺上當已經太晚，同時驚呼一聲，跌落下去，落入這個足有五丈深度的枯井之中，還好井底鬆軟，沒有摔成重傷。

苗映紅站在枯井邊緣呵呵怪笑，宛如夜梟鳴叫，刺耳無比。

閻伯光大吼道：「老妖婆，你陰謀詭計陷害我們，算什麼英雄好漢？」

苗映紅冷笑道：「我本來就不是什麼英雄好漢，小賤人，你害死了我兒子，我要將你碎屍萬段、挫骨揚灰，方解心頭之恨。」

閻怒嬌仰望上方道：「一人做事一人當，你害我哥哥作甚，要殺你就殺我！」

苗映紅瘋狂笑道：「殺你？豈不是太過便宜你了？就算殺了你，我兒子也回不來了……」說到這裡她不由得肝腸寸斷，嗚嗚哭了起來，抽噎了兩下方才止住哭聲道：「你們都要死，不過我不會讓你們死得那麼容易！」

空中落下陣陣雨霧，閻伯光似乎聞到了一股淡淡香氣，不知是什麼，用力吸了一口。閻怒嬌也察覺氣味不對，慌忙提醒他道：「好像有毒，千萬別吸進去。」閻伯光聽她提醒，趕緊用手捂住鼻子，可是那味道卻無孔不入地鑽入他的鼻孔之中。

苗映紅道：「這叫七度桃花雨，名字是不是很好聽？這是世上最厲害的催情藥物之一，但凡聞到它的味道就會慾火焚身，若是有幸被七度桃花雨淋濕了身體，那麼藥效就更加強烈，什麼父女兄妹，什麼母子倫常全都會拋之於腦後。閻伯光，放著這麼美麗的妹子，難道你就不動心？」

閻伯光聽到苗映紅所說的這番話，整個人嚇得臉都白了，他大吼道：「賤人，你無恥之尤，竟然想出那麼惡毒的主意來報復我們，小心天打雷劈！」

苗映紅冷冷道：「天打雷劈又如何？只要能為我兒子報仇，再瘋狂的事我都做得出來。中了七度桃花雨，唯有在三個時辰內交歡解毒，不然就只有死路一條。」

閻怒嬌默默無語，望著枯井上方，忽然她舉起彎刀向自己的頸部劃去，剛剛舉起，一道黑色鞭影從上方突襲而至，從她手中捲起彎刀扯了上去。

閻怒嬌顫聲道：「你好歹毒……」

苗映紅道：「想死沒那麼容易，其實就算你死了也是一樣，中了七度桃花雨，就是一隻慾血沸騰的禽獸，才不會管你是不是他嫡親妹子，才不管你是死是活。」

閻怒嬌緊咬櫻唇，美眸之中無聲留下淚水。

閻伯光向後靠著牆壁，目光和妹妹相遇，馬上明白她想什麼，他搖了搖頭道：「沒事……我們可以扛得住……我們不會有事……」他現在跟個活太監沒有任何分別，就算中了七度桃花雨也不可能做出那種瘋狂的事，可是閻伯光更清楚，藥性發作之後，他根本無法掌控自己的行為。

閻怒嬌低聲道：「二哥，趁藥性未發作，我們自殺……她奈何不了咱們……」

閻伯光拚命搖頭，他不想死，只要有一線希望他都不想死。

杜天火宛如渾身浴火的戰神，燃燒在身體周圍的綠色火焰讓他的身軀看起來龐大魁偉了許多，他所用的武器是流星錘，燃燒的鐵錘宛如流星追月般向胡小天的面門奔襲而來。

胡小天並沒有將杜天火的武功放在眼裡，雖然杜天火在剛才舉起銅鐘時表現出了相當的實力，當世之中沒有幾個人可以憑藉內力硬碰硬勝過自己。他所忌憚的是杜天火的縱火之術，手中秀眉刀瞄準火流星前來的方向，一刀劈砍而出，噹的一聲刺響，然後就看到附著在火流星之上的火焰四散紛飛，頃刻間化為漫天流火向胡小天包圍而來。

秀眉刀和火流星接觸的地方也染上綠色的火焰，沿著刀身迅速向手柄蔓延，剛才刀魔風行雲就是被流火嚇退。

胡小天對此早有預料，交手之後，身軀迅速後退，虛空大法在丹田氣海中形成空虛氣旋，被他一刀擊散的漫天流火被這股強大的吸引力所牽引，一朵朵猶如飛蛾撲火一般向胡小天瘋狂撲去。

杜天火看到眼前情形心中大喜過望，以為這下必然可以將胡小天燒成灰燼，可是漫天流火卻並沒有一朵飛到胡小天的身上，而是一朵朵吸附在秀眉刀的刀身之上，胡小天揮動手中秀眉刀，刀身上的流火延綿成為一條兩丈長度的火蛇，蓄力之後，以刀作劍，嘗試著揮出誅天七劍中的一式，胡小天原本對自己能夠揮出刀氣沒什麼指望，卻沒有想到這次竟然一蹴而就，凜冽的刀氣協同著流火攻向杜天火。

杜天火本以為胡小天必死無疑，卻沒有想到胡小天居然可以操縱自己發出的流火，這還是他從未遭遇過的狀況，除了自己的師尊似乎還沒有其他人可以做得到。

杜天火揚起流星錘向胡小天飛旋而去，流星錘的鐵鍊在虛空中被胡小天發出的刀氣斬斷，燃燒的錘頭錯失了目標，帶著呼呼風聲從胡小天的身旁飛掠而過，砸在後方大雄寶殿的大門之上，蓬的一聲火光衝天。

胡小天發出的流火已經來到杜天火的身前，杜天火隱然感覺到一股前所未有的危機感迫近，出於本能，他向後方退去，他後退的速度卻遠遠比不上無形刀氣的速度，流火夾雜著無形刀氣劈斬在杜天火的外甲之上，外甲上燃燒的火焰驟然變得強烈，火苗竄出兩尺多高。

胡小天的這記無形刀氣竟無法劈開杜天火的外甲，雖然這次成功將刀氣外放，可是秀眉刀畢竟不是他善用的大劍藏鋒，無法得心應手地發揮出最大力量，連刀魔風行雲更換武器之後外放的刀氣都大打折扣，更何況胡小天這個半瓶醋。而且杜天火的外甲並非凡品，不但防火而且可以防禦刀劍，尋常刀劍根本無法刺入分毫。

儘管胡小天的這一刀未能奏效，杜天火也被這大打折扣的刀氣震得踉蹌後退數步，感覺胸口如同被重錘擊中，沉悶異常，喉頭一熱，胸腔內一股熱血上湧，杜天火硬生生將這口噴薄欲出的鮮血咽了回去，雙手握拳交叉雙臂抵在自己的胸膛之上，外甲上熊熊燃燒的流火鋪天蓋地般向胡小天籠罩而去。

胡小天以不變應萬變，依然用虛空大法應對，他強大的內力聚集於秀眉刀之上，秀眉刀如同一塊磁石將周圍的流火向刀身吸引而來。

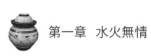

杜天火瞳孔驟然收縮，他壓箱底的絕學在對方面前竟然起不到絲毫作用，在將外甲流火全都射向胡小天的同時，他騰空躍起，身軀在半空中一個轉折，展開雙臂，外甲上火焰重新燃起，猶如一隻燃燒的火鳥，展開滿是烈焰的雙翅，向孤山寺後院飛掠而去。

胡小天冷哼一聲，右手拖刀，施展馭翔術，身軀凌空飛起三丈有餘，杜天火的身法根本無法和胡小天的馭翔術相提並論，本以為可以擺脫胡小天，可是回頭一看，卻見胡小天拖著一把熊熊燃燒的烈焰長刀，正從高空中向自己俯衝而來。

杜天火雙臂一抖，手臂上的流火猶如兩道火箭一般向胡小天射去，胡小天右腕微旋，秀眉刀將火箭圈入其中，刀身上火焰更熾，胡小天雙手舉起長刀，一招舉火燎天緊接著就是力劈華山，最簡單的刀法在他的應用下發揮出了最強大的力量，內息攜裹著烈焰在虛空中形成了一道長達七丈的火焰，火焰在無形刀氣的帶動下噴射的速度奇快，瞬間已經來到杜天火的身後，杜天火暗叫不妙，此時唯有寄希望於身穿的外甲可以抵抗住胡小天的驚人一刀。

可這次胡小天卻發揮出了大半功力，即便是刀魔風行雲也不敢硬撼其鋒，更何況武功要遠遠遜色於他的杜天火。

這道刀氣烈焰竟然將杜天火的外甲從中劈開，杜天火的肉身更是不堪一擊，整個身體在半空中被劈成兩半，跌落在地上卻沒有鮮血噴出，因為流火的溫度太高，瞬間已經將他的傷口烤熟，血脈也被封住了。

胡小天落在地面之上，望著杜天火的屍身，唇角露出一絲笑意，此時卻聽到一個撕心裂肺的慘叫：「老火，老火！」遠處一道黑影宛如鬼魅般向這邊衝來。

來人正是杜天火的妻子苗映紅，苗映紅看到地上的屍體，轉瞬之間已經燒成灰燼，只留下兩半殘留的外甲，苗映紅哀嚎著撲向杜天火的屍身，望著已經變成灰燼的丈夫，整個人狀如瘋魔，長髮一根根飄盪而起，一雙佈滿血絲的眼睛充滿怨毒地望著胡小天：「我要殺了你！」

胡小天對斑斕門的歹毒手段已經有所瞭解，這次他絕不會給對方可乘之機，足尖一點，身軀如同利箭般向苗映紅射去，手中秀眉刀向她的身軀橫削而去。

苗映紅根本沒有料到胡小天的身法竟然如此快捷，她本以身法見長，可是在胡小天面前竟然連逃避的機會都沒有，眼看長刀已經來到面前，再躲已經來不及了，她呵呵狂笑任憑胡小天一刀砍中她的身體，一刀兩段，與此同時苗映紅的身體蓬蓬噴射出雨點般密集的血水。

胡小天早有準備，一刀命中目標之後身體急退，饒是如此，肌膚之上也沾染上幾點血跡。

望著死於腳下的夫婦二人，胡小天長舒了一口氣，斑斕門人雖然武功稱不上高強，可是這些人善於用毒，詭計多端，比起許多高手更加難以對付。

胡小天收起秀眉刀，舉目四處望去，卻沒有看到薛靈君他們三人的蹤影，胡小天心中大駭，難道刀魔趁著自己和杜天火激戰之時來到這裡將三人抓走？

就在胡小天準備離去之時忽然聽到不遠處傳來尖叫之聲，他慌忙向聲音傳出的方向走去，看到了一口枯井，舉目向下望去，依仗著強勁的目力，看到下方有兩個身影，聽到閻怒嬌惶恐道：「二哥，你走開……」

胡小天定睛望去，卻見閻伯光已經脫得只剩下一條內褲，正不顧一切地向閻怒嬌衝去，閻怒嬌拚命掙扎廝打，可手臂的衣袖卻被他扯掉了一幅。

胡小天暗罵閻伯光真是禽獸，竟然連親生妹妹都不放過，他從井口一躍而下，抬腿照著閻伯光就是一腳，這一腳將閻伯光踹得暈死過去，胡小天道：「閻姑娘不用驚慌，我來了！」

閻怒嬌聽到胡小天的聲音，整個人猶如虛脫般軟綿綿坐倒在地，胡小天目力極強，即便在井底黑暗的環境下仍然能夠看清她的眉心和顳側插著幾根金針，胡小天伸手想幫她拔去。

閻怒嬌道：「且慢，你聽我說，我……我和二哥都中了七度桃花雨……這藥物淫邪無比，若是胡大人沒有及時趕來，我和二哥只怕無顏面對列祖列宗……」

胡小天此時方才明白究竟發生了什麼事，想不到那女人居然如此歹毒，想出如此陰損的報復手段，如果自己再晚來一步，只怕一場人倫悲劇就會鑄成了。胡小天安慰閻怒嬌道：「不妨事，那女人被我殺掉了，我帶你去尋找解藥。」

閻怒嬌搖了搖頭道：「你聽我說完，再晚就來不及了……我雖然可以解開此毒，但是我卻沒有足夠的時間來配製解藥……現在唯一的辦法就是男女歡好方能解毒……」說出這番話的時候她滿面羞澀，閻怒嬌雖然生性豁達，可畢竟是雲英未嫁之身，這種話如果不是到了生死存亡之際，無論如何都不會在胡小天面前說出來。

胡小天心中暗忖，閻怒嬌該不是想讓我救她吧？

閻怒嬌咬了咬嘴唇，低聲道：「求你救救我二哥！」

胡小天驚得雙目瞪得滾圓：「我如何救他？我對男人可沒興趣！」其實他怎能不明白閻怒嬌的意思，閻怒嬌能夠配製出解藥，也有辦法解救閻伯光，只是閻怒嬌現在自己也是身中七度桃花雨，正可謂泥菩薩過江自身難保，她哪還有能力去救人，如果不是利用金針刺穴的方法苦苦支撐，只怕她的意識也已經迷失。

閻怒嬌還以為胡小天當真不明白她的意思，只能鼓足勇氣硬著頭皮道：「求你救我……你放心，以後我絕不會糾纏於你，甚至不會向任何人提起這件事……只當從未發生過什麼……」

胡小天看了看閻怒嬌，又看了看脫得只剩下一條內褲的閻伯光，要麼就見死不救，如果要在兩人之中選擇救一個的話，他當然只能救閻怒嬌。要說閻怒嬌長得還真是不錯，記得第一次見到這妮子時，她穿著超短裙露出一雙修長美腿，一雙綠寶石般的美眸忽閃忽閃的，著實讓胡小天驚艷了一番，可驚艷歸驚艷，自己在這種狀態下跟人家做這種事，畢竟有些不夠厚道。

閻怒嬌見胡小天仍在猶豫，綠寶石般的美眸在黑暗中望著胡小天道：「胡大人，小女子知道自己容貌醜陋，出身卑微，我對大人也沒有任何企圖，我並非漢人，沒有你們漢人那麼多的規矩和想法，就算大人垂憐，怒嬌絕不會以此糾纏大人，更不需大人承擔任何責任，更不會尋死覓活，也不會從一而終，你放心，我仍然會尋找自己真正喜歡的人將自己嫁了。」

胡小天聽她說得如此豁達，完全是現代女性的思潮，人家小姑娘都將這事看得這麼開，自己還矯情什麼？難道當真要見死不救？胡小天道：「我們漢人講究男女授受不親，可是我又不忍心看你們兄妹兩人就這樣死去，可……」他抬頭看了看井口，有些為難道：「總不能就在這裡吧？你二哥還在身邊……」

閻怒嬌知道他終於答應要救自己，此時反倒感覺有些害羞，她抬起手來將插在額頭穴道的金針拔掉，小聲道：「來不及了。」她扶著井壁來到二哥面前，揚起手中的金針，用盡最後的力氣插入他的穴道之中，確保他不會中途醒來。

胡小天看到閻怒嬌的舉動，當真是有些頭大了，逢場作戲他不反對，可是當著人家哥哥的面在這口枯井裡做這種事，蒼天啊！這得要多強大的心理素質？胡小天心頭一陣天雷滾滾，望著暫時喪失意識的閻伯光，第一次有種對不起這廝的感覺。

閻怒嬌拔除金針之後，馬上就感覺到臉紅心跳，她做事向來果斷，很少拖泥帶水，正是她的這種性子方才敢於在胡小天面前主動提出讓他救自己，閻怒嬌將心一橫，從身後抱住了胡小天：「救我……」

胡小天內心一顫，他還是頭一次遇到如此主動的少女，或許正如閻怒嬌自己所說，她並非漢家女子，對男女之間的事情本來就沒有看得那麼重要，人家都不在乎，自己又何必在這兒糾結矯情？如果想當一個所謂的正人君子，那麼閻怒嬌和閻伯光兩人必然死路一條，要說他們兄妹兩人還真不應該出什麼大事，畢竟閻伯光這廝的身體曾被自己動過手腳，肯定是有心無力。

閻怒嬌灼熱的櫻唇親吻著胡小天的頸部，柔聲道：「難道你當真忍心看到我們死去嗎？」

胡小天咬了咬嘴唇，春風吹戰鼓擂，老子今生怕過誰？今天不是我趁人之危，是我本著救死扶傷的醫學人道主義精神治病救人，身為醫生怎麼可以眼睜睜看著病人死而置之不顧？此時感到身後窸窸窣窣的聲音，卻是閻怒嬌將衣衫除去，赤裸的嬌軀重新擁住胡小天半裸的身軀，胡小天虎軀一震，不得不震，再不震就不是個正常男人了，他嘆了口氣道：「閻姑娘，在下對你絕無邪念，如有褻瀆之處，純屬無奈。」轉過身去，卻見閻怒嬌身無寸縷，完美的嬌軀毫無保留地呈現在他的面前，雙眸緊閉，一副任君採擷的嬌俏模樣，胡小天原本就不是什麼聖人君子，看到此情此境，這廝再無半點猶豫……

閻伯光悠然醒轉，他的內心中湧現出一個極其可怕的念頭，慌忙坐起檢查自己身上的衣服，卻發現衣服仍然好端端穿在身上，抬起手臂，看到雙手之上插著幾根金針，伸手碰了碰額頭，額頭上也是如此，閻伯光駭然道：「怒嬌……怒嬌……」

外面傳來一個熟悉的聲音：「她為你熬藥去了。」卻是胡小天緩步走入禪房。

閻伯光看到胡小天，嚇得慌忙坐起身來：「我妹妹呢？你對她做了什麼？」

胡小天聽他這麼一問畢竟心虛，一時間竟不知如何作答，此時閻怒嬌端著剛熬好的草藥走了進來，嗔道：「二哥，你不得胡說，胡大人是咱們的救命恩人。」

閻伯光看到妹妹，忽然感覺一陣心跳加速，腦海中瞬間閃過一些罪大惡極的念頭，趕緊捂住頭顱，卻不小心碰到了頭上的金針，痛得他慘叫起來。

閻怒嬌來到他身邊，將草藥遞給他道：「你喝了！」

閻伯光對妹妹的話倒是順從，端起草藥咕嘟咕嘟喝了個乾乾淨淨，抹乾嘴唇將空碗遞給妹妹。閻怒嬌趁他不備，又點了他的穴道，閻伯光軟綿綿倒在地上，再度陷入人事不省的狀態。

胡小天望著地上的閻伯光，低聲道：「他體內的毒當真可解？」

閻怒嬌點了點頭道：「我放出了他不少的鮮血，加上這些藥湯，應該可以中和體內毒素，不過完全肅清餘毒可能需要幾天的時間，性命應該無礙了。」美眸望著胡小天道：「謝謝你！」

胡小天有種無地自容的感覺，本想說不用謝，可話到唇邊又覺得不妥，對閻怒嬌笑了笑。

閻怒嬌轉身離開，腳步明顯有些踉蹌，胡小天突然想到了什麼，快步跟上她：「有什麼事情我去做，你……不方便……還是好好歇著。」

閻怒嬌俏臉一直紅到了耳根，這廝為何又要提起這件事，其實她這會兒腦海中滿滿的全都是剛才在枯井中的情景，如果說第一次胡小天是為了救她，可第二次又是為了什麼？人家初經人事，他居然不懂得憐香惜玉，真是……粗暴，可是回想起剛才的情景，心中卻無半點埋怨，卻感到一種前所未有的甜蜜。

閻怒嬌道：「我沒事……」

胡小天道：「剛才實在是不好意思了，我……我沒想到你是第一次。」他並沒有說謊，閻怒嬌求他相救之時表現出的豁達和開通，讓胡小天誤以為這丫頭迥異於這一時代的傳統女性，卻想不到人家還是一個黃花大閨女呢，剛才自己的表現實在是有些粗暴了，或許是自己太久沒有得到釋放的原因，又或者自己是急於救人，沒有考慮到太多其他的事。

閻怒嬌猛然轉過身來，怒視胡小天道：「你當我什麼？水性楊花的蕩婦嗎？」

胡小天慌忙擺手道：「我絕沒有這個意思，只是……」這貨今晚占了大便宜，總覺得心虛，向來巧舌如簧的他居然變得結結巴巴了。

閻怒嬌咬了咬櫻唇道：「你放心，我說到做到，今晚的事情我不會向任何人提起，你也不許，你我之間只當任何事情都沒有發生過。」

胡小天心想這不是自欺欺人嗎？發生過的事情畢竟發生過，不過要說剛才枯井中的感受真是前所未有，閻伯光這個事實上的大舅子躺在一旁，想想實在是刺激呢，這次的事情證明，我的心理素質當世之中罕有人及，胡小天習慣於給自己臉上抹光，可心底卻有個聲音告訴自己，你這張臉皮才是天下間無人能及。

胡小天道：「閻姑娘，萬一你要是……」他的目光看了看閻怒嬌的肚子，萬一春風一度讓她珠胎暗結，自己總不能一走了之，不負責任。再看閻怒嬌還真是別有風情，帶回家當個老婆倒也不錯。更重要的是，這妮子雖然出身匪窩，卻出淤泥而不染，難得保持著善良的本性。

閻怒嬌道：「萬一我要是有了身孕，我也有辦法解決，不勞大人費心。」她抬起頭看了看外面瀟瀟夜雨，輕聲道：「胡大人不必將今晚之事放在心上，更無需承擔任何的責任，你是為了救人，事情因我而起，我自然懂得如何去做，我只有一個請求，從現在開始，咱們再也不要提起這件事。」

閻怒嬌的豁達性情反倒讓胡小天產生了不少的愛憐，這性情在當今時代實在是太少見了，有性格的獨立女性，還真是惹人疼愛。

胡小天和閻怒嬌並肩站在屋簷下，望著外面的夜雨，低聲道：「這場雨不知下到什麼時候。」

閻怒嬌道：「大人為何不走？」

胡小天道：「想在這裡陪你避避雨，順便等等看，會不會有人過來救援。」想起薛靈君的不顧而去，胡小天心中暗自嘆息，雖然他也明白大難臨頭各自飛的道理，可是薛靈君脫困之後，整整過去了兩個時辰，都不見有人過來救援，要麼薛靈君再次遇到了麻煩，要麼她對自己的死活坐視不理。後者的可能更大一些，想想薛靈君此前在自己面前表現出的百般嫵媚，萬種風情，全都是虛偽的假像，胡小天的內心頓時變得心冷若冰了。

閻怒嬌還以為胡小天擔心薛靈君的安危，輕聲道：「她應該不會有事，有人騎著雪雕將她救走，現在應該到了安全地帶。」停頓了一下又道：「你是不是等她找人過來救你？」

胡小天淡然笑道：「我從不把希望寄託在別人的身上！」

胡小天雖然因薛靈君的離去而有些失望，可是他並未對這位長公主寄予過太大的期望，縱然薛靈君不肯承認，他也能夠斷定，薛靈君此次的西川之行絕非遊歷那麼簡單，這位大雍王朝的長公主深得皇上的信任，此次出行一定有她的政治目的。自己代表大康而來，在眼前的形勢下，大康和大雍的利益相互抵觸，也許這才是薛靈君不願向自己施以援手的真正原因。

閻怒嬌道：「你猜他們還會不會回來？」

胡小天望著這個性情堅強自主的姑娘，內心中忽然湧現出一絲莫名的憐意，這並不僅僅是因為閻怒嬌和他之間有了那層關係，而是這位西川悍匪的女兒身上擁有著許許多多的閃光點，胡小天向閻怒嬌微笑道：「你放心，杜天火夫婦全都被我殺了，以後不會再有人找你的麻煩。」說完他停頓了一下又道：「就算有人再敢找你的麻煩，我也一樣會保護你。」這句衝口而出的話，讓胡小天感覺自己很爺們，很有責任心。

閻怒嬌芳心一暖，卻轉過身去，淡然道：「不需要！」

此時外面忽然傳來嗚律律的馬鳴，然後傳來一個炸雷一般的大吼聲：「三叔！你在嗎？」

胡小天聽得真切，卻是熊天霸的聲音，他大笑道：「我在！熊孩子！我在裡面呢！」

熊孩子騎著一匹大黑馬，身穿胡小天送給他的磷火甲，手握雙錘一馬當先從孤山寺破損的院牆中衝了進來，在他身後是梁英豪和唐鐵鑫，三人看到胡小天無恙，一個個全都放下心來。

胡小天本來還奇怪他們怎麼會找過來？以為是長公主讓人回去報訊。可看到唐鐵鑫胯下的小灰，馬上就明白了，一定是小灰發現勢頭不對逃回城內，將他們引了過來。

唐鐵鑫的話果然驗證了胡小天的猜測：「府主，是小灰給我們帶路，才找到這邊的。」

熊天霸道：「我們到了青雲山莊，那邊仍然在燃燒，本來以為三叔您被困在裡面，可是找了很久都沒有發現您的影子，後來發現這邊也有火勢，於是就來這裡碰碰運氣，嘿嘿，想不到真讓我們找到了，三叔，我就說您不會有事。」

胡小天道：「還有沒有其他人過來？」

梁英豪道：「還帶來了一輛馬車，就在外面不遠處等著。」

胡小天點了點頭，梁英豪做事向來沉穩周到，他之所以這樣問是因為裡面還有一個傷患，閻伯光目前的狀況還無法自如行走。

胡小天返回禪房，看到閻怒嬌正在小心拔除哥哥身上的金針，從今晚閻怒嬌的表現來看，她在解毒方面還是頗有研究的，不知她的這些本事是不是師從蒙自在？

閻怒嬌意識到胡小天的到來並沒有回頭，輕聲道：「你走吧，我可以照顧好他。」

胡小天道：「不如你先跟我回去，青雲山莊這邊的事情很快就會驚動當地官府，而且很可能還有殺手在周圍埋伏。」

閻怒嬌沒說話。

胡小天道：「你放心，我不會害你二哥，他現在這個樣子也不適合遠行，還是大家一起返回城內，等他的身體完全調養好之後，你再帶他離去也不遲，閻姑娘意下如何？」

閻怒嬌想了想，終於點了點頭。

一行人將閻伯光抬上馬車，抵達西州之時天色已經放亮，城門大開，胡小天亮明身分之後並沒有受到盤查，順順利利地返回了驛館。

胡小天洗了個熱水澡，換上一身乾爽的衣服。此時楊令奇聽說他回來，也趕緊過來相見，今天就是李天衡壽辰之日，上午開始各路使臣就會陸續前往拜壽，偏偏昨晚胡小天失蹤了一整夜，害得這幫部下也是擔心不已。

楊令奇道：「昨日府主和長公主出去之後就一直未歸，大雍方面曾經有人過來詢問。」

胡小天道：「什麼時候？」

楊令奇道：「傍晚的時候，以後就沒有來過。」

胡小天點了點頭，看來薛靈君果然只顧著自己逃難，把他忘了個乾乾淨淨，這女人還真是沒義氣。

楊令奇低聲道：「西州的抓捕行動乃在繼續，據說以西州將領林澤豐和趙彥江為首，給他們扣上的罪名是意圖謀反，涉事者據說有近三十人。」

「謀反？不知反的是李天衡還是大康朝廷？」胡小天唇角帶著一絲嘲諷的笑意，他隱約猜到了老皇帝龍宣恩的陰謀。

楊令奇道：「府主，我看咱們的形勢不妙。」

此時梁英豪也走了進來，他向胡小天抱拳行禮之後道：「府主，剛才我留意到在驛館附近有不少的可疑人物，好像是在監督咱們的動向。」

胡小天呵呵笑了一聲道：「應該是李天衡的人，隨他們去。」

楊令奇道：「府主需要及時做好兩手準備。」

胡小天道：「朝廷讓我此來西川，乃是一個大坑啊！」

楊令奇和梁英豪對望了一眼，兩人都看到對方目光中深深的憂慮。楊令奇道：「府主，我看西州這次大規模的抓捕行動絕非偶然，我聽到民間傳言，說是林澤豐和趙彥江這兩員將領過去都深得李天衡的信任，長期以來在李天衡帳下效力，為守護西川立下了汗馬功勞，據傳他們是想顛覆李天衡的統治，率領西川軍民重新回歸大康。」

胡小天道：「皇上高瞻遠矚，早就看出，想要救大康，唯有收復西川這一條出路。」

楊令奇道：「府主難道不懷疑西川內部的這場變亂和朝廷有關嗎？」

胡小天點了點頭道：「必然有關，皇上派我前來西川賀壽，讓我宣讀封王詔書，你們以為李天衡現在還肯俯首稱臣嗎？」

梁英豪搖了搖頭道：「李天衡羽翼已豐，西川地肥水美，沃土千里，已經擁有和天下列強抗衡的實力，他豈肯將吞到嘴裡的肥肉乖乖送回去。」

胡小天道：「我們能夠想到，皇上必然早已想到，他早已明白僅憑著封王不足以平復李天衡的野心，更不足以讓西川回歸到他的治下，所以……」胡小天停頓了一下，雙目變得異常明亮道：「皇上剩下的唯一辦法就是剷除李天衡，因為他清楚，西川的民心不穩，多半百姓和將士都認為自己仍然是大康子民，阻礙西川回歸的最大障礙就是李天衡，只要李天衡死了，西川的回歸就會變得順理成章。」

楊令奇點了點頭，他絕對認同胡小天的想法。

胡小天道：「也許朝廷早已在背地裡聯繫西川將領，分化他們的內部。」

梁英豪充滿迷惑道：「可既然他已經做好了剷除李天衡的準備，為什麼還要讓府主冒著那麼大的風險來到這裡？」

楊令奇歎了口氣道：「朝廷需要一個冠冕堂皇的理由，如果平白無故殺了李天衡，那麼反倒會激起西川軍民的敵愾之心，不利於西川回歸，因為李天衡從未公開宣稱過要自立為王，府主是未來駙馬的身分，又是大康使臣，若是府主在西州出了事情，那麼大康就有了義正言辭的理由。」

胡小天點了點頭，望著楊令奇充滿欣賞之色，他低聲道：「我就是一顆棋子，我在西州出事，朝廷就會指責李天衡抗旨，謀殺駙馬，李天衡就失去了道義，在西川軍民面前再也抬不起頭來，而西川意圖回歸大康的這些將領就有了替天行道的理由。」

梁英豪聽到兩人的分析，方才意識到眼前的局勢已經嚴重到了如此地步，不由得倒吸了一口冷氣，低聲道：「府主既然早就看穿了朝廷的想法，為何還要來？」

胡小天道：「皇上從未信任過我們胡家，我若不來，他必然出手對付我的父母，我來了，他就會出手對付我，兩相權衡，我還是親自冒險的好，我絕不會讓這老東西如願。」

楊令奇道：「他當然不會如願，他過於低估了李天衡的實力，李天衡能夠統治西川這麼多年絕非僅僅憑藉著運氣二字，他的勢力早已深入到西川的每一個角落，那些將領謀反之事東窗事發也非偶然。」

胡小天道：「我不認為李天衡有殺我的理由，昨晚的刺殺應該和朝廷有關。」

梁英豪怒不可遏道：「這昏君真是無恥之尤，竟然敢謀害府主，如此荒唐的朝廷，府主何必為他效力，不如反了，府主只要挑起義旗，我梁英豪第一個回應，赴湯蹈火在所不辭！」

楊令奇聽到梁英豪的這句話臉色卻是一變，楊令奇是個讀書人，在他的內心深處效忠朝廷的想法早已根深蒂固，雖然對皇上的做法頗有微詞，但是他認為是皇上昏庸的緣故，從未想過要去顛覆大康朝廷，梁英豪原本就是馬匪出身，說出的這番話在楊令奇聽來實在是大逆不道。

胡小天留意到楊令奇的臉色，他微笑道：「英豪，咱們畢竟是大康臣子，皇上老糊塗了，可這種過激的話咱們可不能說。」其實他此時已經對大康朝廷徹底死心，暗暗想到，龍宣恩啊龍宣恩，既然你對我不仁，休怪我對你不義，老子就算將你大康江山徹底改變顏色，你又能奈我何？

第二章

猶抱琵琶半遮面的計劃

李天衡感到一怔，這時代每個人都將忠孝看得無比重要，
正因為如此，李天衡不想落下千古罵名，
西川的自立一直搞得猶抱琵琶半遮面，至今都沒有宣佈，
胡小天如此直白的說出來，這小子該不是影射我吧？

一隻鷹隼劃破康都黎明的天空，如同閃電般向天機局俯衝而去。

靜坐在觀星亭內的洪北漠睜開雙眼，目光如同急電射向蒼穹，捕捉到那飛掠而來的鷹隼，伸出手，鷹隼抖動著翅膀緩緩降落在他的手背之上。

洪北漠從鷹隼的小腿上取下一個竹管，然後將之放飛，擰開竹管從中抽出一張紙條，當他看完之後，向來沉穩的臉色倏然一變。

為了確保壽宴的安全，通往帥府的幾條道路都已經被臨時封鎖，除了獲邀參加壽宴的各方嘉賓之外，外人不得進入其中。而且但凡進入警戒範圍之內，決不可攜帶任何武器。

胡小天考慮再三，決定輕車簡從，只帶了梁英豪一人前往，梁英豪在此前已經得到了帥府的地圖，也選好了萬一發生意外狀況，他們可以選擇的退路。

來到大帥府門前，看到前來拜壽之人絡繹不絕。胡小天來到門前，表明了自己的身分。

想不到門前迎賓笑道：「原來是胡大人，大帥特別關照，胡大人來了馬上請您去見他。」

胡小天頗有些受寵若驚，來到西州已有多日，李天衡一直對自己都是避而不見，卻想不到今天在壽宴之前居然願意接見自己，不知他心底到底打的什麼算盤？

十有八九不是什麼好事。

梁英豪本想隨同胡小天一起過去，那迎賓道：「大帥交代，請胡大人一個人過去。」

胡小天倒也不怕，憑他現在的武功，就算遇到伏擊，縱然無法取勝，脫身應該不難。更何況今天是李天衡大壽之日，他應該不會選擇這個當口對付自己。

胡小天跟著那迎賓繞行到了後院，大帥府的後院同樣也是戒備森嚴，雖然懸紅掛彩，可是比起前面的熱鬧景象不可同日而語。胡小天一邊走一邊觀察帥府內的佈局，梁英豪此前繪製的那張地圖基本不差。

迎面兩人走了過來，胡小天認出走在前面的那個正是李天衡的大兒子李鴻翰，微笑抱拳道：「鴻翰兄！」

李鴻翰見到胡小天表情顯得有些錯愕，不知他為何會到後院來，目光投向為胡小天帶路的迎賓，充滿質詢之意。

那迎賓慌忙解釋道：「少將軍，大帥讓胡大人去見他。」

李鴻翰點了點頭，從他的表現就能夠看出他應該並不知道這件事。

胡小天笑道：「失陪了！」

李鴻翰道：「咱們回頭再見！」

迎賓帶著胡小天來到了李天衡所住的院落，笑瞇瞇道：「胡大人還請稍待，容我進去通報一聲。」

胡小天點了點頭就在外面等著，如果從自己欽差大臣外加未來駙馬的身分，李天衡這樣對待自己明顯有些失禮，他若是還把自己當成大康的臣子，理當主動登門拜訪自己這位欽差才對，可西州局勢突變，種種跡象表明，李天衡正在展開一場前所未有的內部清洗，剷除異己，穩固他在西川的統治，這就意味著李天衡不會接受大康皇帝的冊封。如果是這樣，李天衡當然不會禮遇自己這個大康欽差。

胡小天也不希望在大庭廣眾之下將這封詔書宣讀出來，當眾宣讀十有八九會招致李天衡的拒絕，甚至可能將他激怒，到時候局勢會變得更加無法收場。

胡小天此次前來不僅僅帶來了聖旨，還帶來了父親給李天衡的一封私信，其中的內容胡小天也未曾看過。不過這封信倒是一個契機，先不提公差的事情，利用這封信跟李天衡套套私人感情，畢竟當初是李家欠了他們胡家。也許李天衡會念在故人之子的份上對他網開一面，不至於太過為難自己。

胡小天在門口等了好一會兒方才看到那迎賓出來，陪著笑臉道：「胡大人，大帥就在裡面等你，我就不陪著進去了。」

胡小天點了點頭，微笑道：「有勞先生了！」舉步走入院落之中，看到院內站著兩位威風凜凜的武士，兩名武士向胡小天抱拳行禮，同時做了個邀請的動作。

胡小天笑了笑，從他們中間經過，來到李天衡所在的房間前，停下腳步，恭敬道：「李世伯，侄兒胡小天特地來給您拜壽了。」拋開此行所為的公務不提，先從私交入手，有道是伸手不打笑臉人，我今天禮下於人，你李天衡依著咱們兩家過去的關係也不能將事情做得太絕。

房間內傳來一個沉穩的聲音道：「進來！」

胡小天舉步走入房內，看到一位相貌清臒的中年男子正坐在窗前品茶，想來就是名滿天下威震西川的李天衡了，胡小天雖然曾經在青雲為官多日，但是他並沒有機會和李天衡相見，說起來李天衡差點成了他的岳父，如果不是因為朝廷的那場政變，或許他已經成了李天衡的女婿。

胡小天大步上前，深深一揖，恭敬道：「李世伯在上，請受侄兒一拜！」

李天衡深邃的雙目在胡小天臉上掃了一眼道：「胡大人不用如此客氣，你是朝廷派來的欽差大人，又是永陽公主的未來夫君，我可受不起你的大禮。」

胡小天本來也沒有打算給他下跪的意思，聽到李天衡的這番話已經知道李天衡這是要跟自己公事公辦的架勢，可既然是公事公辦又何必讓人將自己單獨請到這後院來相見？李天衡必然有他的盤算。

胡小天笑道：「李伯伯找我過來應該不是為了公事，侄兒此次前來西州主要還是為了給您拜壽，順便還幫我爹帶來了一封信。」他將早已準備好的那封信掏出來雙手呈上。

李天衡聽說胡不為給自己寫了一封信，這才將茶盞緩緩放下，伸手接過胡小天遞來的那封信，拆開看完之後，沉默良久，指了指身邊的椅子道：「坐！」

胡小天謝過之後坐了下去，李天衡不說話，胡小天也沒有主動說話，既然是你李天衡主動找我過來，想必有話要先對我說，我且耐心等你開口。

李天衡道：「你爹身體還好吧？」

「托李伯伯的福，我爹身體健康得很。」

李天衡歎了口氣道：「西川的事情連累到你們了。」

胡小天心中暗道，你知道就好，如果不是你起了反心，龍燁霖又怎會抓住我們胡家的把柄，查抄我們家的財產，將我爹娘下獄，連我也差點被喀嚓變成了太監，李天衡啊李天衡，你對不起我們胡家。嘴上卻道：「李伯伯別這麼說，我爹始終當您是他最好的朋友。」

李天衡打量著胡小天，看到這小子相貌堂堂一表人才，想起當初他來到青雲為官之時，自己也曾經派張子謙前往青雲去做過瞭解，張子謙對這小子的才華和能力讚不絕口。以張子謙的眼界，能夠得到他如此欣賞的年輕人並不多見。李天衡開始還以為張子謙有些過譽，可是後來胡小天逃離西川之後所做的一些事情也有不少傳到了他的耳朵裡。能在短短時間內爬升到如今的地步，已經證明了這小子的能力，此子和女兒倒也般配。想到這裡，李天衡不禁有些惋惜。

李天衡道：「在我心中何嘗不是這樣想，賢侄，你今次前來可不僅僅是為了幫你爹送信吧？」他對胡小天的稱呼從胡大人變成了賢侄，表明他已經開始放下了內心的警惕。

胡小天知道李天衡真正關心的是什麼，他點了點頭道：「的確還有一些其他的小事。」

李天衡聞言不由得有些詫異了，胡小天此次乃是以大康使臣的身分前來，主要任務乃是宣讀皇上的詔書，冊封自己為異姓王，如今這件事傳得沸沸揚揚，這小子居然說是小事，可胡小天這麼一說，李天衡反倒不好意思刨根問底，都說是小事了，自己也就沒有問的必要。李天衡微笑道：「來到西州的這幾天還住得慣嗎？」

胡小天道：「住得倒也習慣，只是這邊的治安好像不太好。」

李天衡笑道：「西州雖然算不上夜不閉戶路不拾遺，可是這邊的民風淳樸，軍民大都安分守己，談到治安要比大康多數的城鎮都要好得多。」

胡小天道：「侄兒來的時間雖然不長，可是卻接連遭遇了幾次暗殺，如果不是侄兒命大，恐怕現在已沒機會陪李伯伯說話了。」

李天衡兩道眉毛皺了起來，胡小天當著他的面說這番話是什麼意思？難道是在影射自己派人對付他？可自己並沒有做過這種事，他怒道：「什麼人這麼大膽，竟然敢在西州做出這種事情？」

胡小天道：「膽子的確不小，不但對我下手，還對大雍長公主薛靈君下手呢。」

李天衡愕然道：「你說什麼？大雍長公主薛靈君也來到了西州？」

胡小天點了點頭，他可沒興趣為薛靈君保守秘密。胡小天道：「記得不久前我出使大雍的時候，安平公主和黑胡四王子完顏赤雄先後遇害，搞得大雍朝廷好不狼狽，我看這次可能有人要利用李伯伯的壽辰來製造混亂，若是有重要使臣在西州發生了不測，恐怕李伯伯這位地主面子也不會好看吧。」

李天衡聞言不由得笑了起來，可是他的心情卻並不像表現出的那樣輕鬆，此前他對大雍長公主薛靈君前來之事一無所知，對胡小天和薛靈君遭遇刺殺也毫不知情，如果胡小天所說的一切屬實，那麼這一系列的事情絕不會那麼簡單，在西州策動這些事情，其針對的真正目標應該就是自己。李天衡想起林澤豐和趙彥江策動的這場叛亂，根據初步審訊兩人已經交代，此事和大康方面在暗中的策反有關。

李天衡的目光再度落在胡小天的臉上，大康皇上派胡小天前來的目的讓他好好揣測了一番，胡小天頂著未來駙馬的身分，表面上看上去也算得上春風得意，可現在看來這小子也不過是朝廷的一顆棋子罷了。真要是他在西州出了事情，那麼大康朝廷就可以利用這次機會對自己橫加指責，李天衡漸漸明白了皇上的用意，老傢伙年紀雖然大了，可是心機之深當世罕見，這次他玩的是一箭雙雕。

李天衡道：「你有沒有得罪什麼人？仔細想想，在西川境內發生這樣的事情，我必然會查個水落石出。」

胡小天道：「得罪過的人不計其數，說起來，我還欠李伯伯一個交代呢。」

李天衡端起茶盞，慢條斯理地抿了口茶道：「什麼交代？賢侄說得我都有些糊塗了。」

胡小天道：「關於我和令嬡的那門婚事，當初在沒有知會李伯伯的前提下就擅自解除婚約，還望李伯伯海涵。」

李天衡並沒有生氣，將茶盞重新放下，站起身來，在室內踱了幾步，歎了口氣道：「這件事並不怪你，當初朝廷風雲變幻，你們胡家蒙難，我一心勤王，龍燁霖當然想將我殺之而後快，你們胡家為了自保，做出這樣的選擇也實屬無奈。」

胡小天開始聽著倒還沒什麼，可聽到最後不由得有些鬱悶了，什麼叫我們胡家為了自保，說來說去你李天衡還是認為退婚的事情責任在我們，胡小天拱手行禮道：「此事和我爹娘無關，而是小侄擅自做主，皆因當年我選擇入宮為父贖罪，因而害怕耽擱了令嬡的青春，誠然那種狀況下，我處於壓力也要向朝廷表明態度，和李伯伯一家劃清界限，形勢所迫，很多決定都是被逼無奈。」

李天衡聽出這小子話裡的含義，轉身望著他道：「賢侄這話並沒有說錯，向來都是形勢比人強，其實當初我曾經反覆交代鴻翰讓他務必要將你留在西川。」

胡小天道：「李伯伯的一番好意小天心領了，只是我爹娘當初人在京城，我豈能眼睜睜看著爹娘蒙難而坐視不理，人活一世可以不忠，但是絕不可能不孝！」

李天衡因胡小天的這番話而感到一怔，在如今的時代中每個人都將忠孝看得無比重要，忠君愛國似乎還應該排在孝道之前，正是因為如此，李天衡不想落下千古罵名，西川的自立一直搞得猶抱琵琶半遮面，至今都沒有公然宣佈，胡小天居然如此直白的說了出來，這小子該不是影射我吧？

李天衡道：「不為有你這樣的兒子應該感到欣慰。」

胡小天此時將皇上委託他帶來的詔書拿了出來，也沒有擺出使臣的派頭，裝腔作勢地叫李天衡接旨，雙手呈給李天衡道：「皇上的詔書，李伯伯不妨看一下。」

李天衡一直都在等著這一刻，雖然他早就猜到了詔書的內容，可畢竟沒有親眼見到，按照常理，他應該下跪接旨，可李天衡並沒有這樣做，只是伸出雙手將聖旨接過，徐徐展開。

胡小天靜靜望著李天衡的一舉一動，心中明白，李天衡割據之心已經堅定不移，他是絕不可能接受大康冊封的，就算是表面功夫可能也不會去做。

李天衡將聖旨看完，合上之後將之放在茶几之上，雙手負在身後緩緩走到窗前，目光望著窗外，沉默良久方才道：「皇上要封我為異姓王！」

胡小天微笑道：「恭喜李伯伯，賀喜李伯伯！」

李天衡霍然轉過身去，深邃的雙目盯住胡小天道：「何喜之有？」

胡小天道：「大康近二百三十年從未有過分封異姓王的歷史，皇上對李伯伯真是恩寵有加，當真是可喜可賀！」

李天衡道：「在你看來這是一件好事了？」

胡小天笑道：「加官進爵總之不是什麼壞事。」

李天衡笑眯眯道：「很好！」目光在那份聖旨上掃了一眼道：「這份聖旨我暫時收下了。」

胡小天道：「李伯伯準備讓我如何回覆皇上？」李天衡直到現在都沒有給他一個明白話呢。

李天衡道：「我還未想好，反正你也不急著離去，此事等等再說。」他停頓了一下又道：「關於這份聖旨的事情，你暫時不要對外聲張。」

胡小天明白了，李天衡是不打算接受這次冊封了，不過他仍然不公開和大康劃清界限，這樣曖昧莫名的態度並不是胡小天想要見到的，他寧願李天衡給個痛快，是歸順大康還是徹底劃清界限有個明確的說法，自己回去也好有個交代，當然前提是李天衡放自己順利回去的前提下。

此時外面傳來一個蒼老的聲音：「大帥，客人大都到齊了。」卻是帥府的總管裘元昌過來催促李天衡過去和客人相見。

李天衡道：「昌伯，我這就過去。」

胡小天起身告辭，李天衡道：「小天，你別急著走，無憂想要見見你。」

胡小天聞言一驚：「什麼？」

李天衡點了點頭道：「她有些事情想當面問問你。」

胡小天臉上擠出一絲尷尬的笑容道：「這好像有些不太方便吧？」

李天衡道：「就算婚事不成，憑著咱們兩家的關係也不可翻臉成仇，昌伯！」

滿頭白髮的裘元昌從門外走了進來，他恭敬道：「大帥有什麼吩咐？」

李天衡道：「你帶著胡世侄去見無憂，這些天她一直都在等著他呢。」稱呼胡小天為世侄，顯然就沒有將他當成外人。

裘元昌點了點頭道：「是！」

胡小天無論如何都不會想到李天衡居然還有這樣的安排，倒不是他害怕，而是覺得和李無憂相見實在是有些尷尬。

李天衡顯然沒有在意胡小天的想法，整理了一下衣冠就舉步離去。

裘元昌向胡小天做了個邀請的手勢：「胡公子請！」

胡小天這會兒生出一種騎虎難下的感覺，看來和李無憂的這次相見無可避免，既然如此就見一見這位昔日的未婚妻也無妨，據說李無憂癱瘓多年，容貌醜陋，卻不知事實真相到底如何，不過想想自己當初也是個癡癡呆呆的傻子，人家配上自己也算得上是綽綽有餘了，兩家也稱得上門當戶對。

跟著裘元昌來到大帥府的後花園，胡小天從裘元昌穩健的步伐和悠長的呼吸就能夠判斷出這位總管應該是一位武功高手，李天衡雄霸西川多年和他身邊的這幫能人異士的幫助是密不可分的，自己現在武功雖強，可畢竟勢單力孤，在西川還需小心從事。

胡小天主動打破沉默道：「平時小姐她們就住在這裡？」

裘元昌搖了搖頭道：「平時只有大帥和大少爺住在這邊，小姐和夫人她們都住在影月山莊。因為今天是大帥的壽辰，所以夫人小姐她們才過來。」

胡小天道：「夫人也在？」

裘元昌道：「夫人去招呼客人了，現在花園內只有五小姐在。」

胡小天點了點頭，李無憂排行老五，是李天衡最小的一個女兒，李天衡其他的閨女都已經出嫁，目前待嫁閨中的也只有這一個了。

胡小天道：「五小姐的腿是不是不方便？」

裘元昌抬頭看了他一眼，目光中充滿了警惕：「胡公子聽說了？」

胡小天道：「我和五小姐雖然曾經訂婚，可是從未謀面，所以關於五小姐的一些事情全都是聽說。」

裘元昌歎了口氣道：「五小姐小時候一直健康活潑，直到她七歲的那一年突然生了一場怪病，大帥尋遍名醫為她診治，雖然僥倖保住了性命，可是雙腿卻從此癱瘓，再也無法自如行走，對一個女孩而言該是如何殘酷。」他抿了抿嘴唇道：「不過我們家五小姐乃是天下間最聰明伶俐，最溫柔善良的女子，誰能夠娶到我家五小姐，是他前世修得的福氣。」

「呃……」胡小天聽到裘元昌的這番話頓時無語，難道裘元昌不知道自己的身分？怎麼可能，應該是這老管家氣不過當初自己退婚，所以才故意這樣說，根本是為他的主子抱不平呢。

裘元昌說到這裡似乎還嫌不夠解氣：「雖然我家五小姐雙腿癱瘓，可是她的內心比任何人都要通透純淨，這天下間還真沒有讓她能夠看得上的男子。」

胡小天心中暗歎，裘元昌畢竟是護主心切，在他眼中他的主人當然是完美無缺，其實胡小天心中對李無憂這位素未謀面的前未婚妻也抱著一絲歉疚，無論承認與否，畢竟自己單方面毀掉婚約可能給她帶來了一些傷害。

裘元昌在花園東南的書齋前停步，恭敬道：「五小姐！胡公子來了！」

裡面傳來一個溫柔如水的聲音道：「昌伯辛苦了，請胡公子進來！」

胡小天聽到這聲音彷彿如同夏日清泉淙淙流入了自己的心田，這聲音實在是悅耳之極，單從聲音來聽，李無憂應該不是傳說中的那樣奇醜無比。

裘元昌看到胡小天仍然站著不動，低聲催促道：「公子請進！」

胡小天這才回過神來，不好意思地笑了笑，舉步走入書齋之中，卻見書齋內一個嬌小的身影背朝自己坐在窗前，窗外的晨光勾勒出她纖弱的身影。

李無憂身穿白色長裙，靜靜坐在輪椅之上，滿頭秀髮宛如黑色流瀑般垂在腦後，只用一根藍色髮帶束住，她的穿著打扮簡單而質樸，卻讓人感覺到有種超凡脫俗的清雅味道。

李無憂轉動輪椅慢慢轉過身來，她的面容清秀，雖然談不上美麗絕倫，可是卻也稱得上清秀可人，只是膚色過於蒼白，可能是長期生活在室內，缺少陽光沐浴的緣故，嘴唇也略顯蒼白，一雙眼睛顯得很大，也是這張面孔上最為靈動的部分，李無憂眨了眨雙眸，靜靜觀察著對面的胡小天。

胡小天也望著李無憂，臉上展露出一個友善的笑容：「李姑娘好，在下胡小天！」

李無憂的雙唇彎起一抹優雅的弧線，她的俏臉頓時生動起來，一雙大眼睛彷彿會說話一樣，眨動了一下，輕輕點了點頭道：「早就聽說過你的名字，可今天才是第一次見到你。」落落大方，並沒有少女常見的羞澀和矜持。

胡小天憑直覺意識到眼前的這位少女與眾不同，卻不知她要見自己的真正目的是什麼？僅僅是為了滿足好奇心？還是因為自己當初單方面撕毀婚約的事情要討個公道？罵自己幾句，出一口惡氣？可怎麼看李無憂都不是那種人。

李無憂道：「咱們兩家一直都是世交，我可以叫你一聲胡大哥嗎？」

胡小天點頭笑道：「當然可以。」

李無憂道：「我此前看過你的生辰八字，你比我大一個月。」

胡小天暗自慚愧，李無憂瞭解自己的生辰八字應該是因為兩人當初訂婚交換過生辰八字的緣故，可自己卻從未關注過這個曾經的未婚妻。其實胡小天原本是問心無愧的，可是看到李無憂如此柔弱，又是殘疾之身，心中不由得生出憐憫之情，他低聲道：「李姑娘找我有什麼事情？」

李無憂道：「我叫你胡大哥，你可以叫我的名字，我找你過來也沒什麼大事，無非是想親眼見見你究竟是什麼樣子。」她眨了眨眼睛道：「胡大哥不會介意吧？」

胡小天笑道：「有什麼好介意的，其實我也很想見見你呢。」

李無憂道：「你這話很不誠實，如果你有這樣的心思，當初在青雲為官的時候，為何不見你來登門拜訪？」

胡小天被她當面揭穿，不由得有些尷尬，咳嗽了一聲用來掩飾，心中暗歎，李無憂並不簡單，自己的這些謊話瞞不過人家。

李無憂道：「胡大哥不必介意，我沒見過什麼世面，平時接觸的都是家人，也很少和外界打交道，所以不懂什麼人情世故，說起話來也不會拐彎抹角。」

胡小天笑道：「這樣最好。」

李無憂道：「其實我從未想過嫁人！」

胡小天頭皮一緊，終於還是提到了兩人婚約的事情，既然人家姑娘提出來了，自己還是靜靜傾聽得好，胡小天已經做足了心理準備，哪怕是李無憂發幾句牢騷，自己聽著就是，總不能和一個雙腿癱瘓的弱女子一般見識。

李無憂道：「最初聽到這樁親事的時候，我聽說你是個傻子。」

胡小天不禁莞爾，這姑娘果然夠坦白，什麼話都直截了當地說了出來。他點了點頭道：「的確傻了不少年，可突然有一天開竅了。」

李無憂溫婉笑道：「應該是外界傳言罷了，你比很多人都要精明。」

胡小天道：「比不過李姑娘冰雪聰明蕙質蘭心。」

李無憂淡然笑道：「你將我誇得那麼完美，當初為何還要撕毀婚約？」

胡小天被她一句話就給問住了，有些時候直截了當反倒讓人難以回答。

李無憂搖了搖頭道：「胡大哥，你這個人一點都不坦誠。」

胡小天笑道：「在朝堂上混得久了，變得見人說人話，見鬼說鬼話，反倒是真話說得少了，李姑娘千萬不要見怪。」

李無憂道：「胡大哥，我找你來並不是要找你的麻煩，只是單純地想見見你。」

胡小天道：「當初之所以撕毀婚約，並非是我對李姑娘不滿，而是因為形勢所迫，我逼不得已要和李家劃清界限，不然我們胡家就會遭遇滅頂之災。」

李無憂道：「我知道，其實我從未想過要嫁人，我這個樣子嫁給誰都會拖累了人家，當初我們兩家之所以結親，全都是父母的意思，他們有他們自己的目的。一直以來我都想見你，當面跟你說清楚，本來我想告訴你我是不可能嫁給你的，卻想不到終究還是被你搶先了一步。」

胡小天因李無憂的這番話笑了起來，李無憂果然如昌伯所說單純善良，毫無機心，有什麼話都直截了當地說出來，胡小天對這位善良的女孩產生了好感，他微笑道：「若是你因為那件事而生氣，不如你罵我一頓，打我一頓出氣也行。」

李無憂笑道：「我沒有生氣，只是覺得有些奇怪，心中更加好奇你是什麼樣子，今天總算見到你了。」

胡小天道：「感覺如何？」

李無憂道：「很平凡很有親和力，就像鄰家的大哥哥。」

胡小天聽到她的這個評價頗有些哭笑不得，究竟是誇我還是罵我？我什麼時候變得那麼平凡了？明明是一個玉樹臨風的美男子啊！這小姑娘畢竟足不出戶沒什麼見識，不知道美男子都是比出來的，我的這身魅力必須是和別人相比才能顯出卓爾不群，這貨的自我感覺一直良好。

李無憂道：「見到你也算了卻了我這些年的一樁心願。」

胡小天看到時間已經不早了，自己今天過來的主要任務是為李天衡祝壽，他向李無憂告辭道：「李姑娘，我還要去給大帥祝壽，要先走一步了。」

李無憂點了點頭道：「去吧，千萬不要耽擱了正事。」

胡小天離開了書齋，在昌伯的引領下回到宴會主廳，此時重要賓客大都已經到來，梁英豪看到胡小天回來，趕緊迎了過來，關切道：「怎樣？」

胡小天向周圍看了看，低聲道：「回頭再說！」

遠處傳來一聲格格嬌笑，卻是大雍燕王薛勝景和長公主薛靈君一起到了。胡小天並沒有急於走過去攀談，因為他看到李鴻翰親自迎了出去，陪同兩人入席。

薛靈君的一雙妙目有意無意地朝這邊看來，落在胡小天的臉上，唇角露出一絲嫵媚笑意，看她的樣子應該已經完全恢復了正常，雖然胡小天對昨天發生過的事情充滿了疑惑，可是此時卻不方便前去相問。

身後傳來了一個熟悉的聲音道：「胡兄！」

胡小天轉過身去，卻見南越國小王子洪英泰也來了，胡小天笑道：「原來是王子殿下！」

洪英泰靦腆笑道：「胡兄不必客氣，叫我名字就是。」他雖然是南越國王子，可胡小天也是大康未來駙馬，南越國直到現在都是大雍的屬國，過去年年朝貢，不過這些年大康迅速衰落，南越這個昔日的屬國也開始慢待大康，甚至連大康借糧的要求也不答應，事實上兩國的關係也已經進入了冰點。

胡小天也不跟他客氣，因為那天在眾香樓敘過，知道洪英泰的年齡比自己大上一歲，微笑道：「英泰兄，咱們入座再說！」

兩人的座位恰巧被安排在了一起，全都是上賓待遇，他們的對面恰巧是來自大雍的貴賓，胡小天和薛靈君面對面坐著，相隔這麼遠的距離彼此目光相對，胡小天從容不迫，本以為薛靈君昨日棄自己於不顧多少會有些內疚，可接觸到薛靈君的目光卻發現她坦然自若，絲毫沒有歉疚的表現。

在眾人的歡呼聲中，壽星公李天衡終於登場，和他一起前來的並不是他的夫人，而是周王龍燁方。現場歡聲雷動，恭賀祝福之聲不絕於耳。

李天衡微笑頷首向眾人示意，不時拱手抱拳還禮。周王龍燁方也是面帶微笑，至於他心中究竟作何感想，就不得而知了。

胡小天望著龍燁方心中不由得生出感歎，龍燁方落到如今的地步可謂是生不如死，被李天衡軟禁脅迫，完全淪為了他控制西川要脅大康的一顆棋子。從剛才和李天衡的對話來看，李天衡絕不可能率領西川回歸大康，只是不知道他會不會做表面文章，哪怕是虛與委蛇地接受大康的冊封，自己也好回去覆命。

李天衡來到座位之上，雙手微微下壓，示意眾人安靜下來，他微笑道：「今日李某五十生辰，高朋滿座，貴客盈門，李某何德何能，蒙諸君如此眷顧，不遠千里翻山涉水，來西州給我賀壽，在這裡，我先謝過諸位了！」

眾人再度歡聲雷動，對這位西川大帥相當給面子。

李天衡微笑道：「客氣的話，我今天也不多說，但凡來到這裡的全都是李某的朋友，希望大家放下一切，盡情享受，今日定然要不醉無歸！」

眾人歡笑聲響成一片。

李天衡轉向周王道：「宴會開始之前，咱們先聽周王殿下說幾句好不好？」

「好！」在場眾人異口同聲道。

周王龍燁方推辭不過只好站起身來，他向眾人道：「今日乃是李大帥的好日子，原本不該本王說話，可是李帥既然讓我說，那本王還是說兩句，首先要恭祝李帥福如東海，壽比南山，願李帥龍精虎猛，威風依舊，率領西川百姓安居樂業，永享太平！」

不知是誰率先叫起好來，現場馬上有不少人響應。

胡小天心中暗自奇怪，龍燁方看來是被李天衡徹底嚇破了膽子，竟然說出這種窩囊話，李天衡雖然是西川實際上的統治者，可是西川畢竟還是你們龍家的地盤，龍燁方這麼說實在是丟盡了皇家的面子，不過想想也能夠理解，畢竟這廝寄人籬下，凡事都得看李天衡的眼色，為了保住性命，什麼皇家的臉面也顧不上了。

李天衡微笑道：「周王殿下此言差矣，有能力統領西川乃至統領整個大康走出困境的人唯有殿下，李某身為大康臣子，自當精忠報國鞠躬盡瘁，我和西川的這幫將士會盡輔佐周王殿下！」

聽到這裡，薛勝景不禁向妹妹咧嘴一笑，低聲道：「說得真是冠冕堂皇，這龍燁方是個傻子嗎？任憑他玩弄於鼓掌之中。」

長公主薛靈君小聲道：「早就知道他會在周王的身上做文章，不過這也是好事。」美眸向對面望了一眼，看到胡小天仍然在笑瞇瞇望著自己，芳心中不由得有些慌亂，端起面前茶盞抿了一口，迴避胡小天的目光，低聲道：「不是說胡小天要在壽宴之上宣讀聖旨，宣佈封王的事情嗎？」

薛勝景也朝胡小天的方向看了一眼道：「他不是傻子，當眾宣讀聖旨，若是李天衡不肯答應，豈不是要鬧得騎虎難下？」

薛靈君道：「你這位結拜兄弟的處境好像很不妙啊！」

薛勝景微笑望著妹妹道：「怎麼？你好像很關心他啊！」

薛靈君幽然歎了一口氣道：「倒是一個出類拔萃的年輕人。」眼波一轉道：「他是你的兄弟啊！」

薛勝景道：「在我心中只有一個兄弟！」他口中的兄弟當然指的是大雍皇帝，他的同胞兄長薛勝康。

周王因李天衡的那番話明顯有些激動，他向李天衡點了點頭道：「多謝李大人對本王的信任，若無李大人就沒有本王的今天。大康正值多事之秋，先有我大皇兄謀朝篡位，再有姬飛獨攬大權，禍亂朝綱。在今日壽宴開始之前，本王有幾句話想要說。」

胡小天皺了皺眉頭，他本以為周王只是一個窩囊廢，可從他剛剛所說的這番話看來，周王今日出現在這裡好像另有使命，難道李天衡脅迫他站出來公然對抗大康朝廷？龍燁方還真是連一丁點的骨氣都沒有了，轉念一想，好死不如賴活著，當個傀儡總比變成一具死屍要強吧，周王龍燁方如果不委曲求全，只怕也活不到現在。

龍燁方道：「皇上也從京城派來了使臣。」說話的時候目光向胡小天望去，在場的所有人也都將目光聚集在胡小天身上。

胡小天本以為今天沒自己的事了，皇上的旨意他已單獨向李天衡傳達過，李天衡剛剛還表示不讓自己聲張，可現在周王卻將這件事公開說了出來，不知他究竟是什麼目的？為何不讓自己說，而是要通過周王的嘴將這件事宣佈與眾？

龍燁方道：「皇上下旨說，要封李大人為異姓王，這原本是值得恭賀的事情，可是當我看到聖旨的時候，卻發現聖旨並非我父皇親筆所書，甚至連玉璽都是假的。」此言一出舉座皆驚，眾人紛紛竊竊私語，眼前的狀況實在是有些出乎眾人的意料。

胡小天冷冷望著龍燁方，從外表上看不出任何的破綻，可是龍燁方整個人的說話作派總是透著一股說不出的怪異，胡小天不知問題出在哪裡，總覺得龍燁方和過去自己所認識的那個完全不同，難道這個龍燁方是個冒牌貨？

龍燁方取出一封密詔，舉手出示給眾人，充滿悲愴道：「這是我父皇委託親信九死一生給我送來的密詔，如果不是父皇這封密詔，我至今還不知道父皇已經被洪北漠那個奸賊所控制，周睿淵、文承煥懾於洪北漠的淫威和他狼狽為奸，把持朝政大權，可憐我父皇好不容易才逃脫幽禁之苦，如今卻又被這幫奸人脅迫。」

眾人議論紛紛，原本以為是一場歡樂祥和的壽宴，卻想不到畫風突變，成為了一場訴苦大會。

李天衡此時站起身來，輕聲道：「諸位嘉賓或許已經聽說這兩日西州城內發生的事情，洪北漠策反西州部分將領，意圖謀害周王殿下，殿下若是有了什麼三長兩短，大康社稷就再無未來復興之日，李某本來已經和周王殿下達成共識，準備率領西川民眾回歸大康，可是……」他的臉上充滿悲憤的表情：「今日之大康卻非陛下之大康，奸臣當道，朝堂蒙塵，日月無光，大康不僅僅是陛下一人之大康，乃是龍氏之大康，乃是百姓之大康，我等身為大康臣子理當背負光復社稷，重振河山之責，如果視而不見，無所作為，日後又有何顏面去面對皇上，有何顏面去面對大康百姓！」他這段話說得慷慨激昂。

胡小天向站在一旁的梁英豪悄悄使了個眼色，以傳音入密道：「苗頭不對，咱們分頭開溜。」李天衡是鐵了心要跟大康劃清界限，自己的處境立刻變得危險起來。胡小天還沒有來得及離開，就看到一群武士從後方湧了上來，將他的退路封鎖，帶頭之人正是李鴻翰。顯然是防止他逃走，和胡小天同桌的洪英泰嚇得臉色蒼白，低聲道：「胡兄……」誰都不是傻子，都看出這幫武士是衝著胡小天來的。

胡小天笑瞇瞇道：「英泰兄不用擔心，這件事跟你毫無關係。」自己終究還是低估了李天衡的手腕，看來這廝也是個口腹蜜劍之輩，表面上跟自己套關係，這才多大會兒功夫就翻臉不認人，果然是政治利益高於一切，李天衡拋出老皇帝被洪北漠控制這個重磅炸彈，借機扶植周王，讓他挾天子以令諸侯的計畫得以繼續進行。

薛勝景向薛靈君道：「事情變得越來越有意思了，西川和大康決裂倒真是一件大喜事呢。」處在大雍的位置上，當然不願看到西川回歸大康，如李天衡終於旗幟鮮明地表示和大康劃清界限，還倒打一耙，說大康君主龍宣恩事實上已經被洪北漠控制，這樣一來他就理所當然地可以扶植周王上位，可以預見以後大康會出現兩個朝廷，兩個皇帝了。

薛靈君道：「這種事情又何必在壽宴上說。」

薛勝景道：「李天衡的性情向來優柔寡斷，如果不是形勢危急，他也不會走這一步，看來是龍宣恩把他逼急了，今天是要跟大康徹底劃清界限了。」

薛靈君的目光始終關注著胡小天，看到胡小天此時站起身來，向外面走去。

胡小天剛走了幾步，李鴻翰就迎面將他攔住，唇角泛起一絲冷笑道：「駙馬爺這是要往哪裡去？」

胡小天笑瞇瞇道：「人有三急，李將軍若是有興趣就一起去。」

李鴻翰笑道：「好啊！好啊！」他伸手做了個請的手勢。

胡小天毫不畏懼，大步向前方走去，李鴻翰率領八名武士緊隨其後，離開宴會廳，胡小天道：「撒個尿而已，李將軍何必搞得那麼隆重？」

李鴻翰道：「你是欽差又是駙馬，當然要照顧得周到一些。」

八名武士將胡小天團團圍住，胡小天歎了口氣，搖了搖頭道：「這就是你們李家的待客之道？我算是第二次領教了。」

李鴻翰道：「識相的話最好不要反抗，看在咱們兩家過去的交情上，我不會為難你。」

胡小天點了點頭，馬上有兩名武士衝上來反剪他的雙臂將捆住。

李鴻翰揮了揮手道：「送胡大人去休息。」

此時梁英豪也被幾名武士捆了推了過來，胡小天和他對望了一眼，彼此唇角都露出一絲無奈的笑意，今天算得上是自投羅網了，不過他們也沒有反抗，胡小天以傳音入密向梁英豪道：「先看看情況再說。」

兩人被幾名武士押到大帥府西北角的一間房內，從這裡的佈置來看，過去應該是一間廚房，應該空置了許久，灶台上積滿灰塵。兩人被推了進去，因為擔心他們逃走，又用繩索將兩人背靠背捆綁在一起。繩索為特製，混合牛筋絞結而成，就算是武功高手也無法輕易掙脫。

等到那群武士離去之後，梁英豪用力掙脫了一下，發現用盡全力也無法將繩索崩斷，不由得歎了口氣。

胡小天笑道：「有什麼好歎氣的，區區繩索就能困住咱們嗎？」他從不悟那裡學會了易筋錯骨，可以自如改變體型，潛運內力，一會兒功夫就從繩索中掙脫開來，然後迅速幫梁英豪解開了繩索。

兩人傾耳聽去，外面有不少武士駐守，若是大搖大擺地走出去，勢必會引起混亂。

梁英豪指了指灶台處的煙筒，和牆壁相比，煙筒顯然要薄弱得多，他脫下鞋子從裡面取出暗藏的工具，幾樣組合在一起，成為一柄小鏟，梁英豪最擅長的就是鑽牆打洞，但見他雙手揮舞如飛，頃刻間已經將牆皮剷除，露出裡面的青磚，撬開青磚，將青磚一塊塊抽離，不一會兒功夫煙筒已經被他挖出一個大洞，可以容納一人通過的時候，梁英豪停下手來，全程幾乎沒有任何聲息。

胡小天在門前負責傾聽動靜，若是此時有武士進來他絕對會痛下殺手，還好門外駐守的幾名武士命大，他們並未覺察到裡面的情況。

梁英豪挖開洞口之後，探身進去看了看，然後向胡小天揮了揮手，讓他先進去。

兩人先後從洞口進入煙筒內，手腳並用沿著煙筒爬到出口，胡小天率先從煙筒內露出頭來，舉目四望，看到門前的四名武士仍然木頭人一樣站在那裡，根本沒有發現裡面的兩名犯人已經逃離。

兩人躡手躡腳來到屋頂之上，趁著無人巡視的時候，從屋後滑落下去，梁英豪道：「走！」

胡小天卻搖了搖頭道：「不急，我倒要看看李天衡要玩什麼花樣。」

梁英豪愕然道：「府主難道還想回去？」

胡小天笑道：「我自有辦法，你自己想辦法脫身，儘快通知咱們的人先離開驛站，找個地方暫時藏起來，兩個時辰之後，咱們在眾香樓門前會合。」

梁英豪還想勸他趁著未被發現之前離去，胡小天卻已經走了，梁英豪不敢逗留，也慌忙混入人群之中。

此時壽宴已經開始，負責上菜的家僕來來往往，胡小天藏身在拐角處，利用不悟教給他的改頭換面，沒多少功夫五官就發生了變化，變成了一個雙頰深陷，面目猥瑣的瘦子，等到一名上菜的家僕走過之時，胡小天迅速衝了上去，一掌擊打在那廝的頸後，一手接過托盤，將他拖到就近的房間內，脫下他的衣服自己穿上，然後從自己衣服上扯下布條將這廝雙手雙腳捆住，再堵住他的嘴巴。然後端起托盤，大搖大擺混入了送菜的隊伍之中。

宴會大廳內傳來陣陣歡笑之聲，眾人顯然從剛才的沉悶氣氛中走出，前來恭賀李天衡壽辰的人，多數都不希望西川回歸大康，李天衡既然做出如此決斷，對眾人來說反倒是一個好消息。

胡小天上菜之後，舉目望去，卻見周王龍燁方已離席而起，和李天衡說了句什麼，悄然從側門離去，胡小天看了看周圍，悄然跟了出去，遠遠落在周王身後。

龍燁方離開宴會大廳之後，揮了揮手，兩名跟在他身邊護衛的武士停下腳步，龍燁方獨自一人經西偏門向帥府後院走去。

胡小天看到眼前情景心中不禁暗暗驚奇，龍燁方看來不是要走，難道是去如廁嗎？可如廁那兩名武士也應該一直保護，在茅廁外守著才對？此時兩名武士已經轉身回來。

胡小天慌忙藏身在樹叢之後，等到兩人經過之後，悄然攀援到大樹之上，俯視四周無人注意的時候，方才順著樹幹溜下來，快步循著龍燁方的步伐追逐而去。

西偏門無人駐守，周王龍燁方此時已經走出很遠，徑直走入了後院的一座三層小樓。

胡小天穿著帥府的家丁衣服也沒有引起太多的懷疑，大搖大擺地來到小樓旁，繞到小樓的西北角，確定四下無人，這才暗吸了一口氣，以金蛛八步攀援牆壁而上，以他如今的內力，金蛛八步早已修煉得爐火純青，翻牆走壁如履平地，來到三層的時候，傾耳聽去，聽到裡面傳來窸窸窣窣的聲音，胡小天用唾沫沾濕窗紙，摳出一個小洞，湊在小洞之上向裡面望去。

卻見周王龍燁方已經進入了房間內，他似乎對這裡的環境極為熟悉，舒展了一下雙臂，除下冠帶，晃了晃頭，一頭黑髮宛如流瀑般垂落在肩頭。然後脫下外袍，從一旁衣架上取下早已準備好的儒衫換上，然後雙手抓住頸部的皮膚整個撕開，將用來易容的人皮面具整個揭下，轉身之時，面孔剛好朝向胡小天的所在。

胡小天看得清清楚楚，室內哪裡還是什麼龍燁方，根本就是個美貌少女，那女子眉目如畫，風姿綽約，不是夕顏還有哪個？

胡小天頭皮一陣發麻，難怪自己總覺得不對，這龍燁方竟然是夕顏所扮，一直以來夕顏都為了西川李氏的事情不遺餘力，多方奔走，卻不知她和李天衡又是何種關係？

夕顏換好衣服之後轉身正要離去，突然聽到身後格窗輕響，一道人影向自己投射而來，夕顏手腕一翻亮出一柄鳳翎飛刀照著來人的方向激射而去。

胡小天身軀一閃躲過飛刀射擊，鳳翎飛刀奪的一聲射入身邊木柱之上，刀身入木三分，留在外面的部分顫抖不止。

夕顏這才看清來人是胡小天，蓄勢待發的第二刀於是凝而不發，殺氣凜凜的妙目頓時化成了萬種柔情，嬌滴滴道：「臭小子！你居然跟蹤我！」

胡小天笑瞇瞇走到一邊，伸手將周王所穿的蟒袍拿起，嘖嘖讚道：「還真是維妙維肖！不知李天衡給了你什麼好處，你為他如此賣力？甚至不惜出賣跟自己拜過天地的男人！」

夕顏道：「我何時出賣你了？是你自己不識時務，怪得誰來！」

胡小天道：「為了幫助李天衡自立為王，你也算得上是處心積慮、絞盡腦汁了。」

夕顏向他緩緩走了過來，嬌滴滴道：「人家雖幫他，可是並沒有想要害你。」

胡小天道：「李天衡和大康劃清界限，我這個大康欽差處境就大大不妙，若是你心中對我還有一分情意，此前為何不提醒我一聲，我也好早作打算。」

夕顏道：「到現在你還跟我說情意，若是你念著咱們拜天地的情意，為何要答應做了大康的駙馬？」

胡小天道：「形勢所迫，情非得已。」

夕顏咬了咬櫻唇，美眸之中淚光隱現，嬌嗔道：「你這個狼心狗肺的東西，枉我跟你拜了天地，最後就送給我這四個字。」

胡小天道：「還有什麼陰謀？不妨痛痛快快說出來。」

夕顏幽然歎了口氣道：「在你心中我始終都是不好的，始終都在害你，難道你到現在還不明白人家的心意嗎？在我心底最心疼的那個始終都是你啊！」說到這裡似乎情動，兩行晶瑩的淚珠沿著皎潔如玉的面頰滑下，當真是梨花帶雨我見尤憐。

「抱抱我好嗎？」夕顏主動投身入懷，胡小天目光犀利，即時察覺到她右手之間夾帶的寒芒，一把將她的皓腕握住，果然看到她的中指之上套著一個銀環，銀環之上針芒閃現。

夕顏怒道：「你弄疼我了！」

胡小天道：「我現在總算明白什麼叫黃蜂尾後針了，是不是想一針把我扎死？」

夕顏道：「我可沒想你死，就算刺中你，也只是讓你乖乖睡上一覺。」

胡小天一臉的不信任，這妖女詭計多端，陰謀手段層出不窮，幸虧自己對她始終都有提防，不然真會中了她的圈套。小心將夕顏手指上的毒針勾下，夕顏近距離望著胡小天，唇角露出淡淡的笑意：「你這隻小狐狸，其實剛才我就知道他們困不住你。」

胡小天道：「周王在哪裡？」

夕顏搖了搖頭道：「我怎麼知道？」

胡小天一把將她推到牆角，夕顏的嬌軀被抵在牆壁之上，胡小天一伸手將柱子上的鳳翎飛刀拔了下來，抵住她潔白如玉的咽喉，夕顏笑得越發甜美了，將曲線完美的下頷抬起，吹氣若蘭道：「我就不信你當真捨得殺了我！」

胡小天一揚手，將飛刀狠狠插入夕顏的腮邊，夕顏面對突然刺來的飛刀，眼睛都沒眨一下，似乎對胡小天充滿了把握，她柔聲道：「就知道你不捨得。」

胡小天道：「我雖然不捨得殺你，可是我卻可以扒光你的衣服，削光你的腦袋，讓你變成一個光溜溜的尼姑！」

夕顏道：「你如果做了和尚，那我就陪伴你做個尼姑好不好？」

第三章

外族的野心

薛勝景已經瞭解了霍格的心思，
沙迦人東進之心從未有一刻平息過，
這一點沙迦人和黑胡人有著驚人的類似，
他們同樣野心勃勃，同樣想縱馬江南，逐鹿中原，
薛勝景厭惡這幫粗鄙的蠻夷，可是他又不得不承認，
在當前的大勢之下，這幫蠻夷又有著可用之處。

胡小天冷冷道：「那我豈不是要無法安寢了？每天都要提防有人害我。」

夕顏格格笑道：「我怎麼捨得，再說你那麼有本事，就算我想害也害不了你，現在連易容術都到了這種境界，如果不是聽到你的聲音，連我幾乎都被你騙過。」一雙美眸盯住胡小天的面孔道：「賊眉鼠眼，這張面具還真是適合你。」她以為胡小天戴了一張人皮面具。

胡小天心中不免有些得意，看來自己的改頭換面還是有了相當的火候，如果不是身形和聲音出賣了自己，只怕夕顏認不出自己。他正想進一步逼問周王龍燁方的下落，忽然聽到外面傳來驚慌失措的呼喊之聲。

「抓刺客！抓刺客！」聲音此起彼伏，頃刻間整個大帥府內就變得人聲鼎沸。

胡小天心中一陣愕然？自己進來時還算小心，難道這樣都被人識破了影蹤？

夕顏道：「出事了！」

胡小天擔心她使詐，仍然沒有放手，夕顏道：「放開我，肯定出事了！」

胡小天這才將她放開，夕顏找出一張人皮面具迅速換上，推開房門走了出去，明顯有些慌張，甚至連胡小天都顧不上了。

胡小天也跟在她的身後走了出去，兩人剛剛出門，就看到一隻巨大的白色雪雕從頭頂俯衝而下，下方混亂的人群之中，一道灰色身影倏然彈射到雪雕之上，雪雕載著那人振翅向空中翱翔而去。

夕顏怒道：「哪裡走！」右手一揚，數道寒芒向雪雕射去，雪雕背上的灰衣人手中長劍揮舞，將夕顏射出的鋼針盡數圈入其中，雪雕的速度追風逐電，轉瞬之間已經飛入半空之中。

下方眾人紛紛向上射箭，可是那雪雕去勢太快，很快就飛出了他們的射程範圍，轉瞬之間已經在空中變成了一個小白點。

宴會大廳亂成一團，胡小天趁著混亂準備離去，卻看到李鴻翰滿手是血地衝了出來，大吼道：「快去請郎中，快去請郎中！」

胡小天內心一怔，換成別人受傷，李鴻翰絕不會表現出如此驚慌，難道是李天衡遇刺了？此時整個大帥府處於最為混亂的時候，眾賓客也紛紛逃離現場。

又聽到一個聲音道：「封鎖帥府各個出口，任何人不得隨意離去！」發號施令的人卻是張子謙，更驗證了胡小天剛才的猜測。

雖然張子謙下達了所有賓客不得隨意離去的命令，可仍然還是有不少人已經離去，現場已經處於暫時失控的狀態，胡小天不敢久留，趁著大帥府仍然沒有完成全面封鎖之前，跟著人群混出了帥府。

離開帥府之後，想要逃離這片封鎖的區域對胡小天來說根本沒有任何難度，他不敢直接返回驛館，李天衡既然已動了囚禁他的主意，就會對他的同伴展開行動。

西州的空氣變得緊張了許多，大街小巷到處都是搜捕的兵馬，對城內展開全面搜查，一時間搞得西州風聲鶴唳人心惶惶。胡小天也不敢四處走動，以免遭人注意，直到黃昏時分方才如約來到眾香樓前。大帥府那邊消息封鎖得相當嚴密，到底何人遇刺至今仍然沒有透露出確切的消息，只是從整個西州城驟然嚴肅緊張的空氣，推算出一定是某位大人物遇刺，甚至極有可能是李天衡。

梁英豪早已在這裡等他多時了，只是他也認不出胡小天現在的樣子，胡小天先觀察了一下周圍情況，確信並無可疑人物，這才走過去和他相見。

梁英豪聽到胡小天的聲音方才辨明了他的身分，看到胡小天如今的樣子也是大感詫異，胡小天的所作所為總是出乎別人的意料之外，難怪他會讓自己先行離開，原來擁有這樣一身出神入化的易容術，如果不是胡小天主動前來相認，就算是面對面自己也不可能認出是他。

兩人來到附近的酒館，選擇了一個臨窗的座位坐下，便於觀察外面的動靜，點菜之後，梁英豪壓低聲音向胡小天道：「他們已經提前轉移了，目前暫時住在向陽街的一座宅院裡面。」

胡小天皺了皺眉頭，心中有些奇怪他們何以會這麼快找到落腳的地方。

梁英豪解釋道：「是閻姑娘提供的住處。」

胡小天點了點頭，天狼山的這幫馬匪在西川勢力分佈甚廣，看來他們在西州的落腳點不僅僅是青雲山莊一處。得知手下人都已經安全轉移，暫時不會有什麼危險，胡小天也就放下心來。

此時小二將酒菜送上來，兩人奔波了一天也都餓了，梁英豪拿起酒壺給胡小天斟了一杯酒，小聲問道：「帥府那邊究竟發生了什麼事情？西州到處都是士兵在搜查，搞得人心惶惶。」

胡小天低聲道：「有人行刺，刺客得手之後馬上逃走了，到底是誰遇刺還不知道。」

梁英豪道：「府主打算怎麼辦？何時離開西州？」

胡小天將杯中酒一口飲盡道：「不急，你先回去讓他們稍安勿躁，我要打探清楚到底發生了什麼再做打算。」

梁英豪道：「府主，現在風聲很緊，凡事還要多加小心。」

胡小天點了點頭道：「你放心吧，我心中自有回數。」

兩人匆匆吃完，就在眾香樓門外分手，胡小天經過一番深思熟慮，決定前往大雍使團所在的驛館探聽情況。

夜幕降臨，大雍燕王薛勝景和長公主薛靈君兩人方才返回了驛館，兩人的表情都顯得有些凝重，走下座車之時，他們都留意到在驛館周圍已經佈置了不少的兵馬警戒，美其名曰是為了保護他們的安全，可事實上卻是將他們嚴密監視起來了。

薛勝景胖乎乎的臉上呈現出一絲冷漠，進入驛館大門之後，他向負責他們安全的郭震海道：「增強戒備，今晚不得讓任何外人進入內苑。」

「是！」

兄妹兩人沿著驛館的遮雨長廊走向休息的內苑，薛靈君長歎了一口氣道：「不知李天衡是死是活？」

薛勝景一雙小眼睛透露出陰森而狡黠的目光：「大帥府防衛森嚴，居然能夠讓刺客混入，李天衡號稱西川霸主，座下高手如雲，現在看來也不外如是。」

薛靈君道：「二皇兄此話怎講？」

薛勝景道：「今日之事總覺得疑竇重重，可又想不通究竟不對在什麼地方。」

薛靈君道：「你懷疑李天衡是故意使詐，在所有賓客面前故意表演了一場被人刺殺的好戲？」

薛勝景瞇起雙目：「如果真是如此倒也情有可原，他可以對外宣稱大康皇上想要置他於死地，通過這件事可以激起西川軍民同仇敵愾之心。」

薛靈君點了點頭道：「若是一切真如皇兄所想，那麼李天衡倒不失為一代梟雄人物。」

薛勝景道：「紙包不住火，他們可以瞞過西川百姓，卻瞞不過咱們的眼睛。」

薛靈君微笑道：「總之對大雍來說都是一件好事，二皇兄這次的使命不就是破壞西川回歸大康的可能，斷了大康的後路嗎？」

薛勝景陰測測笑了起來：「卻不知胡小天現在的境況如何？」

聽到他提起了胡小天，薛靈君一雙秀眉不由得顰起，宴會之上看到胡小天匆匆離席而去，就已經猜到他遇到了麻煩，胡小天離去不久，李天衡就遭遇刺殺，而所有的這一切罪名只怕要落在他頭上，胡小天這次的麻煩大了。

薛勝景歎了口氣道：「我是真心想幫他，畢竟是結拜兄弟，我也不忍心眼睜睜看著他走上絕路，只可惜這小子戒心太重，又看不清時局，落入如今的困境也是咎由自取。」

薛靈君道：「無論武功心計他都超人一等，也許他自有脫身之法。」

薛勝景搖了搖頭道：「一個人的武功如何厲害，終究敵不過千軍萬馬，他雖然聰明，可畢竟還是有弱點的。」

薛靈君饒有興趣道：「我倒想聽聽他的弱點究竟是什麼？」

薛勝景道：「不夠狠心偏偏又好色多情。」說這話的時候，他有意無意地向妹妹看了一眼。

薛靈君嫣然笑道：「我倒覺得他還算堅定，關鍵時刻把持得住。」

薛勝景道：「那是因為沒遇到讓他動心的女人！」看似無心的一句話，卻如同一根帶刺的鞭子狠狠抽打在薛靈君的心頭，讓薛靈君的內心鮮血淋漓，她才不相信二哥是無心之過，他的這句話根本是意有所指，薛靈君向來自負美貌，更認為自己的風情之下少有男人能夠抵擋得住，可是在胡小天面前卻屢屢受挫，這廝明明是個多情種子，卻偏偏對自己並不感興趣，這讓薛靈君百思而不得其解。

薛靈君俏臉瞬間轉冷，打了個哈欠道：「累了一天，真要好好睡上一覺了。」

薛勝景道：「長夜漫漫，還不知這西州城會發生怎樣的事情。」

薛靈君道：「發生什麼事情都和我沒有關係，本來還想著來到這裡好好遊歷一番，現在什麼心情都沒有了。」

薛勝景望著妹妹遠去的背影，一雙小眼睛中卻流露出怨毒的目光。

薛靈君除去羅衫，進入浴桶之中，溫暖清澈的水面之上灑滿了玫瑰花瓣，她一向追求完美，在生活上的要求幾乎到了苛刻的地步，潔白無瑕的嬌軀浸入水中猶如一朵靜靜綻放的白蓮，她正是女人最好的年齡，美麗成熟的時光，撫摸著自己嬌嫩柔滑的肌膚，薛靈君卻又生出一絲難言的感傷，女人的時光又是短暫的，她也不會例外，用不了多久，她也將紅顏老去，若是無人關注的平凡女子倒也心安理得，可是她生來就活在別人目光之下，習慣了別人的仰慕和尊敬，若是有一天，當她鶴髮雞皮出現在人前，當仰慕和熱情變成了鄙夷和冷漠，那將是怎樣的悲哀。

若然有那樣的一天，毋寧去死！

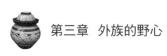

薛靈君仰首靠在浴桶之上，纖長的手指從堅挺豐滿的胸膛緩緩滑落，感受著起伏的曲線，落在平坦的小腹之上，雙眸緊閉，整個人在這一刻彷彿脫離了塵世的羈絆，水的浮力讓她有種升入雲端的錯覺，已經好久沒有這樣輕鬆的感覺了，薛靈君長舒了一口氣，睜開迷濛的美眸，卻發現一個黑影就站在自己的對面。

薛靈君開始還以為是自己的錯覺，眨了眨眼睛，然後張開嘴就要呼救，黑影從陰暗中猛然衝了過來，一把就掩住了她的嘴巴。這是一張醜陋而猥瑣的面孔，冷酷而帶著嘲諷的目光落在薛靈君的俏臉之上，薛靈君赤裸的胸膛隨著他目光的遊移而劇烈起伏著，她感覺對方的目光猶如兩把鋒利的剃刀在自己的肌膚上來回摩擦。

薛靈君的情緒很快就平復了下來，目光中的恐懼也在瞬間變成了一種柔媚。她仔細從對方的臉上尋找著一切熟悉的特徵，很快她就能夠斷定，自己從未見過張面孔。

醜陋猥瑣的男子向她做了一個噤聲的手勢，然後抽出匕首。刀鋒距離她的面孔僅有半寸的距離，多數女人珍惜容貌勝過自己的性命，對薛靈君來說尤其如此，她看了看刀鋒，知道了對方的用意，低聲道：「你想要什麼？」刻意壓制的聲音透出了一種別有風情的味道。明顯在引人犯罪。說話的時候故意屈起了右腿，迷人的長腿多半露出了水面。

男子的目光卻始終盯著她的雙目，嘶啞著喉頭道：「刺客是不是你們派去的？」

薛靈君微微一怔，美眸盯住對方的雙目，似乎想從對方的目光中分辨出他的身分，一個人外表可以偽裝，可是雙眼卻隱藏不了。雖然男子的問話給她某種暗示，似乎他是來自李天衡的陣營，可仔細一想根本沒有任何可能。薛靈君忽然想起了什麼，唇角露出一絲充滿誘惑的笑意，柔聲道：「你以為呢？」

男子低聲道：「我沒有耐心，也沒有時間，你最好老老實實地交代，不然……」

「不然怎樣？殺了我？還是強暴我？」薛靈君的表情嫵媚至極：「無論你做出怎樣的選擇，我都不會反抗，只有一個條件。把你這張醜陋的面具給摘掉。」

男子兇神惡煞道：「我沒興趣跟你開玩笑。」

薛靈君嘆了口氣道：「你雖然改變了容貌，可是你身上的那股味道騙不了我。就算你可以掩飾身上的味道，你的眼神也騙不了我，胡小天，你想見我又何必花費那麼大的心思！」

薛靈君果然沒有認錯，眼前人正是胡小天所扮，胡小天雖然在事前也預想到可能會被薛靈君認出，卻沒想到她這麼快就識破了自己的身分。味道？老子身上有味道嗎？明明沒有啊！

薛靈君道：「我知道你心中一定因為昨晚的事而埋怨我，其實人家也是身不由己，我被救回之後，就被二皇兄禁足，雖然我想救你。卻有心無力，你知不知道人家離開之後無時無刻心中不在牽掛著你，可我又知道你絕不會出事，像你這麼本事的男人誰也困不住你。」

胡小天知道自己的身分已經被她識破，再偽裝下去也沒有必要，收回手中匕首道：「能讓長公主牽腸掛肚真是榮幸之至，我今晚前來的目的你應該知道。」

薛靈君俏臉泛起兩片嫣紅，咬了咬鮮艷欲滴的櫻唇，嬌滴滴道：「知道，人家對不起你嘛，你今晚想怎樣對我都行……」說到這裡螓首低垂，顯得嬌羞無限。

胡小天暗罵薛靈君，卻明白此女心機之深前所未見，她所流露出的媚態無非是為了迷惑自己罷了，胡小天道：「這世上的事情真是無巧不成書，咱們在西山石窟這麼巧就遇到了淫僧，解藥又剛巧在青雲山莊。」

薛靈君幽然嘆了口氣道：「你定是懷疑昨日發生的一切全都是我在事先策劃，無論你信與不信，大佛巖之事根本與我無關。」

胡小天道：「過去的事情不提也罷，我且問你，今日在大帥府壽宴之上發生了什麼？」

薛靈君慵懶地將秀髮攏到雙肩之後，充滿幽怨道：「難道你就讓我這樣跟你說話？」

胡小天微笑道：「這樣還坦誠一些。」

薛靈君啐道：「你這小子真是色膽包天，人家什麼都讓你看到了，你讓本宮以後如何嫁人？」

胡小天笑道：「長公主殿下還是少害無辜性命的好。」

薛靈君聞言不由得柳眉倒豎，怒道：「你說什麼？」

胡小天道：「都說長公主剋夫，今日我方才明白到底因為什麼緣故。」目光向水中一掠。

薛靈君俏臉羞得通紅，一雙秀眉卻憤怒地豎立起來，胡小天分明是在嘲諷她，薛靈君一直就有不為人知的難言之隱，白虎剋夫，過去這個不為人知的秘密如今已經被胡小天知道了。

胡小天根本是在故意觸怒薛靈君，薛靈君臉上的怒氣稍閃即逝，旋即又化成了滿臉的柔媚，輕聲道：「你這麼大的膽子也會相信這種無聊的傳言嗎？想人家對你坦誠，你為何不坦誠一些，要不要進來陪我一起洗洗呢？」

胡小天呵呵笑了起來，一邊笑一邊搖頭。

薛靈君的俏臉再度漲紅了，她意識到自己的媚態根本沒有奏效，在胡小天面前的表演竟被他視為一個笑話，簡直是奇恥大辱。

胡小天道：「不敢，我害怕被你吃掉！」

薛靈君道：「信不信我現在就呼救？」

胡小天點了點頭道：「信！」

薛靈君道：「你不敢殺我！」

胡小天道：「我雖然不敢殺你，可是我敢把今晚之所見傳遍天下，到時候長公主剋夫的真相也就人盡皆知了。」

「無恥！」薛靈君徹底被胡小天激起了真怒。

胡小天笑著站起身來：「彼此，彼此！」

薛靈君從水中站起身來，宛如出水芙蓉，不得不承認她的魔鬼身材實在對一個男人擁有著致命的殺傷力，胡小天卻明白眼前的薛靈君更是一個蛇蠍美人，她絕不可能對任何人產生感情，她表露出的一切只不過是為了完成政治目的的手段。胡小天來到太師椅上坐下，靜靜望著薛靈君披上浴袍，他不怕薛靈君呼救，更不怕她逃走，薛靈君是個與眾不同的女人，她絕不會做任何的傻事。

薛靈君第一次感覺到衣服能夠帶給女人尊嚴，光著雙腳踩在地板上，居高臨下望著胡小天，臉上的嫵媚一掃而光，取而代之的卻是凜冽的殺機和憤怒。

胡小天若無其事地坐在那裡，靜靜欣賞著出浴後的薛靈君，美人如玉，眉目如畫，明眸皓齒，洗去鉛華之後的薛靈君感覺比平時還要美麗，此等絕色尤物的確世間少有。

薛靈君很快就感到不自然了，這廝的目光實在太有穿透性，讓她感覺自己穿著衣服仍然如同赤身裸體站在他面前一樣。

胡小天輕聲道：「我一直認為咱們並不是敵人！」

薛靈君道：「現在還不是！」

胡小天點了點頭道：「我沒想過忠君愛國，也沒什麼勃勃野心，我只想保我家門平安，奈何你們卻要對我苦苦相逼。」

薛靈君搖了搖頭道：「針對你的不是我們，你只是大康和西川之間博弈的犧牲品，龍宣恩給了你駙馬身分，想你死在西川，因此李天衡就會坐實欺君背叛之名，李天衡提前洞悉了內部叛亂的計劃，將那些意圖謀反的叛將一網打盡，他一樣想殺你，要將所有的一切推卸到你的頭上。」

胡小天道：「想不到我居然這麼討厭，落到了人人喊打的地步。」抬起雙眼望著薛靈君道：「你還沒有告訴我今天壽宴之上究竟發生了什麼？」

薛靈君道：「你離去不久，李天衡就被人刺殺，當時的情況很混亂，殺手武功很高，逃出大廳，乘雪雕離去。」

胡小天點了點頭：「李天衡的情況怎麼樣？」種種跡象表明李天衡肯定沒死，如果李天衡死了，這些前往賀壽的嘉賓也沒那麼容易回來。

薛靈君道：「不清楚，當時他被刺殺之後，出了很多血，周圍武士很快就將他保護起來，我們根本沒機會接觸到他。」

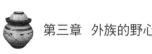

胡小天沉思片刻，低聲道：「會不會是故布疑陣，賊喊捉賊？」

薛靈君心中暗讚，胡小天的頭腦果然清醒，雖然沒有親眼看到壽宴上發生的一切，卻仍從自己的表述中把握住了關鍵所在，其實薛靈君也一直對李天衡遇刺的事情抱有懷疑。她搖了搖頭道：「其他的事情我就不清楚了。」

胡小天起身就走，薛靈君道：「喂，別急著走！」

胡小天停下腳步，轉身望著她道：「怎麼？你還有事？」

薛靈君道：「你若是信得過我，我可以助你離開西州。」

胡小天露出一絲笑容道：「是真心幫我，還是擔心我把你的秘密說出去？」

薛靈君歎了口氣道：「人家對你的心意，難道你現在還不明白？」

胡小天暗自冷笑，薛靈君這一招對自己早已沒用，他忽然伸出手去，一把就將薛靈君的浴袍扯了下來，薛靈君壓根想不到這廝會來這一手，驚慌之下，慌忙用雙手護住胸膛，以為胡小天突然間獸性大發，卻見胡小天抓起浴袍在鼻翼前聞了聞微笑道：「很香！君姐，有沒有人告訴過你，你兩邊生得一大一小？」

薛靈君第一次感覺到思維跟不上胡小天的節奏了，眼前白影一晃，卻是胡小天將浴袍又朝她扔了過來，薛靈君伸手接過，等她再看的時候，胡小天已經從窗口飄然離去，薛靈君顧不上穿上浴袍，赤著腳跑到窗前，舉目向外望去已看不到胡小天的影子，夜風從窗口吹來，感覺身上一涼，慌忙掩上窗戶，低頭望去，咬了咬櫻唇，小聲罵道：「臭小子，明明是一般大小！」心中已經明白胡小天是故意說這種話來分散自己的注意力。

胡小天其實並未走遠，而是翻到了薛靈君所住的屋簷之上，他耳力何其敏銳，薛靈君的自言自語全都落到了他的耳朵裡，胡小天不禁露出會心的笑容，昨天讓薛靈君算計，今天總算扳回一城。

他正準備離開驛館，卻看到前方有人挑著燈籠從長廊處經過，領路之人乃是金鱗衛副統領郭震海，有三人跟在後方，只聽郭震海道：「王子殿下這邊請！」

胡小天心中一怔，不知哪位王子深夜前來造訪薛勝景，他舉目望去，只見那人身材非常魁梧，走起路來虎虎生風，看背影竟然是沙迦國王子霍格。在他身後還跟著兩人，一人身材壯碩應該是負責保護他的武士，另外一人體態婀娜，周身包裹在深紫色的斗篷之中，竟然是一位妙齡女郎。

胡小天心中暗奇，霍格來見薛勝景居然還帶著一個女人，難道這女郎是他送給薛勝景的禮物？想起此前在青雲之時，沙迦國師摩挲利也曾經送了一個女奴給周王，後來周王又轉贈給了自己，這次保不齊又是故技重施。

胡小天的好奇心徹底被勾起，等到幾人走遠之後，他飛簷走壁，結合馭翔術和金蛛八步，無聲無息跟蹤過去。行到中途，又轉身向薛靈君所住的方向看了一眼，看到薛靈君的房間內仍然亮著燈光，她到現在都沒有出聲示警，證明她果然心虛，害怕自己將她的秘密說出去，想到這裡，胡小天都覺得自己有些無恥了，搖了搖頭，將薛靈君的事情拋在一邊，繼續跟蹤霍格一探究竟。

霍格來到門前讓兩名手下在外面等待，此時薛勝景已經迎出門外，呵呵笑道：「王子殿下大駕光臨，不知有何見教？」

霍格微笑抱拳道：「燕王爺好，深夜前來，希望沒有打擾到王爺休息。」

薛勝景微笑望著霍格，心中隱約猜到他深夜前來必有重要的事情相商，而且發生在眼前這個敏感的時候，於是做了一個邀請的手勢：「裡面請！」

霍格隨著薛勝景走入房間內，其餘人仍然在外面候著。

賓主兩人落座之後，薛勝景拿起翡翠茶壺主動給霍格倒了一杯茶。

霍格謝過之後，端起茶盞在手中把玩了一下，嘖嘖讚道：「早就聽說王爺喜愛收藏，尋遍天下奇珍異寶，單單是這套翡翠茶具就非凡品。」

薛勝景淡然笑道：「這套茶具乃是聚寶齋西川分號孝敬我的，殿下若是喜歡，回頭讓人包好了給你送過去。」薛勝景出手果然不凡。

霍格呵呵笑道：「你們漢人有句話，君子不奪人所愛，王爺喜歡的東西我可不敢要。」

薛勝景微笑道：「這樣的東西我在大雍的庫房內多得是，王子殿下不肯收，莫不是看不起我？」

霍格笑道：「王爺哪裡的話，既然王爺一番盛情，我也不好推卻，我就收下了。對了，這次我也給王爺帶來了一份禮物呢。」

薛勝景哦了一聲道：「什麼禮物？」

霍格這才擊了擊掌，房門開啟，那身穿紫色斗篷的蒙面女郎走了進來。薛勝景乃是風月場上的老手，一眼就看出那女郎走路如春風擺柳，婷婷嫋嫋誘人之極，也明白了霍格的心意，這廝分明是要送一個絕色女子給自己。

霍格擺了擺手，示意那女郎露出本來面目，女郎掀開斗篷，露出滿頭金燦燦的蜷曲長髮，肌膚嬌豔如雪，高鼻深目，雙眸猶如海洋深藍，乃是一位異域美女。

薛勝景雖然閱美無數，可是這種異域美女卻很少見到，看到那女郎也不禁嘖嘖稱奇，圓圓的面孔笑顏逐開，一雙小眼睛已經瞇成了一條細縫。

霍格悄然觀察著薛勝景的反應，看到他如此表情，就知道他已經動心，低聲道：「王爺覺得此女如何？」

薛勝景笑瞇瞇道：「別有一番風味，只是不知和中原女子有何不同？」

霍格意味深長道：「王爺今晚身體力行一試即知。」

兩人同時大笑起來。

那異域美女冰藍色的美眸之中充滿了迷惘，薛勝景叫來郭震海，讓他將那名異域美女先送去自己的寢室。

那美女離開門外，和她一起同來的那名武士來到那異域美女面前，口中嘰哩咕嚕念念有詞。

胡小天此刻屏住呼吸趴伏在屋頂之上，借著月光他剛好看清了那異域美女的容貌，讓他震驚無比的是，那異域美女竟是維薩，當初周王龍燁方將此女轉贈給了自己，自己護送周王前往燮州之時將此女安置在青雲，可是朝中生變，自從那次他離開之後就再也沒有機會返回青雲，自然失去了維薩的下落，想不到維薩竟然又落到了霍格的手中。霍格這廝也實在可惡，表面上跟自己稱兄道弟，背後卻瞞著自己這麼重要的事情，送出去的女奴又怎能厚顏無恥地再搶回去。

維薩點了點頭，郭震海叫來一名手下，讓他將維薩送往薛勝景的寢室。

那名沙迦武士此時轉過身來，胡小天慌忙低下頭去，卻見那沙迦武士雙目閃爍著妖異的藍色，雖然距離遙遠，卻有若磁石，胡小天幾乎忍不住想繼續看他的眼睛，還好那沙迦武士又轉向了其他的地方。

薛勝景和霍格交換禮物之後，彼此之間明顯親近了許多，霍格道：「我和胡小天乃是結拜兄弟，燕王爺和胡小天也是結拜兄弟，說起來咱們也是兄弟。」

薛勝景笑道：「可不是嘛，你我以後就以兄弟相稱，不必如此客氣。」

霍格果然沒跟他客氣：「大哥，我今次前來，是奉了岳父岳母之名特地來向你致歉。」

薛勝景道：「壽宴之事實屬意外，兄弟又何必親自登門解釋？只是不知大帥究竟情況如何？兄弟可否據實相告？」薛勝景對李天衡目前的狀況是非常關心的，李天衡的安危對未來的格局有著相當重要的影響。李天衡若是平安無事，證明這場刺殺就是他一手策劃，真正的用意是要尋找一個冠冕堂皇脫離大康的理由，李天衡若是當真受傷，那麼未來的局勢還真不好說。

霍格道：「實不相瞞，兄弟我至今都沒有見到岳父大人，是岳母大人派我等分頭前往各處進行解釋。」

薛勝景點了點頭，連霍格這個正牌女婿都沒見到李天衡，更證明這其中有詐。

霍格道：「聽聞大雍此次前來要和西川結盟，不知可有此事？」

薛勝景並沒有急於回答霍格的問題，這廝果然有所圖謀，他此次前來並非是為了結盟，主要的目的是為了粉碎西川回歸大康的可能，現在看來皇兄的擔心是多餘的，李天衡野心勃勃，絕不肯屈膝再為人臣，西川的獨立已勢在必行，可以說他的使命已經完成。霍格此來又是為了什麼？他是沙迦國十二王子，同時又是李天衡的女婿。建立在政治上的婚姻其實是最為脆弱的，沙迦和黑胡一樣，覬覦中原的土地絕非一日，難道他表面上做李天衡的乖女婿，其實內心中卻打著入侵西川的算盤？

薛勝景微笑道：「兄弟是聽誰說的？」

霍格道：「外面的傳言有很多，都說大雍和西川要聯手對付大康呢。」

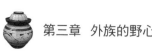

薛勝景道：「如果當真發生了這樣的事情，不知沙迦會站在哪一邊呢？」

霍格道：「自然是站在西川一邊！」

薛勝景點了點頭：「感情上的確是如此！」話鋒一轉又道：「昔日沙迦曾經多次受到大康征討，兩國交戰死傷無數，本王記得，擋住沙迦東進道路的就是李大帥吧。」

霍格沒有說話，看了薛勝景一眼，對方分明是在揭開沙迦人剛剛結痂的傷口，不過他有一點沒有說錯，如果不是李天衡駐守西川，也許沙迦的騎兵早已抵達中原的腹地。

霍格雖然沒有表露他的目的，可薛勝景卻已經瞭解了他的心思，沙迦人東進之心從未有一刻平息過，在這一點上沙迦人和黑胡人有著驚人的類似，他們同樣野心勃勃，同樣想縱馬江南，逐鹿中原，薛勝景打心底厭惡這幫粗鄙的蠻夷，可是他又不得不承認，在當前的大勢之下，這幫蠻夷又有著可用之處。

薛勝景道：「真正的聯盟絕非是犧牲一方的利益去照顧另外一方，而是雙方都可以從聯盟之中得到想要的利益，也只有這樣，彼此的關係才能穩固，大雍從未想過要和西川聯盟。」

霍格臉上的表情充滿了質疑：「哦？」在他看來薛勝景實在是夠虛偽，大雍想要吞併大康之心天下皆知，他這次前來西川的目的還不是為了分化西川和大康，聯盟西川對大康形成夾擊之勢，前呼後應，將大康的疆土分而食之，現在卻在自己的面前說從未想過和西川聯盟，真是謊話連篇。

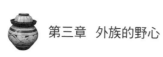

薛勝景道：「我知道這樣說賢弟肯定不會相信，可是就算大雍提出和西川聯盟，西川也不會答應，所以我也不會去做這種徒勞無功的事情。」

霍格頓時明白了薛勝景的意思，大康和西川唇齒相依，縱然西川不肯回歸大康，可是以李天衡的頭腦他也不會聯手他人共同謀奪大康的土地，大雍想要吞併大康之心天下皆知，大康若是被滅，大雍絕不會停止南侵的步伐，下一個目標或許就會指向西川。霍格明知故問道：「那是為何？大康國運衰微，亡國之日已不久矣，若是多方合力，前後阻擊，必然可以將之一舉擊破，到時候分而食之豈不是兩全其美的事情。」

薛勝景心中暗自冷笑，當真是皇帝不急急死太監，就算前後阻擊也是大雍和西川，干你們沙迦什麼事情？難道你也想分一杯羹？薛勝景笑眯眯道：「大雍一向奉行以和為貴的國策，從未想過要去入侵他國領土。」

霍格看到薛勝景那張虛偽的面孔，從心底感到鄙夷，都說中原多虛偽之士，今天算是見識到了，霍格道：「最近聽到了不少的流言，看來外界流言不足為憑，是兄弟我多心了。」

薛勝景聽出這廝話裡有話，霍格雖然表面粗獷，可畢竟出身沙迦王族，據說還深得其父沙迦可汗桑木扎的器重，薛勝景對霍格雖然瞭解不深，但是對桑木扎卻是聞名已久，桑木扎自從登上汗位之後橫掃青蒼草原各大部落，將昔日戰火紛紛，一盤散沙的青蒼草原合為一體，算得上是當世屈指可數的梟雄人物，能被桑木扎看重的兒子應該也不是普通人物。

想到這裡，薛勝景微笑道：「賢弟都聽到了什麼流言？」

霍格道：「我聽說黑胡因為四王子完顏赤雄在雍都被害之事懷恨在心，正在集結兵馬準備來年春天進攻大雍。」

薛勝景哈哈大笑：「賢弟從哪裡聽來的流言？實在是荒唐至極，大雍和黑胡剛剛締結盟約，關於完顏赤雄被害之事也已經向黑胡方面解釋清楚，並獲得了諒解，兩國之間正處於前所未有的和平時期。」這番話連他自己都不相信，薛勝景當然知道完顏赤雄的事情已經讓黑胡和大雍之間剛剛修好的關係再度出現裂痕。以大雍今時今日的國力就算沒有西川的幫助，一樣可以征服大康，但是大雍卻不能不忌憚在自己背後一直虎視眈眈的黑胡。大雍無法保證在自己出兵南侵的時候，黑胡會不會在背後插上自己一刀，從目前的局勢來看，這種可能性很大。真要是發動南侵，不排除發生螳螂捕蟬黃雀在後的事情。

霍格道：「此等流言大哥聽聽就算了，千萬不要當真。只是最近黑胡方面不斷滋擾域藍國，域藍國國王乃是我父王的結義安答，屢屢向我父王求援，若是這種情況持續下去，很可能沙迦會和黑胡兵戎相見。」

薛勝景聽到這裡，內心卻是一喜，霍格明顯在給他傳遞信號，沙迦和黑胡之間也有矛盾，薛勝景對西方的局勢還是非常清楚的，黑胡和沙迦過去相距遙遠，歷史上從未有過任何的衝突，可是隨著近些年沙迦國的不斷強大，其疆域不斷向南推進，其北疆已經推進到瀚海沙漠的邊緣，黑胡卻在和大雍的連年征戰之中疆域不斷向西北移動，其西南邊界也推進到了瀚海邊緣。

瀚海乃是天下間最大的沙漠之一，而域藍國卻是沙漠之中最大的一個國家，據有瀚海最大的一片綠洲郎木，想要率軍渡過瀚海，就必須在域藍國進行中轉，這就讓域藍國的戰略地位變得空前重要。無論是黑胡還是沙迦都想將域藍國據為己有，佔據域藍國不但可以扼住對方入侵的咽喉，還可以對中原大地形成包圍之勢。然而域藍國一直奉行中立的國策，和列國都謹慎保持著距離，然而這並不能讓周邊強國放棄覬覦之心。

薛勝景道：「據我所知，黑胡並未有出兵域藍國的消息。」

霍格道：「若是黑胡膽敢出兵，沙迦必然會不惜一切幫助域藍。」

薛勝景心中暗自冷笑，只怕沙迦可汗桑木扎比任何人都想吞掉域藍這塊肥肉，可是轉念一想，若是沙迦出兵域藍，黑胡同樣不會坐視不理。他望著霍格的眼睛，從中忽然讀懂了他的意思。薛勝景低聲道：「賢弟以為黑胡有沒有能力雙線作戰？」

霍格微笑道：「若是黑胡膽敢對大雍不利，兄弟剛好可以考校一下他們雙線作戰的能力。」他的意思再明白不過，如果在大雍出兵大康的時候，黑胡膽敢在背後插刀，沙迦完全可以採取圍魏救趙的策略，趁機打擊域藍國，因為域藍國重要的戰略地位，黑胡必然會不惜一切前往爭奪，其兩方不能兼顧，而這一切卻要建立在沙迦和大雍結盟的基礎之上。

參透了霍格此來真正的目的，薛勝景的小眼睛變得越發明亮起來，虎父無犬子，這位沙迦國的十二王子果然很不簡單，可是薛勝景並沒有忘記他的身分，霍格乃是李天衡的女婿，焉知他今天所說的這番話不是故意在試探自己？薛勝景道：「賢弟能夠說動西川和咱們三方聯手？」

霍格意味深長道：「這天下本來就沒有多大，多一個人分咱們豈不是就少分了一份？誠如大哥所言，西川絕不可能與大雍聯手。」

薛勝景端起茶盞慢條斯理地喝了口茶，方才緩緩道：「不知沙迦想分得多少？」

霍格道：「沙迦對中原之地向來沒有野心，我父汗最想收復的兩個地方一為南越，一為域藍。」

薛勝景暗罵，還說沒有野心，如果這兩個國家落入你們的手中，等於你們控制住了中原的西、南兩個門戶，只要你們不高興，隨時都可以切斷這兩條道路的貿易往來，往北乃苦寒之地，往東大海茫茫，沙迦人果然打得如意算盤。

霍格看到薛勝景沉默不語，還以為他已經心動，壓低聲音道：「大雍盡得中原之地，沙迦僅取兩國之土，南北東西遙相呼應，日後這天下必然屬於你我兩家。」

薛勝景微笑點了點頭，伸出手去。

霍格愣了一下，然後也伸出手去和薛勝景緊緊相握，兩人同時大笑起來。

胡小天趴在房頂之上，耳朵緊貼屋簷，將兩人的對話聽得清清楚楚，心中把這兩人祖宗十八代都問候了一遍，自己結拜的這倆都不是什麼好貨色，野心勃勃，居然在這裡分起了家產，天下還沒打下來呢就急著分贓，真是笑話了。可想想兩人的計畫實在是可怕，若是當真達成了聯盟，別說是什麼大康，只怕連黑胡、西川早晚也得落入他們的手中。不過他們一個是王子，一個是王爺，在各自的國家裡未必能夠當家作主。

霍格道：「大哥，這件事天知地知，你知我知，千萬不可洩露出去。」

薛勝景笑道：「賢弟只管放心。」

胡小天聽到兩人就要告辭，悄然從屋簷滑落下去，薛勝景的寢室距離這邊並不遠，他要趁著他們沒發覺之前將維薩救走。

胡小天在暗夜之中兔起鶻落，沒過多久就已經潛行到薛勝景休息的小樓前方，看到兩名金鱗衛正守在門前，彼此低聲交談，其中一人道：「王爺真是豔福不淺，那洋妞生得妖嬈動人，嫵媚惹火，若是能跟她春風一度，便是死了也值得。」

胡小天暗罵這兩人無恥，躡手躡腳來到小樓後方，施展金蛛八步攀援而上，來到亮燈的二層，無聲無息地翻上圍廊，沿著圍廊逐一房間開始搜索，來到第三間亮燈的房間，湊在窗前一看，卻見維薩正呆呆坐在床上，雙目望著燭光，不知在想些什麼？胡小天伸手在房門上輕輕推了一下，房門應聲開啟。

維薩抬起頭來，她本以為是燕王到了，可是不等她看清眼前的狀況，胡小天如同一陣風一般撲到她的面前，一把將她的嘴唇捂住，做了個噤聲的手勢，低聲道：「是我，胡小天！」

維薩的雙眸中充滿迷惘，胡小天低聲道：「難道你把我忘了？」記得在青雲之時維薩是滿口的英文，胡小天於是改成英文對她說話。

維薩冰藍色雙眸中的恐懼漸漸褪去，胡小天道：「我帶你走，千萬不要發出聲音，免得驚動了外面的武士。」他放開了維薩的櫻唇。

維薩仍然靜靜望著他，彷彿仍然沒有認出他。

胡小天指了指自己的面孔道：「我是戴了面具！」

維薩點了點頭。

胡小天在她身前躬下身去，讓維薩爬到自己的身上，維薩順從地爬到他的背上，雙臂摟住他的脖子，胡小天原本準備從原路離去，可是還未來到門前就聽到腳步聲，慌忙打開窗戶跳了出去，剛剛來到飛簷之上，卻聽到維薩突然發出了一聲尖叫：「救命！」

胡小天被維薩的這聲尖叫弄懵了，這丫頭莫非腦子壞掉了？自己是救她離開火坑，她為何要高聲呼救，現在的狀況卻由不得多想。維薩的這聲尖叫已經將驛館內的金鱗衛驚動，率先啟動的是負責守護小樓的兩名武士，他們同時抽出弩箭，瞄準屋簷上的胡小天連續扣動扳機，一支支弩箭夾帶著青色的光芒流星般向胡小天射去，兩名武士顯然沒有顧及到維薩的安危。

胡小天背著維薩，足尖一點從屋簷之上騰躍而起，躲開兩排弩箭，弩箭錯失目標，接二連三地射入屋簷之上，發出叮叮咚咚的瓦片碎裂之聲。

胡小天不敢戀戰，在半空中施展馭翔術，宛如一隻大鳥般俯衝而下，想要儘快離開這座院子。

一道黑影離地而起，與半空之中和胡小天狹路相逢，胡小天舉目望去，卻見對方一雙藍色眼睛直盯著自己，眼光之中泛出妖異的光芒，胡小天只看了一眼就覺得頭暈目眩，此人正是跟隨霍格前來的武士，胡小天暗叫古怪，只覺得一口氣提不上來，竟然從半空之中跌落下去。

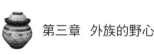

雙腳方一落地，就感到一股勁風從側方向自己橫掃而來，胡小天揮拳去擋，卻感覺到內息無法運轉自如，腦海中晃動的完全都是妖異的藍色眼睛，胡小天強行控制住自己的心神，對方一定是用催眠術之類的技能影響到了自己的意識，讓胡小天在短時間內竟然喪失了對內息的控制能力。

一記重棍橫掃在胡小天的胸口，砸得胡小天眼前一黑，險些暈厥過去，卻是郭震海趁著胡小天意識恍惚之際給了他一棍。郭震海身為金鱗衛副統領武功絕非泛泛，胡小天無法調動內息，腦海中晃動得全都是那藍色眼睛，竟然對這一棍不知閃避，硬生生捱了下來，這一棍重創了胡小天，右側的肋骨都被擊斷了兩根，疼痛卻讓胡小天的意識重新回歸清醒，腦海中那些妖異的眼睛影像也被這一棍震碎，胡小天吞下一口鮮血，施展躲狗十八步，躲過郭震海砸向他頭顱的第二棍。強忍疼痛向前方逃去。

沙迦武士如影相隨，胡小天不敢和他的雙目相對，暗暗提起丹田的一口氣，身軀再度提縱而起，跳出幾名武士還未形成的包圍圈，衝入前方的院落之中。

郭震海大吼道：「保護長公主殿下！」

胡小天潛入的卻是長公主薛靈君所住的院子，若非聽到郭震海的這句話，他還沒有意識到這一點，他被郭震海重創，更麻煩的是對方還有一名控制心神的高手，在這樣的狀況下脫身很難，更何況他的身邊還帶著維薩。

維薩此時仍然懵懵懂懂，口中喃喃道：「救我……救我……」從她的表現，胡小天推斷出她應該也是被人控制了神智。

兩道身影向胡小天圍堵而來，卻是負責保護長公主的金鱗衛，胡小天身法詭異，穿梭如電，從兩人之間的空隙中奪路而出，一腳踹開長公主薛靈君的房門。

薛靈君此時並未入睡，還在因為胡小天剛才的羞辱怨怒不已，卻又看到這廝衝了進來。

薛靈君其實早就聽說了外面的呼喝之聲，看到胡小天這般情景已經知道發生了什麼，她居然沒有害怕，主動向胡小天走了過去，低聲道：「我當你的人質，幫你逃出去。」

胡小天本想以強制手段要脅她，卻想不到薛靈君居然如此主動，心中暗忖，薛靈君何其聰明，她一定是看出了形勢不對，無論她反抗與否都要淪為自己手中的人質，與其被動不如主動。主動還可以博取胡小天些許的好感，既然你主動要求，我也沒必要客氣。

胡小天以匕首抵在薛靈君的後心，低聲向她道：「外面有一名沙迦武士，眼神非常奇怪，你千萬不要看他的眼睛。」

薛靈君點了點頭，佯裝驚慌失措尖叫道：「救命！救命！」

薛靈君一叫救命，維薩也跟著叫救命，胡小天揮手照著她的頸後就是一掌，將維薩打量，薛靈君的目光在維薩鮮花般美麗的面孔上掃了一眼，低聲道：「為了一個女人那麼拚，值得嗎？」

胡小天低聲道：「少廢話，送我出去。」

薛靈君歎了口氣道：「真是可憐，你都吐血了。」目光落在胡小天唇角的血跡，臉上流露出憐憫之色。郭震海剛才的那一棍實在不輕，砸得胡小天到現在仍然胸口沉悶，斷裂的肋骨處稍一動作就劇痛不已，胡小天心中暗暗發狠，以後只要有機會遇到郭震海，必然要報今日一棍之仇。

薛勝景和霍格兩人全都趕了過來，看到胡小天肩頭扛著維薩，右手用匕首抵在薛靈君的後心走了出來。

薛勝景怒道：「混帳，竟敢要脅我皇妹，就算你逃出驛館，也無法逃過本王座下武士的追擊，還不束手就擒，本王答應你，放你一條生路。」

胡小天冷笑道：「再敢廢話，我就將你親妹子當場戳出七個透明的窟窿，趕緊給我準備馬車一輛，若有絲毫怠慢，我現在就殺了她！」

薛勝景雖然口中威脅胡小天，可行動上卻不敢怠慢，趕緊讓人去準備馬車。

胡小天始終不敢和霍格身邊的沙迦武士正面相對，此人的攝魂術實在厲害，可以通過目光對視控制自己的意識，剛才如果不是郭震海一棍將自己打醒，恐怕麻煩會更大。

薛靈君裝得驚恐萬分，顫聲道：「皇兄救我……」

薛勝景道：「皇妹儘管放心，他若是敢傷了你一根汗毛，我就算將西州城掀個底朝天也要將他找出來。」他投鼠忌器，看到親妹子在胡小天手上做人質，就算手下高手如雲，也不敢勒令進擊。

那名沙迦武士始終在尋找著和胡小天目光相接的機會，可是胡小天吃一塹長一智，根本不和他目光相對。霍格靜靜望著胡小天，此人居然是為了女奴維薩而來，在他的記憶中可能營救維薩的沒有幾個，難道是……他想到了什麼，可是對方的樣子卻很快又將他的設想否定。

薛勝景的手下很快就備好了馬車，胡小天押著薛靈君上了馬車。此時外面聞訊趕來的西川將士已經將周圍封鎖的水泄不通。

胡小天冷冷道：「王爺最好讓他們讓開一條通路，如果讓我發現誰敢跟蹤我，休怪我對長公主不客氣。」

薛勝景無奈，只能擺手示意眾人讓開一條道路。

胡小天向薛靈君道：「勞煩長公主多送我一程！」他操縱馬車向遠方馳騁而去。郭震海率領手下金鱗衛準備追趕，薛勝景卻抬起手來：「不用追了，小心觸怒他對我皇妹下手。」

霍格微微一怔，薛勝景放棄追趕只怕不僅僅是擔心對方會一怒殺人，看來他對這個同胞妹妹的死活並不是太放在心上。

薛勝景此時轉向霍格道：「這女奴究竟是何身分？」

霍格聽他問話，方才意識到薛勝景將今晚出事的責任推到了自己身上，不過他也無話好說，如果不是這個女奴，也不會引來這場麻煩。霍格道：「乃是過去從法雅公國俘虜的女奴，我看到她相貌出眾，妖嬈動人，所以才帶來送給大哥。」

薛勝景冷哼了一聲，不悅之色溢於言表。

霍格也是好不尷尬，歉然道：「大哥不用擔心，此事因我而起，我就會負責到底，我這就回去馬上發動一切可能的力量搜救長公主。」

胡小天確信無人追蹤，這才停下馬車，抱起維薩跳離了馬車，長公主薛靈君笑盈盈望著他道：「你打算就這麼放過我？」

胡小天點了點頭道：「難道你還想我殺人滅口不成？」

薛靈君嫵媚的眼波飄向胡小天道：「你不怕我揭穿你的身分？」

胡小天笑道：「隨便你！」他無心久留，抱起維薩迅速消失在夜色之中。

第四章

攝 魂

維薩咬牙道：「惡魔……你是惡魔……」
此時一道身影閻怒嬌繞到了她的身後，
點中了維薩的穴道，維薩身軀一軟就倒了下去，
閻怒嬌一把摟住維薩，胡小天也衝了上去，
將掉落的花瓶穩穩接到手中。

胡小天來到向陽街和同伴會合之時已是當晚三更，天狼山馬賊的這個落腳點坐落於一片民宅之中，粗看並不起眼，可是進入之後方才發現，這是由四套宅院組成，每套宅院下面都有暗道相通，就連梁英豪這個打洞專家對這裡的建築結構也嘖嘖稱奇。

看到胡小天回來，眾人總算鬆了一口氣，梁英豪和胡小天分手之時明明看到他孤身離去，現在回來身邊卻又多了一個異域美女，心中不由得暗歎，這位府主實在是太多情了。胡小天安頓好維薩，來到楊令奇的房間內。

眾人仍然在這裡等著他，胡小天見到其中並無閻伯光兄妹在內，低聲道：「閻伯光他們呢？」

熊天霸道：「在隔壁的院子裡，今天他們聯繫上了不少的同夥。」

胡小天皺了皺眉頭，這裡是天狼山在城內的另一處落腳點，天狼山有人找過來也實屬正常。

楊令奇道：「府主剛才去了哪裡？」

胡小天道：「去大雍使團那邊轉了一圈。」

幾人對望了一眼，都顯得有些後怕，胡小天真是膽大包天，這種時候還敢孤身去那裡。楊令奇卻記得胡小天和燕王是八拜之交的結義兄弟，或許胡小天前往那邊就是為了尋求幫助。

楊令奇道：「燕王可願意幫助府主？」

胡小天搖了搖頭道：「我並未見到他。」他轉向其餘幾人道：「你們先回去休息，我和楊先生有些事情要商量。」

幾人離去之後，胡小天方才將自己在驛館的見聞低聲告訴了楊令奇，因為胸口疼痛，幾次不得不中斷下來，歇息之後才能繼續描述。

楊令奇此時方知胡小天在燕王那邊受了傷，關切道：「府主傷勢要不要緊？」

胡小天搖了搖頭：「沒事，只是肋骨斷了兩根，需要休養之後才能恢復了。」

楊令奇道：「沙迦竟然和大雍偷偷結盟，如果當真成功，那麼以後天下局勢必然會發生大變。」

胡小天道：「全都不是什麼好鳥，皇上讓我前來西川出使，根本就是設下了一個圈套讓我鑽，刺殺李天衡是他所設計，把我放在這裡，想借著李天衡的手將我幹掉，讓李天衡失去道義，為千夫所指，一石二鳥，其心可誅。」

楊令奇點了點頭道：「李天衡洞悉了他的陰謀，於是將計就計策劃了一場壽宴之上的刺殺，現在天下人都知道皇上設計刺殺他，想將他趕盡殺絕，利用這件事已經將西川變動的人心重新團結到了他的身邊。」

胡小天冷笑道：「你肯定想不到連周王也是假的，他讓人假扮周王在眾人面前指責洪北漠把持朝政，皇上只是他控制的傀儡。」

楊令奇道：「府主打算怎麼辦？」

胡小天道：「而今之計還是先返回大康再說，老皇帝雖然害我，可終究是在背後的手段，表面上不會針對我，反倒是這西川凶險重重，不適合再待下去了。」

楊令奇點了點頭，他思索了一會兒，低聲道：「其實府主對李天衡並沒有太大的威脅，或許他不會對你趕盡殺絕。」

胡小天道：「人心隔肚皮，誰知道他的真實想法？現在還搞不清楚李天衡的真實狀況如何呢。」

楊令奇微笑道：「府主沒事最好，您還是先回去休息，有什麼事明天再說。」

胡小天點了點頭離開了楊令奇的房間，本想前往維薩休息的地方探望，中途卻遇到了閻怒嬌，微笑著迎了上去：「閻姑娘這麼晚還沒睡？」

閻怒嬌道：「正要去睡，沒想到在這裡遇到了你……」連她自己都感到這理由牽強得很，其實是她聽聞胡小天回來的消息所以過來探望，俏臉不由得一熱，在心中悄悄問自己，我和他又有什麼關係？為何要關心他的死活？但無論閻怒嬌承不承認，胡小天終究是她第一個男人。

閻怒嬌正想告辭離去，楊令奇卻在此時出門，他向胡小天道：「府主，我這裡有一瓶蒙先生留下的金創藥，您拿去用。」

閻怒嬌聞言一怔，關切道：「你受傷了？」

胡小天點了點頭道：「一些小傷，不用擔心。」

閻怒嬌道：「我幫你看看，我稍稍懂得一些醫理。」關切之情溢於言表。

胡小天點了點頭，和閻怒嬌一起來到了自己的房間內，脫掉上衣，露出一身健美的肌肉，閻怒嬌俏臉不由得紅了起來，咬了咬櫻唇，小聲道：「傷在哪裡？」

胡小天指了指自己的右肋，閻怒嬌看到他肌膚上的淤青，方知他傷得不輕。閻怒嬌道：「你等等！」說完就轉身出門，沒多久她帶了一張膏藥過來，為胡小天小心貼上，胡小天近距離望著閻怒嬌的俏臉，心中一股暖意升騰而起，閻怒嬌察覺到他的目光正在盯著自己，不由得有些慌亂，下手稍稍重了一些，痛得胡小天呲牙咧嘴，哎呦慘叫了一聲。

閻怒嬌自責道：「對不起，對不起，是我不小心。」

胡小天笑道：「有什麼好對不起的，你幫我，我感謝都來不及呢。」

閻怒嬌小聲道：「你也幫過我。」

胡小天看到她羞澀的樣子，心頭不由得一蕩：「可是你給我的更多。」

閻怒嬌一張俏臉紅到了耳根，這廝真是好壞，越是不想提起他偏偏要說。

胡小天察覺到她難堪，慌忙岔開話題道：「你的醫術是跟誰學的？」

閻怒嬌道：「我醫術不行，只學了幾手解毒的方法，這些膏藥是蒙先生留給我的，治療骨傷有奇效，對普通骨裂當天就可緩解疼痛，三天內就可基本癒合。」

胡小天暗歎，這畢竟迥異於他所生存的年代，人們的自我修復能力太強大了。不過療程雖然可以大大縮短，卻無法杜絕疾病的發生。

閻怒嬌道：「聽說有人刺殺了李天衡？」雙眸望著胡小天，顯然懷疑這件事和他有關。

胡小天道：「具體的狀況我也不清楚，總之這件事和我沒關係。」他看了閻怒嬌一眼，你信不信我？

閻怒嬌咬了咬櫻唇，居然點了點頭。

胡小天道：「聽說你們有不少同伴找過來了？」

閻怒嬌道：「來了幾個，只是這兩天風頭太緊，我們最好還是藏身在這裡不要出去，等風頭平息之後再考慮離開。」

胡小天點了點頭，此時隔壁房間傳來女子的尖叫聲，胡小天聽出是維薩，慌忙站起身來向那邊趕去。

閻怒嬌緊隨他的身後，也是滿腹好奇，她並不知道胡小天帶回來一個女子。

負責看守維薩的熊天霸一臉無奈地站在門外，腳下佈滿碎裂的瓷片，卻是維薩剛剛向他投擲了一個花瓶。見到胡小天趕來，如釋重負地鬆了口氣道：「三叔，突然就醒了，然後就發瘋！」

胡小天點了點頭，看到維薩站在牆角，惶恐地望著他們，手中還抱著一個花瓶：「不要過來，不要過來……」

胡小天微笑著舉起雙手，示意他沒惡意，輕聲道：「維薩，你不認得我了？」

維薩聽到他叫出自己的名字，目光變得越發迷惘了，胡小天向前走了一步，她慌忙揚起花瓶：「你不許過來！」

胡小天道：「你記不記得青雲，記不記得我？我是胡小天啊，你記不記得曾經有一位主人！」

維薩咬牙道：「惡魔……你是惡魔……」

此時一道身影倏然來到維薩身後，卻是閻怒嬌趁著胡小天吸引她注意的時候悄悄繞到了她的身後，一伸手點中了維薩的穴道，維薩身軀一軟就倒了下去，閻怒嬌一把摟住維薩，胡小天也衝了上去，將掉落的花瓶穩穩接到手中。

兩人將維薩重新攙扶上床，胡小天道：「她可能是被人控制了神智，暫時迷失了意識。」

閻怒嬌道：「應該是攝魂術，沙迦國有不少攝魂師，他們擅長控制別人的心智，一旦被他們控制，就會成為他們的傀儡，不過這種攝魂術不會持續太久，休息一段時間或者用金針刺穴，就可以解除控制。」

胡小天道：「你會不會解除攝魂術的控制？」

閻怒嬌點了點頭道：「我師父曾經教給我一些方法，只是從未嘗試過。」她的美眸落在維薩臉上，輕聲道：「如果你信得過我，我倒是可以嘗試一下。」

雄雞的報曉聲中黎明悄然到來，胡小天緩緩睜開雙目，昨晚他睡得並不好，一閉上眼就看到無數隻妖異的藍色眼眸在腦海中晃蕩，宛如夢魘揮之不去，攝魂術的威力如此之大胡小天始料未及，無奈之下，他唯有坐禪，以李雲聰教給他的菩提無心禪來收斂心神，凝神靜氣。這套天龍寺的秘傳禪法精深高妙，果然起到奇效。

受傷的肋骨也已經不再疼痛，閻怒嬌給他的膏藥看來非常靈驗。胡小天小心活動了一下臂膀，來到門外，剛好看到閻怒嬌從隔壁的房間內出來，向他笑了笑道：「她還在睡，相信醒來之後就能夠恢復神智。」

胡小天望著她一臉的疲倦，猜到閻怒嬌昨晚肯定沒睡，充滿愛憐道：「辛苦你了，趕緊回去休息吧。」

閻怒嬌點了點頭，此時忽然聽到閻伯光的聲音道：「讓開，讓開！我要見我妹妹。」原來是閻伯光過來尋找妹妹，卻被熊天霸擋在了外面，熊天霸向閻伯光揮舞著拳頭道：「再敢亂叫，小心我揍你啊！」

胡小天制止住熊天霸，讓他放閻伯光進來，跟閻伯光一起過來的還有兩人，其中一人居然是胡金牛，看到這位本家堂兄平安無事地逃出了青雲山莊，胡小天心中也是倍感安慰，畢竟是一脈相承，他也不想胡金牛出事，和胡金牛的幾次接觸來看，他雖然身處匪營可是良知未泯，只要正確引導，或許會改邪歸正，胡金牛雖然認出了胡小天，可是當著閻伯光的面也不便和他相認，只裝著不認識。

閻伯光快步來到妹妹身邊，一把抓住她的手臂道：「怒嬌，你這一夜去了哪裡？你有沒有事？有沒有人欺負你？」

閻怒嬌朝胡小天看了一眼，俏臉微紅道：「哥，你別胡鬧，我在幫忙救人。」

閻伯光點了點頭：「沒事就好，沒事就好。」說話的時候向胡小天看了一眼，或許是因為他的手下陸續來到這裡跟他會合，閻伯光看胡小天的眼神已經不如此前那般畏懼，明顯有了底氣。

閻怒嬌生怕兩人發生衝突，勸道：「哥，咱們回去。」

閻伯光這才收起目光帶著妹妹一起離去。

熊天霸望著他們的背影憤然道：「馬匪也敢這麼牛氣，真想飽揍他們一頓。」

胡小天道：「熊孩子，現在大家都坐在一條船上，理應攜手渡過難關，儘量不要發生衝突。」

身後響起楊令奇的聲音道：「不錯！」

胡小天笑道：「楊先生起來了？」

楊令奇道：「早就起來了，梁英豪和唐鐵鑫他們出去打探情況，現在也應該回來了。」說話的時候，梁英豪和唐鐵鑫先後返回，讓胡小天意外的是，西川方面居然沒有大肆搜捕他們，梁英豪特地去宣寧驛館那邊看過，驛館那邊無人駐守，並沒有出現預想中重兵圍困的現象。

胡小天有些奇怪道：「難道李天衡沒打算針對我們？」

楊令奇道：「咱們的存在對大局並無太大影響，所以他也沒必要在追捕我們的事情上投入太大精力，無論如何，這都是一件好事，至少咱們脫身要容易許多。」

唐鐵鑫道：「今天城內警戒的兵馬減少了許多，老百姓的情緒也非常平靜，表面上看，西州和往日並沒有太多不同。」

胡小天道：「看來倒是我多慮了。」

楊令奇道：「府主，咱們是繼續在這裡等下去，還是儘早離開？」

胡小天緩緩踱了幾步道：「英豪、天霸，你們兩人負責盯緊天狼山的那幫馬匪，他們之中良莠不齊，雖然跟咱們都坐在一條船上，可是很難保證其中不會有人會有異心。」

「是！」

楊令奇點了點頭，他也擔心這件事。

胡小天又道：「鐵鑫，你去購置車馬行裝，為咱們離開做準備。」

唐鐵鑫抱拳領命。

胡小天向楊令奇道：「臨走之前，有個人我必須要去見。」

楊令奇道：「誰？」

「張子謙！」

張子謙的府邸位於西州城東，黎明時分他方才返回家中，身為李天衡手下第一謀士，西川方面對張子謙的保護也極其嚴密，出行都有二十名武士隨行。

張子謙抵達家中之後並沒有急於去休息，而是先來到了自己的書房內，望著書房牆壁之上懸掛的大康疆域圖，雙目之中流露出激動的光芒，他這一生中最大的理想就是輔佐明主爭霸天下，李天衡能征善戰，可是性情方面卻有些優柔寡斷，此前他就早已奉勸李天衡自立為王，可是李天衡始終猶豫，若非這次叛亂事發，只怕李天衡還不會下定決心和大康斷絕關係。

張子謙的目光落在西川的位置，佔據西川之利，休養生息，穩固根基，等到時機成熟之後，便可率軍東征，一統大康，李天衡就能夠成為大康真正的霸主。

身後傳來一個懶洋洋的聲音道：「張先生是不是在想安邦定國的大計？幫助李天衡覆滅龍氏的統治？」

張子謙的脊背明顯挺直了一下，周身肌肉變得僵硬，他聽出了胡小天的聲音，卻不知胡小天究竟如何潛入自己書房，張子謙並未轉身，過了一會兒，方才伸手撫摸了一下頜下青髯，微笑道：「原來是胡老弟，真是稀客，光臨寒舍也未曾提前跟我說一聲，我也好出門相迎。」說完這番話，他方才緩緩轉過身來。

胡小天坐在太師椅上，笑瞇瞇望著張子謙：「張先生打算帶著刀斧手去迎接我嗎？」

張子謙呵呵笑道：「胡老弟此話從何說起，我絕無傷害你的意思，就連大帥也未曾想過要針對你，胡老弟不辭而別讓我等好生迷惑，還不知何處招呼不周？失禮之處還望老弟多多擔待。」

胡小天暗自佩服，張子謙果然不是普通人物，在危險面前仍然鎮定自若，沒有流露出絲毫的慌亂。

胡小天道：「張先生乃是西川第一謀士，李大帥的左膀右臂，李天衡擁兵自立，割據一方，張先生在此事中居功至偉。」

張子謙微笑道：「老夫可不敢居功，天下大勢又豈是我這個手無縛雞之力的書呆子能夠左右的？」

胡小天道：「先生若是遇到不測，李大帥豈不是斷了一條臂膀？」

張子謙聽出胡小天的言外之意，他非但沒有害怕，反而舉步向胡小天走去，在胡小天的身邊坐下，輕聲道：「胡老弟想要殺我？」

胡小天笑瞇瞇道：「張先生不怕？」他從腰間抽出匕首，猛然插入紫檀木的茶几之上，匕首奪的一聲深深刺入茶几之中，張子謙內心為之一顫，表情卻依如古井不波，淡然道：「殺了老夫對你又有何好處？」

胡小天道：「帶著你的人頭回去，皇上或許會獎賞我呢。」

張子謙道：「皇上若是真心想要賞你，又何必讓你來出使西川？胡老弟那麼聰明，不會到現在還沒察覺皇上的真正用意吧？」

胡小天道：「你不說出來，我還真是不明白呢。」

張子謙微笑道：「胡老弟應該聽說了西川將領林澤豐趙彥江等人唆使手下，蠱惑軍心，意圖叛亂之事。」

「欲加之罪何患無辭？」

張子謙道：「這件事已經基本查明，根據幾人證供，乃是朝廷暗中和他們聯絡，許以高官厚祿，意圖除去李大帥，你大概不會想到，他們想殺的人還有你在內，皇上對你們一行也下了格殺令。」

張子謙看到胡小天仍舊不為所動，歎了口氣道：「胡老弟，難道你還不明白，皇上急於擺脫困境，所以才不惜一切想要收回西川，妄圖以西川之糧緩解大康之荒。」他搖了搖頭，起身走向那張疆域圖：「西川之地在大康疆域之中不到七分之一，西川雖然未受災害波及，可是西川之存糧也絕計無法挽救大康之糧荒，就算西川傾其所有去救，到頭來也只落得徒勞無功的下場，非但救不了大康，反而會讓整個西川的百姓置身於水火之中。」

胡小天道：「張先生何必找這麼多的藉口，說了這麼多無非是想為李天衡謀反開脫罷了。」

張子謙道：「胡老弟有沒有想過，大康何以會落入今日之境地？天災？」他搖了搖頭道：「實乃人禍造就，皇上昏庸，這些年來橫徵暴斂，魚肉百姓，任用奸佞，陷害忠良，就算西川歸順，就算可以緩解大康今日之荒，可以後呢？再有災荒，指望何人去救？大康弊制，積重難返，除非從根本上改換天地，大康百姓絕無安康之日。」張子謙的情緒變得激動起來：「你以為老夫不明白忠君愛國的道理，可是大康並非龍氏一家之國，君不愛民，又有何資格要求民之忠誠？大帥和大康劃清界限，實則是萬般無奈之下做出的決定，你以為他不知道這樣做會承擔千古罵名？大帥是犧牲一人之聲譽保住西川一方百姓。」

胡小天不動聲色，張子謙雖說得神情激昂，可仍舊擺脫不了為李氏利益服務的初衷，胡小天才不信他們的做法是出自大義。胡小天低聲道：「周王殿下何在？」

張子謙正準備回答，外面卻突然傳來腳步聲。有人來到門前輕輕敲了敲門：「張大人在嗎？」

胡小天聞言內心一怔，這聲音像極了眾香樓的香琴，確切地說，應該就是香琴，胡小天看了看張子謙，沒聽說過這位西川第一謀士有逛窯子的愛好，即便是有這種愛好，他也不會口味重到選擇香琴的地步，香琴的每次出現都帶有明確的目的，胡小天幾乎能夠斷定，她和夕顏之間存在著相當密切的關係。

張子謙道：「在！」

「張大人還沒吃飯吧？」

張子謙看了胡小天一眼道：「不餓，我想靜一靜。」

香琴嗯了一聲：「那就不打擾大人了。」

胡小天暗自鬆了一口氣，以為香琴終於離去的時候，房門卻被人一把推開了，香琴臃腫肥碩的身軀宛如一座小山般出現在門外，寬厚的背脊將晨光阻擋，她笑瞇瞇望著胡小天道：「原來有貴客登門！」

胡小天毫不慌亂，笑瞇瞇望著香琴道：「這麼巧，怎麼在這裡也會遇到妹子？你跟張大人關係很不一般嘛。」

香琴雙目盯住胡小天，樂呵呵道：「張大人是我的恩人，最近西州很不太平，所以我一直都在負責保護張大人的安全，可百密一疏，仍然被有些人鑽了空子。」

胡小天微笑點頭道：「真是越來越有意思了，妹子覺得我會對張大人不利嗎？如果我真心想那麼做，你以為能夠阻止我嗎？」他和張子謙之間的距離不到一丈，香琴距離他卻有兩丈有餘，以胡小天今時今日的武功，他有足夠的把握在香琴出手之前率先幹掉張子謙。

香琴格格笑道：「你不敢！」她的表情充滿了十足的把握。

胡小天饒有興趣道：「為何如此斷定？」

香琴道：「你若敢對張大人不利，周文舉就無法活命。」

胡小天聽到她提起周文舉的名字，內心不由得一沉，香琴這個胖妞雖然表面上生得蠢笨，可是頭腦也是狡詐非常，居然利用周文舉來要脅自己，顯然早已察覺了自己的弱點，周文舉曾救過他的性命，他絕不可以讓周文舉再因為自己受到拖累。

胡小天點了點頭道：「這個理由倒是非常充分，其實我對張大人從未有過加害之心。」

香琴道：「胡大人這兩天躲到了哪裡？我家小姐到處在找你。」

胡小天明知故問道：「你家小姐又是哪一個？」

香琴道：「張大人，可否借您的地方，我和胡大人單獨說兩句？」

張子謙微笑道：「你們兩個可真是喧賓奪主，也罷，我將這書齋讓給你們就是，只有一個條件，千萬不可損壞我的藏書。」

張子謙也是老奸巨猾，這種時候當然是走為上策，胡小天今天是來者不善善者不來。

不過胡小天並沒有阻止他離去的意思，等到張子謙離去之後，胡小天鎮定自若道：「五仙教、環彩閣、眾香樓、李天衡，這其中到底是怎樣的關係？」

香琴道：「環彩閣眾香樓全都隸屬於五仙教，李天衡和我們教主交情匪淺，這麼說是不是容易理解一些？」

胡小天道：「江湖門派大都遠離廟堂，像五仙教這般熱中於政事的，還真是不多。」

香琴道：「我家小姐要見你。」

胡小天嗤之以鼻道：「我憑什麼要見她？今天心情不好，改日再說！」他起身準備離去，香琴卻攔住他的去路，冷冷道：「你最好不要讓我難做。」

胡小天道：「你能奈我何？」

香琴忽然一拳向胡小天當胸打去，她出手雷霆萬鈞，毫無徵兆。

胡小天卻對她的出手早有預料，右腳向外一個側滑，躲狗十八步施展開來，香琴一拳落空，再看胡小天已經退到書架處，冷哼一聲，向前跨出一大步，腳掌落處，腳下青磚寸寸斷裂，猶如猛虎出閘，雙手化為虎爪，向前抓去，十道勁風破空嗚響，她短粗的手指擁有撕裂一切的力量。

在狹窄的書齋之中，胡小天的身法靈動如猿，再度躲開香琴的攻擊，香琴的雙爪錯失目標，全都擊落在前方書架之上，書架之上頓時多出了十道觸目驚心的爪痕，轟然一聲，書架從中折斷，上方書籍紛紛掉落。

張子謙剛剛退出書齋就聽到這聲驚天動地的巨響，一張面孔實在是難看之極，他忽然意識到自己做錯了一件事，離去之時若是不多說那句話或許還沒事，胡小天一定是故意激怒香琴，毀壞自己的書齋，讓他好好心疼一次。

香琴終於意識到身法方面自己和胡小天相差甚遠，停下攻擊，站在那裡望著胡小天呼哧呼哧喘氣，並非是累的，而是被這廝給氣的，明擺著在戲弄自己。她咬牙切齒道：「有種你別逃！」

胡小天道：「你不追我就不逃，你不是說你家小姐要見我，難道就要用這種方式將我請過去？」他環視狼藉一片的書齋：「妹子好像忘了張先生的交代了，這些書籍可都是他的心肝寶貝啊！」

香琴此時方才明白胡小天是故意激怒自己，真正用意是要將這書齋掀個底朝天，借此來捉弄一下張子謙，自己中了他的奸計。她恨恨點點頭道：「跟我走！」

胡小天道：「我雖然答應跟她見面，可地點卻得由我來挑選，一個時辰之後，我去眾香樓找她！」

香琴道：「可……」

胡小天打斷她的話道：「沒有商量的餘地，幫我轉告她，最好別再設計陷害我，不然我絕不會對客氣。」胡小天說完，騰空飛掠而起，撞開格窗，衝出書齋。

香琴也沒有追趕，張子謙此時折返回來出現在書齋門前，望著已經面目全非的書齋，捶胸頓足道：「你們兩個怎麼把我的書齋折騰成了這個樣子……」

夕顏靜靜坐在眾香樓的後花園內，整個院落中除了她以外空無一人，微風輕動，吹拂起她黑長的秀髮，宛如絲緞般拂動，明澈雙眸泛起輕微的漣漪，望著院門的方向道：「既然來了，為何不現身相見？」

胡小天從院門處走了進來，他並沒有易容，大搖大擺堂堂正正地從大門而入，因此也證明西川李氏並沒有針對他展開搜捕行動。或許李天衡念及昔日和胡家的交情對他網開一面，又或者自己在人家眼中原本就沒有那麼重要。

夕顏望著胡小天，俏臉之上流露出會心的笑意，豔若桃李，胡小天卻在心中暗自歎道，雖然長得美麗，怎奈心如蛇蠍，這妮子不愧出身五仙教，行事不計手段。

夕顏道：「我還以為你只是騙我，不敢來呢。」

胡小天道：「有那個必要嗎？」

夕顏指了指涼亭內：「坐，我給你泡茶！」

胡小天笑道：「謝了，我還是不喝了。」

「你怕我下毒啊？」

胡小天毫不掩飾地點了點頭道：「怕！」

夕顏歎了口氣道：「你認識我這麼久，我何時害過你？」

胡小天道：「反正我沒占過便宜。」

夕顏因他的這句話格格笑了起來，啐道：「討厭！」薄怒輕嗔，風姿無限，她向胡小天湊近了一些：「你找我是為了什麼？」

胡小天道：「不是你想見我嗎？」

夕顏道：「難道你心中就沒有一點點想見我的意思？」

胡小天道：「顧不上，我現在滿腦子裡想的都是如何離開這個是非之地。」

夕顏道：「你想走隨時都可以走，不過你這麼走了，說不定會有遺憾呢。」

胡小天道：「什麼遺憾？」

夕顏道：「周文舉你應該認識吧？」

胡小天聽她提起周文舉，不由得心中一沉，冷冷道：「你想針對我只管對著我來，若是敢牽涉無辜，我絕不會……」

「怎樣？」夕顏將高聳的胸膛向他一挺，一副毫不畏懼的樣子。

胡小天吞了口唾沫道：「利用這樣的手段是不是下作了一些？」

夕顏冷笑道：「勝者為王敗者為寇，只要能夠達到目的，又何必計較手段？你能夠走到今時今日，敢說自己始終光明磊落？」

胡小天被她問得無可對答，歎了口氣道：「你將周先生他怎麼了？」周文舉當年在燮州曾經捨身相救，胡小天心底始終虧欠著他，如果他遇到了麻煩，胡小天會竭盡一切可能去營救，夕顏顯然算準了這一點，方才利用周文舉來要脅自己。

夕顏道：「不是我將他怎樣，而是有一個人受了傷，必須要他去救，他若無力救回那人的性命，就必須要為那人陪葬。」

胡小天聞言一驚，難道夕顏所說的那個人是李天衡？

夕顏凝望胡小天的雙目道：「若是你能夠挽救此人的性命，我可以保證你和你的手下全都可以平安離開西州，周文舉也會平安無事。」

胡小天道：「為什麼一定要選中我？」

夕顏道：「當然你也可以選擇現在就離開，如果你走了，周文舉必死無疑，你說不定會抱憾終生。」

胡小天歎了口氣道：「我真恨我自己，為什麼是個好人。」

夕顏笑道：「你才不是什麼好人，只不過還有些良心罷了。」

「你得先告訴我，什麼人受了傷？」

夕顏道：「龍燁方！」

龍燁方躺在秋華宮內，這裡過去曾是大康皇室的行宮，龍燁方羈留西川之後，就被長期軟禁在這裡。

龍燁方是在李天衡壽宴當日遇刺，在李天衡壽宴遇刺的同時，有人潛入這裡刺殺龍燁方，兩名殺手進入秋華宮斬殺秋華宮負責保護龍燁方安全的十八名高手，龍燁方被連刺兩刀，這位可憐的皇子居然沒有命喪當場。

雖然沒有查明殺手的身分，胡小天卻已經猜到了這件事背後的陰謀，他幾乎可以斷定，殺手來自大康，刺殺龍燁方也是龍宣恩的計畫之一，龍燁方已經成為李天衡手上的一張王牌，他隨時可以圍繞龍燁方建立起另外一個政權中心，一國豈可有二君，剷除龍燁方就等於毀去了李天衡手中的王牌。

胡小天已經完全明白龍宣恩的計畫，一環緊扣一環，自己在這一計畫中只是一顆微不足道的棋子，龍宣恩最主要的目的一是殺掉李天衡，二是剷除他的親生兒子龍燁方，兩者計畫只要完成其一，就可以動搖西川的民心。

周文舉並沒有受到任何威脅，這一天一夜他都在忙於挽救周王的性命，甚至不知道外面到底發生了什麼事，看到胡小天到來，頗感差異，這種時候胡小天的處境變得極其微妙，他本不應該出現在這裡。

胡小天向周文舉點了點頭，低聲道：「病人的情況怎樣？」

周文舉道：「身上有兩處刀傷，一在右胸，一在左腹，傷口極深，而且行刺的刀鋒之上全都餵有劇毒。」

胡小天舉目望去，卻見周王龍燁方披頭散髮地躺在床上，臉色蒼白，唇色烏青，眼神渙散，一副奄奄一息的模樣，伸手摸了摸他的額頭，體溫較低，手腳冰冷，掀開覆蓋在龍燁方傷口的敷料，看到兩處刀傷全都是觸目驚心，刀口周圍已經變成了烏黑色。

胡小天對外傷還有些把握，可是對解毒卻並沒有太多的辦法，他向周文舉道：「有沒有查出他所中的是什麼毒？」

周文舉搖了搖頭道：「不清楚，毒性很厲害，已經用了化毒保元丹，可是沒什麼效果。」周文舉口中的化毒保元丹乃是五仙教特製的解毒丹藥，對於中毒擁有奇效，可是今次用在周王的身上卻沒有起到太大的效果。

周文舉道：「周王殿下體內應該還有出血的地方，需不需要為他做手術，將體內的出血止住？」

胡小天道：「他的狀況很差，只怕無法承受手術，而且，就算做手術也需要先將他體內的毒性控制住，不然只會加速毒血運行，反倒會影響到他的性命。」他從懷中取出洗血丹，這是神農社柳長生送給他的解毒藥，雖然未必能夠起到太大的作用，總能有些幫助。

周文舉憂心忡忡道：「若是任由這樣的狀況繼續下去，恐怕周王殿下撐不到明天這個時候。」

胡小天探望完周王的病情來到門外，夕顏就在外面等著他，從胡小天凝重的表情，就已明白龍燁方的情況不容樂觀，她輕聲道：「你有多大把握救活他？」

胡小天搖了搖頭道：「治好他的外傷我還有些把握，可是對解毒我不懂行，這方面應該是你的強項。」

夕顏道：「我擅長下毒，可對解毒也沒有什麼辦法，已經給他服下了化毒保元丹，現在看來也沒起到什麼效果。」

胡小天道：「你不是出身五仙教嗎？」

夕顏道：「術業有專攻，若是我師父在這裡或許還能救他一命，可現在……」她不由得歎了口氣。

胡小天忽然想到了閻怒嬌，閻怒嬌似乎在解毒方面頗有研究，也許她能夠幫得上忙，正準備向夕顏說明之時，卻見香琴朝他們走了過來，她附在夕顏的耳邊小聲說了句什麼。

夕顏道：「有人想要見你！」

胡小天並沒有想到要見自己的人居然是李天衡，李天衡就在隔壁的小院裡，未著官服，穿著青色儒衫，表情嚴肅地站在一棵古槐樹下。看到胡小天進來，他勉強露出一絲笑容道：「賢侄來了！」

胡小天點了點頭，李天衡在這裡出現一切都已經明瞭，證明昨天壽宴之上的那場刺殺只不過是他自導自演的一場戲罷了，這些野心家為了達到自己的目的不擇手段，李天衡如此，薛勝景如此，龍宣恩更是如此。

胡小天心中暗忖，李天衡居然膽敢和自己單獨相見，在這樣的距離下，若是自己出手，應該說有百分百的把握，李天衡難道對自己毫無戒心？又或是他本身就是一個深藏不露的高手，有足夠的信心可以自保？

胡小天當然不會刺殺李天衡，因為這樣做對他沒有任何的好處，他之所以落入今時今日的境地，全都是龍宣恩那個老烏龜在設計自己，在他心底深處更恨的那個人是龍宣恩。

李天衡道：「賢侄心中是不是怪我？」

胡小天道：「小天從不怨天尤人，相信每個人做任何事都有他的理由。」

李天衡點了點頭：「我若率部回歸大康，我李氏一族免不了被抄家滅門的下場，西川百姓也會因為這個決定而置身水火之中。」他歎了口氣道：「我做了這麼多年的大康臣子，皇上的性情我是清楚的，他不相信任何人，為了自身利益可以犧牲一切。」他的目光向周王寢宮望了一眼道：「甚至包括他的親生兒女。」

胡小天道：「大帥想救周王？」

李天衡抿了抿嘴唇：「我承認，將周王軟禁是有我的目的，可是當初如果我沒有將他留在西川，任由他返回康都，龍燁霖早就殺了他，他絕活不到今日！」

胡小天暗自感歎，李天衡以為這樣做就比龍氏高尚嗎？雖然給了周王苟延殘喘的機會，可是卻將他變成了一個傀儡，一個人所有的命運都被別人操縱在手中，那將是一種怎樣的悲哀，龍燁霖不甘於此，雖然登上帝位最終仍然拚命一搏，對周王來說何嘗不是一樣，也許對他來說，活著比死去更加痛苦。

李天衡道：「大康國運已走到盡頭，就算我不起事，早晚大康也會斷送在別國的手中，我不認為自己的決定有何錯處，犧牲我一人聲譽，成就西川千萬百姓，縱然身後為千夫所指，我也不會猶豫。」

胡小天道：「大帥其實沒必要告訴我這些事，我來西川只是受皇上的差遣，對大帥並無加害之心，我只想盡自己所能保住我胡氏一門。」

李天衡道：「難道你到現在還不明白當初你爹為何要將你送往西川？不是因為你在京城惹事，而是要讓你遠離是非，龍宣恩昏庸無道，疑心極重，如果沒有龍燁霖篡位，他恐怕早已著手對付我和你爹。」

胡小天內心一怔，這件事他從未聽父親說過。

李天衡從胡小天的表情已經猜到他對這些事情並不知情，歎了口氣道：「看來你爹並未告訴你實情，事到如今我也不瞞你，在你和無憂訂婚之前，我和你爹就已經看透了當今時局，那時就決定要將西川獨立，脫離大康。」

胡小天雙目瞪得滾圓，雖然他一直都懷疑父親和李天衡之間有些秘密，卻從未懷疑過父親想要謀反，並非因為他麻痹大意，而是因為越是至親之人，往往越是不會去懷疑，李天衡的這番話如同醍醐灌頂，將胡小天徹底點醒過來。

胡李兩家聯姻絕非偶然，不是因為門當戶對，而是出於政治利益上的考慮，李天衡統領重兵雄踞西川，父親身為大康戶部大臣，執掌大康財政，兩人的聯盟如虎添翼。按照李天衡的說法，他們早就謀定要叛出大康，只是他們並沒有考慮到龍燁霖的中途殺出，這位大皇子的篡位徹底打亂了兩人事先擬定的計畫。

父親無法從容將家人轉移，更沒來得及逃離康都，而李天衡在這種突發狀況下也不得不選擇倉促自立。他說得沒錯，以龍宣恩多疑的性情，不可能不對兩家的聯姻產生戒心。

可無論怎樣，李天衡都是利益的獲得者，而身處京城的胡家卻不得不單獨承受這場暴風驟雨的洗滌，僥倖活到今日，一是靠了自己的努力，還有一個很重要的原因就是運氣了。

老皇帝這次派他前來西川，就是要報仇，他要借著李天衡的手害死自己，讓李氏和胡氏之間結下深仇。整個過程中，父親始終都是最清醒的一個，可是他為何不將這一切告訴自己？

第五章

蝙蝗換血術

為周王換血，調來三十二名武士，從中找出相符合的血型，
然後利用螞蝗吸血的方法為他換血，清洗經脈。
胡小天此前雖然見識過這種換血的方法，
可那次是輸血，並沒有交換如此大規模的血量，
周王的身上還有刀傷，虛弱的體質不知能否渡過這一關。

李天衡拍了拍胡小天的肩膀，低聲道：「我不想周王死，無論你信不信我，我對你，對你們胡家始終都沒有半分惡意。百足之蟲死而不僵，大康也非別人看起來那樣衰弱。」

胡小天心亂如麻，李天衡對自己或許沒有惡意，不是他念在兩家的交情，而是因為自己在他的眼中只是一個無關緊要的人物，而他最後一句話卻發人深省，大康也非別人看起來那樣衰弱，難道說眼前的局面只是一種假像？不可能！大康朝廷幾乎走到了山窮水盡的地步，哀鴻遍野民不聊生，不然老皇帝也不會這麼急於拿下西川。他忽然產生了一個可怕的想法，難道大康國內經濟這麼快的衰落下去，乃是被人為操縱？這個人……胡小天深深吸了一口氣，他不願繼續想下去。

胡小天請來了閻怒嬌，雖然遭到閻伯光的激烈反對，他當然不想自己的妹妹跟著胡小天去以身試險，可閻伯光顯然左右不了妹妹的意志。

閻怒嬌還是跟隨胡小天前往了秋華宮，甚至沒問他想讓自己幫忙解毒的是誰？兩人之間雖然很少說話，可是彼此之間卻產生了一種默契，只要胡小天開口，閻怒嬌不會拒絕他的任何請求，她也堅信胡小天會盡一切可能保護自己的安全，事實上胡小天正是這樣想。

閻怒嬌在檢查完龍燁方的傷處之後，秀眉微顰，輕聲道：「他中的毒叫抽絲剝藹，乃是五仙教獨門煉製。」

胡小天聞言一驚：「什麼？」提起五仙教他第一個想到的就是夕顏，閻怒嬌既然能夠分辨出他中的究竟是何種毒物，夕顏當然不會辨別不出，胡小天不由得狠狠瞪了身邊夕顏一眼。

夕顏卻彷彿沒看到他一樣，輕聲道：「這位姐姐果然好眼力，既然你能夠分辨出他身中何毒，那麼就一定有解救他的方法了？」

閻怒嬌道：「抽絲剝藹乃是五仙教最厲害的秘製毒素，好像只有五仙教主才能掌握。」

胡小天一旁道：「難道下毒的是五仙教主？」說話的時候目光盯住夕顏。

夕顏只當沒有聽到他的問話：「姐姐可願出手相助？」

閻怒嬌道：「我知道一些方法，但是不敢保證一定有效，而且時間耽擱得太久，能否將他救活，要看他自己的造化了。」

胡小天聞言大喜，看來閻怒嬌還是有解毒的方法。

閻怒嬌道：「需要為他換血，將他體內毒血放出，再注入健康新鮮的血液。」

夕顏道：「姐姐是影婆婆的傳人嗎？」從閻怒嬌的話中，她已經猜到了對方的師承來歷。

閻怒嬌有些詫異地眨了眨雙眸，望著眼前這個美麗的少女，輕聲道：「你怎麼知道？」

夕顏並沒有回答她的問題，只是笑了笑，胡小天一旁冷笑道：「她是五仙教的高人，當然清楚。」

夕顏目光一黯，從胡小天的語氣中已經知道他心中的怨憤，小聲道：「姐姐只管盡力施救，任何後果由我來承擔。」

想要為周王換血，首先就要找到合適的血源，胡小天過去在青雲黑石寨就曾經親眼目睹秦雨瞳為閻伯光輸血的場面，那時候在他的記憶中閻怒嬌好像不懂得醫術，想不到短短一年多的時間居然就成為了一個解毒高手，看來不是這丫頭過去有所隱瞞，就是她天資聰穎，悟性逆天。

夕顏和胡小天來到門外，胡小天道：「五仙教下的毒，你會沒有解藥？」

夕顏搖了搖頭：「殺手之中有一個人來自五仙教，我已經派人去尋找他的下落。無論你信不信我，我都沒有抽絲剝繭的配方和解藥，她說得沒錯，掌握抽絲剝繭配製方法的只有教主。」

胡小天在長廊邊坐下，無聊望著陰沉沉的天空。

夕顏在他的對面坐下，望著他，美眸中流露出些許的歉疚之色：「真不習慣你板著面孔的樣子。」

「笑不出來！被人背叛的感覺並不好受！」

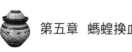

夕顏咬了咬櫻唇，以為胡小天這句話說的是她，美眸之中波光蕩漾，瑤鼻抽動了一下，兩顆晶瑩的淚珠順著俏臉滑落。

胡小天心中暗歎，我被你們陰成這樣都沒哭，你居然哭了起來，想用眼淚博同情嗎？以為老子還會上你當？

夕顏道：「我答應你，從今以後我再也不騙你好不好？」

胡小天淡然笑道：「對我來說無關緊要，等這邊的事情一了，我就返回康都，以後也許不會再有機會相見了。」

夕顏意識到胡小天動了真怒，忽然低下頭去，將俏臉埋在雙臂之間抽泣起來。

胡小天站起身，這種時候還是及早抽身為妙。

身後響起香琴的一聲冷哼：「臭小子，竟敢欺負我們家小姐！」

胡小天道：「天下間能夠欺負你們家小姐的男人還沒生出來呢。」

香琴怒道：「你居然還這麼說，你知不知道……」

夕顏及時制止香琴說話：「香琴！」俏臉之上滿是淚痕。

香琴呸了一聲道：「男人果真沒有一個好東西！」

胡小天已經走入了周王的寢宮。

香琴望著梨花帶雨的夕顏，有些痛心道：「小姐，你長這麼大我還從未見你哭過呢，那臭小子是不是欺負你了，要不要我幫你出氣？捶扁他！」

夕顏望著胡小天離去的方向，美眸中卻滿是柔情蜜意，輕聲道：「我才不許你針對他，天下間除了我之外，誰都不可以欺負他！」

為周王換血，一共調來了三十二名武士，從中找出相符合的血型，然後利用螞蝗吸血的方法為他換血，清洗經脈。胡小天此前雖然見識過這種換血的方法，可那次是輸血，並沒有交換如此大規模的血量，周王的身上還有刀傷，以他虛弱的體質，不知能否渡過這一關。

周文舉對換血術也只是聽說，今天才是第一次親眼看到，讚歎之餘又不由得生出感慨，長江後浪推前浪，一代新人換舊人，自己這個西川神醫也是名不副實了，別的不說，治療外傷方面比不上胡小天，解毒方面又比不上這個小姑娘，讓他有何顏面自稱神醫呢？

胡小天在一旁靜靜準備著手術器械，等到周王的狀況稍稍穩定之後，他就要為他進行清創縫合結紮止血。剛才他已經進行過初步探查，周王也算命大，雖然兩刀刺得都很深，可是並未傷及內臟，尤其是左腹的一刀，剛好貼著脾臟和左腎的位置擦過，再偏出一分，恐怕會造成脾腎破裂，一旦大量失血，周王絕對撐不到現在。

胡小天向周文舉道：「周先生以後有什麼打算？」

周文舉並沒有明白胡小天的意思：「什麼？」

胡小天道：「我是問周先生仍然打算留在西川嗎？」

周文舉笑了起來，這次他領會到胡小天的意思，胡小天應該是想讓自己隨同他一起離去。

周文舉道：「生在這裡，長在這裡，對這方土地自然就有了感情，到了我這種年紀已經不想背井離鄉了。」他看了看床上的周王：「更何況天下動盪，去哪裡還不是一樣，這裡相對來說還安穩一些。我一個窮郎中，也沒什麼野心，只要安心治病救人，相信不會有什麼人想害我。」

胡小天點了點頭，周文舉說得不錯，天下動盪到哪裡還不是一樣，雖然李天衡割據自立，可西川短時間內尚可無憂，留下也不失為一個明智的選擇。

周文舉道：「胡大人以後有什麼打算？」他多少對胡小天面臨的窘境瞭解一些，胡小天身為大康欽差，又是未來駙馬，這次奉命前來封王，李天衡已經明確拒絕了大康的分封，也就是等於和大康徹底劃清了界限，而且還揚言要奉周王為帝，復興大康。胡小天的這次使命可謂是完全失敗，就算李天衡放他返回康都，恐怕回去後等待他的還是一場暴風驟雨的責難。

胡小天道：「走一步看一步。」雖然說得消極，可是他心中對未來已經有了一個明確的看法，想要掌控自己的命運，就必須要迅速組建起自己的班底，要讓龍宣恩和洪北漠之流對他生出忌憚，要讓他們不敢生出加害之心。

閻怒嬌有些疲憊地來到他的面前，輕聲道：「從鮮血的顏色來看應該已經穩定了，周王殿下也已經睡去。」

胡小天起身道：「好，現在開始止血！周先生，你可願給我幫忙？」

周文舉欣然應允道：「老夫榮幸之至。」

胡小天戴上手套，手套還是在大雍時候宗唐所贈，是用燀魚鰾製作而成，周文舉也戴上一副，見到如此輕薄貼服，對手指活動的影響幾乎可以忽略不計的手套，不由得嘖嘖稱奇。

胡小天將柳葉刀遞給周文舉道：「周先生，不如你來主刀！」

周文舉雙目瞪得滾圓，不是受寵若驚，是真真正正被胡小天驚到了。

胡小天道：「不用擔心，有我為你保駕護航。」刀傷雖然很深，但是並沒有傷及內臟，這才是胡小天讓周文舉動手的真正原因，周文舉第一次開刀而且面對的患者又是大康周王，其心理壓力之大可想而知，不過如果周文舉過得了這次的心理關，那麼今晚的經歷將會讓他受用無窮。

夜晚在不知不覺中到來，胡小天走出宮室的時候已經是繁星滿天，仰望空中群星，眼前卻浮現出父親的面孔，根據時間來推算，父親應該已經出海前往羅宋了，和他同行的還有蕭天穆、展鵬和慕容飛煙，此行羅宋是為了打通海上糧運通道，可是父親究竟有多少事情瞞著自己？那張航海圖為何他一望即知？關於海圖的事情，為何外婆連親生女兒都不告訴，反而要告訴他？難道僅僅是不想讓母親擔憂嗎？

胡小天此前從未懷疑過父親的動機，可是在和李天衡的那番談話之後往事紛紛湧上了他的心頭，他忽然發現太多事經不起推敲，太多事存在著疑點，只是他一直選擇忽視罷了。

身在朝中，不但要面對昏庸無道的皇上，還要處處提防身邊的同僚，這樣步步驚心的環境才造就了父親深沉的心機，胡小天在心底深處為父親開解著，可是他始終無法給出一個父親欺瞞自己的理由。

就算當初他沒有來得及向自己解釋，可皇上特赦他之後，他完全有太多的機會向自己解釋清楚，就算他有著太多猶豫，在這次自己前往西川出使之前，也應該告訴自己。

然而父親始終沒說，胡小天搖了搖頭，唇角現出一絲苦笑，父親比自己想像中更加複雜。

如果說龍曦月的離去讓胡小天對愛情感到懷疑，這次父親的做法無疑讓他對親情也產生了動搖，如果一個人擁有了謀朝篡位的野心，那麼親情在他的心目中又會佔有多大的份量？

身後傳來輕盈的腳步聲，胡小天轉過身去，看到閻怒嬌出現在自己身後，她手中還拿著一個小小的藍印花布包裹，站在夜風中，因為操勞一天的緣故，表情顯得有些疲憊，臉色也有些蒼白，更顯得人淡如菊。

胡小天道：「你這是？」

閻怒嬌道：「殿下的情況已經穩定了，我留在這裡也幫不上什麼忙，所以想早點回去，免得我二哥擔心。」

胡小天道：「我送你！」

閻怒嬌搖了搖頭道：「不了。」

胡小天道：「天色已晚，你一個人回去我不放心。」

閻怒嬌猶豫了一下，終於還是點了點頭。

胡小天臨行之前又去探望了一下周王，周王通過換血和手術之後病情穩定了下來，躺在床上睡得非常安詳。周文舉始終守在左右，聽聞胡小天要送閻怒嬌回去，點了點頭道：「胡大人儘管回去就是，這邊我來照應，從脈相來看，周王殿下應該已經渡過了危險期，性命無礙了。」周文舉也是鬆了一口氣，如果周王有事，只怕他也逃不過一劫。

胡小天交代之後和閻怒嬌一起離開秋華宮，李天衡此前已經明確表示不會為難他們，而且同意只要胡小天願意，他隨時都可以離開西州。不過離去之前還是應該跟他當面說一聲。

李天衡對胡小天的離去並沒有感到任何的驚奇，一切早就在他的意料之中，微笑道：「為何急著要走？」

胡小天道：「周王殿下的傷情已經穩定，我留下來也沒有什麼用處。」

李天衡道：「如果你擔心這樣回去皇上會追究你的責任，你大可留在西川，據我所知，胡大人也離開了京城。」

胡小天詫異於李天衡消息之靈通，看來朝廷內部也有他的內應，胡小天淡然道：「留在西川我還有什麼價值？」

李天衡聽出胡小天話裡有話：「看來賢侄志向遠大。」

胡小天道：「沒什麼遠大的志向，可是形勢逼人，明明知道皇上會對我不利，可是我必須要回去，我娘還在康都，身為人子怎麼可以棄娘親於不顧呢。」

李天衡讚道：「你果然是個孝子。」

胡小天道：「李帥既然放我一馬，有件事我還是跟李帥說一聲的好。」他將在大雍驛館聽到的霍格和薛勝景之間的對話向李天衡說了一遍。

李天衡聽他說完，面色變得極其凝重，一直以來他對霍格這個外族女婿都並不相信，他在西川和沙迦人爭鬥了幾十年，對沙迦人的性情是瞭解的，這是一個充滿野心和侵略性的民族，和親只能緩和一時，絕對換不來永久的和平。

李天衡道：「賢侄，你擔心我會和大雍結盟？」

胡小天道：「其實李帥應該比我更清楚，大雍如果滅掉大康，下一個目標就會指向西川。」

李天衡歎了口氣道：「我並無擴張野心，只想偏安一隅，保住西川一方百姓之安寧就已足夠，大康的事情我無意插手，也不會主動攻擊，更不會和大雍聯手。」

胡小天心中暗歎，李天衡若真是這樣想就錯了，當今亂世，並不是你不招惹別人，別人就會放棄侵略你吞併你的想法，西川地理位置何其重要，扼守中原大地的西南門戶，沙迦對西川一直虎視眈眈，如果大雍一旦發兵南下，沙迦很可能會趁機擊破域藍國，到時候和大雍前後夾擊，西川只怕也難以保全。

胡小天道：「李伯伯還需多多小心，小侄言盡於此。」他必須要提醒李天衡提防沙迦在背後的動作，這不僅僅是關係到西川，更關係到未來中原的形勢，這還是壽宴之後他第一次稱呼李天衡為伯伯。

李天衡望著胡小天，緩緩點了點頭道：「你是個不錯的年輕人，只是有些時候想做大事，不可以顧忌太多。」

胡小天微笑道：「在李伯伯的眼中，做大事難道就一定要孤家寡人六親不認嗎？」

李天衡抿了抿嘴唇，歎了口氣道：「我不瞞你，其實有人曾經委託我將你留在西川。」

胡小天心中一怔，難道李天衡所說的是自己的父親？看來父親還是關心自己的，只是他這樣做，有沒有考慮到仍然留在康都的娘親？他不怕皇上一怒之下將母親殺死？以報復他們父子的離去？他低聲道：「是誰？」

李天衡道：「徐老太太！你的外婆！」

胡小天目瞪口呆，他無法相信自己的耳朵，天下間又有哪個母親會狠心將自己的女兒送上絕路，自己的這個外婆還真是與眾不同，做事實在是匪夷所思。

李天衡道：「小天，如果你願意留下，我仍然可以將無憂嫁給你。」他的目光中充滿了誠意，從他的這句話足以看出他對胡小天的喜愛和欣賞。

胡小天搖了搖頭。

「莫非你嫌棄無憂雙腿殘疾？」

胡小天向李天衡深深一揖道：「李伯伯，您對我的大恩大德賢侄沒齒難忘，小天絕沒有嫌棄無憂妹子的意思，只是我娘仍然在京城等我，我若是不回去，我娘必死無疑。」

李天衡道：「就算你回去，也未必能夠改變她的命運，你……」李天衡欲言又止，長歎了一口氣。

胡小天隱然覺察到李天衡必然有隱瞞自己的事情，他想起剛才李天衡在無意中說出父親離開京城的事情，這件事極其隱秘，就算皇上知道，他也沒理由洩露給李天衡，七七更不會說，難道是父親自己洩露了秘密？胡小天想起了自己交給李天衡的那封信，他有些後悔，後悔自己為什麼沒事先偷看一眼。徐老太太、父親他們的行事迴異常人，他們之間到底有什麼秘密在瞞著母親？難道母親在他們的眼中根本就無足輕重？如果連母親都是如此，那麼自己呢？

李天衡看到胡小天心意已決，也不再勸說，胡小天臨走之前，李天衡道：「無憂很喜歡你，若是你在康都遇到了什麼麻煩，你隨時可以回來。」

李天衡的這句話始終迴盪在胡小天的耳邊，讓他有些感動，可帶給他更多的卻是迷惑，他和李無憂只見過一面，何以會讓李無憂生出這樣的情感，李天衡對自己的關愛明顯是受了李無憂的影響。換成過去，胡小天或許會厚著臉皮將一切歸之於自己的魅力無法抵擋。可最近發生的事情卻讓他認清了現實，對待感情，女人永遠要比男人理智得多。

護送閻怒嬌返回向陽街落腳點的時候也是小心謹慎，生怕有人隨行，還好一路之上並沒有發現有人尾隨跟蹤，順利回到了落腳點。

兩人回去的時候，閻伯光率領一幫手下正在和熊天霸等人發生衝突，卻是閻伯光看到妹妹跟隨胡小天離去之後這麼久都沒回來，所以要出門尋找，熊天霸卻堅守原則，始終記住胡小天交代的話，在他和閻怒嬌回來之前不得讓任何人離開。閻伯光雖然對胡小天心存畏懼，可是他的這幫部下卻並不買帳，更何況他手下陸續來到這邊會合，人數上已經占優。

楊令奇和梁英豪兩人當然不想現在這種時候發生內部衝突的事情，兩人正在勸說，剛巧胡小天回來了。

閻伯光看到妹妹平安歸來這才放下心來，指著熊天霸威脅道：「小猴子，你給我小心點。」看到熊天霸又黑又瘦所以這樣稱呼他。

熊天霸性情暴烈，哪能忍受這廝的侮辱，怒吼一聲道：「娘的，我這就把你揍回娘胎裡去！」揮拳準備衝上的時候，卻被胡小天喝止。

閻怒嬌那邊也拉住了這位喜好生事的兄長。

閻伯光仗著人多，腰桿硬氣了不少，冷笑道：「李天衡遇刺應該跟你們脫不開干係，若是惹火了我，我把你們全都送官。」

胡小天皺了皺眉頭道：「閻伯光，你要是帶種就只管去告密，到時候看看他們會來抓誰？」閻伯光乃是出身天狼山的馬匪，包括他老子閻魁在內都是西川通緝的要犯，他去報官等於自投羅網。

閻怒嬌好不容易才將閻伯光給拉走，楊令奇望著這群離去的山賊不由得搖頭歎息，低聲道：「府主，這裡絕非久留之地，這幫山賊良莠不齊，很難說他們會做出什麼事情來。」

胡小天笑道：「沒事，咱們明天就走！」

聽到明天就可以離開西州，幾人都是欣喜異常，畢竟西州的事情層出不窮，他們的處境變得越來越不利。胡小天對於營救周王的事情並沒有向任何人透露，哪怕是閻怒嬌也不清楚他救的究竟是誰？此事非同小可，萬萬不可洩露出去，一旦讓龍宣恩知道是自己救了周王，壞了他的大計，恐怕會不惜一切代價報復胡家。

胡小天向幾人道：「兩國交戰不斬來使，李天衡不會追究咱們的事情，會放咱們順順利利返回大康。」

熊天霸愕然道：「他會那麼好心？」

胡小天道：「此事不會有詐。」

熊天霸樂道：「那敢情好啊，我剛好可以回驛館將落在哪裡的東西帶走。」

胡小天道：「當然可以，現在就可以回去收拾東西。」其實留在這裡和返回驛館完全一樣，胡小天和李天衡見面之後已經明白，自己對李天衡根本不會構成任何的威脅。

楊令奇已經覺察到了什麼，等到熊天霸離去之後，低聲向胡小天道：「那位維薩姑娘醒了。」

胡小天點了點頭，看了看維薩的房間，房間亮著燈光，燈光投射出維薩美麗的剪影映在格窗之上。

楊令奇道：「府主去看看她吧！」

胡小天點了點頭。

維薩靜靜坐在桌前，冰藍色的美眸呆呆望著跳動的燭火，整個人的精神彷彿仍然游離於肉體之外。直到聽到敲門聲方才如夢初醒般眨了眨眼睛，起身去開門，看到胡小天出現在門外，美眸之中瞬間湧出晶瑩的淚花，顫聲道：「主人！」

胡小天聽到她這樣稱呼自己，知道她的神智果然已經恢復，微笑道：「你總算記得我了！」

維薩比起在青雲分別之時清減了許多，不過若說她發生最大的變化還是語言方面，記得分別的時候她對漢話一句不通，現在居然可以流利表達自己的意思，雖然口音上仍然充滿了異國風味，可是本身的音質絕佳，如黃鸝鳥般悅耳。

維薩和胡小天久別重逢，自然感到親切無比，她將自己和胡小天別後的經歷告訴了他，胡小天離開青雲之時本來說去十幾天就回，可是走了之後就一去不回，後來西川就風雲突變，慕容飛煙也走了，臨走之前給了她一些盤纏讓她去投親，維薩在當地舉目無親，再加上她金髮碧眼和中原人全然不同，本想前往域藍國，經由那裡返回家鄉，可是還沒等她離去，就被人抓住，原來沙迦國師摩挲利看到周王將維薩送給胡小天之後一直心有不甘，派人就潛伏在青雲，過去慕容飛煙在的時候，他們不敢妄動，看到慕容飛煙走了，自然無所顧忌，趁機將維薩擄走。

就這樣維薩又被帶回了沙迦，原本沙迦王子霍格對她有意，可霍格回程之中帶了李天衡的女兒李莫愁一起，也不敢對她妄動心思，李莫愁看到她長得漂亮就要來當了侍女，維薩本以為從此以後可以侍奉王妃左右，了卻殘生，卻想不到王妃懷孕之時，霍格耐不住寂寞對她動手動腳，被王妃發現，王妃遷怒於維薩，於是逼著霍格將維薩帶來送給她哥哥當禮物。

霍格無奈之下只能將維薩帶到西川，他雖然沒有違背李莫愁的意思，可也沒完全依從她，將維薩送給了燕王薛勝景，反正妻子只想將維薩打發出去，等回去之後只要告訴她燕王非得討要，自己不好拒絕就能蒙混過去。

維薩不甘心這樣的命運，途中幾度尋死，霍格讓攝魂師控制了她的心智，這一路之上都迷迷糊糊的，幸虧遇到了胡小天，方才逃過噩運。

胡小天聽完之後，也是感觸頗深，維薩的命運實在是顛沛流離，他安慰維薩道：「你不用擔心，以後就跟在我的身邊，絕不會再讓你受半點的委屈。」

維薩含淚道：「主人，以後維薩哪裡都不去，就跟在主人身邊伺候。」

胡小天想起那個攝魂師仍然心有餘悸，以自己的定力，那天幾乎都被攝魂師所控制，低聲道：「那攝魂師是什麼人？霍格身邊有幾名這樣的高手？」

維薩想了想道：「攝魂師只有那一個，不過沙迦像這樣的人很多。」胡小天暗歎，希望以後不要遇到這幫人為好。

此時外面傳來動靜，胡小天讓維薩早些休息，出門一看，卻是唐鐵鑫回來了，按照胡小天的吩咐，唐鐵鑫已經準備好車馬行裝，隨時都可以出發。

胡小天這邊積極準備離去的時候，胡金牛探頭探腦過來查探情況。他剛一露頭就被熊天霸發現，揪住衣領給拽了過來，揮拳喝道：「奸細，信不信老子捶扁你！」熊天霸剛才和閻伯光發生衝突，正想找個人狠揍一頓。

胡金牛慌忙道：「自己人，自己人！」

「誰跟你是自己人？」

胡金牛指了指胡小天。

胡小天笑道：「我們是本家，一筆寫不出兩個胡字。」

熊天霸這才放了胡金牛，胡金牛笑容可掬地來到胡小天面前，看了看周圍，低聲道：「老弟，咱們找個清淨的地方說話。」

胡小天叫他來到自己的房間內，胡金牛將房門關上，神神秘秘道：「老弟，你們這是要走了嗎？」

胡小天點了點頭道：「明天一早出發，省得給你們添麻煩啊！」

胡金牛道：「回康都嗎？」

胡小天有些警惕地看了他一眼：「怎麼？問得這麼詳細有什麼目的啊？」

胡金牛慌忙陪著笑道：「老弟千萬別多心，咱們是堂兄弟，同宗同族，我害誰也不可能害你，我就是隨口那麼一問。」

胡小天道：「你真打算在天狼山當一輩子馬匪？」

胡金牛道：「沒辦法，得養家糊口啊。」

胡小天從腰間解下一個錢袋子朝他扔了過去。

胡金牛接過一看，被黃燦燦的金葉子晃花了眼睛，他趕緊又將錢袋子放在桌上：「使不得，使不得，我要這錢也沒什麼用處，讓別人看到也不好，還以為我貪墨了山寨的東西。」

胡小天道：「這些錢是給你家裡人的，打家劫舍終究不是長久之計，你一心留在天狼山我也不攔你，不過你要是混不下去，隨時可以來康都找我。」

胡金牛連連點頭，到底是本家兄弟，對他還真是不錯。

胡小天道：「我走之後，你們最好離開這裡，雖然這裡非常隱秘，可畢竟不是久留之地，早日離開西州方才能夠保證安全。還有，你能不能答應我一件事？」

胡金牛道：「兄弟只管說。」

胡小天將錢袋子拿起，再次交到胡金牛的手中，胡金牛這次沒有拒絕。

胡小天道：「幫我看著閻怒嬌！」

「啥？」胡金牛滿頭霧水地望著胡小天。

胡小天道：「她如果有什麼事情，你務必要第一時間捎信給我。」

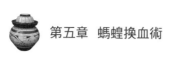

胡金牛愕然道：「她能有什麼事情？」

胡小天道：「比如說嫁人，比如說生子之類的事情。我欠她一個很大的人情，必須要補上。」胡小天擔心胡金牛胡思亂想，所以才這樣說，不過他也沒有撒謊，的確欠閻怒嬌一個大人情，雖然閻怒嬌不願再提這件事，也無需他負責任，胡小天卻總覺得有些不安，甚至想過，萬一上次春風兩度，珠胎暗結，那自己必須負擔起這個責任，可是他今次離去，不知何日才能返回西川，和閻怒嬌更不知會不會有相見的機會，所以只能寄希望於胡金牛給自己通風報訊了。

胡金牛重重點了點頭道：「兄弟放心，這事兒我一定擱心裡頭。」他也不敢在胡小天這裡多待，擔心閻伯光那邊產生懷疑，說了幾句匆匆走了。

翌日清晨，胡小天醒來之後，聽到一個消息，閻伯光等人一夜之間走了個乾乾淨淨，他們是經由密道連夜離開的，應該是不想被他們連累。畢竟這幫馬賊都不清楚內情，以為胡小天和李天衡遇刺一事有關，生怕官兵早晚找上門來。

胡小天聽到這個消息多少有些失落，手下人已經開始準備行裝，梁英豪進來請示道：「府主，咱們今天要離開嗎？」

胡小天點了點頭道：「走！現在就走！」

李天衡果然信守承諾，不但放任胡小天一行自由離去，而且還贈給了胡小天一枚通關令箭，憑藉著這支令箭可以在西川境內暢通無阻。旭日東昇之時，胡小天一行已經出了西州的東門，方才離開大門，就聽到後方傳來一陣急促的馬蹄聲，轉身望去，卻見一隊黑甲騎兵飛速向他們追趕而來。

胡小天一行頓時警惕起來，熊天霸摘下懸掛在馬鞍上的兩隻大錘，若是前來追殺，他第一個衝上去跟這幫人血拚到底。

胡小天目力強勁，看到為首一人正是沙迦十二王子霍格，冷靜道：「不用驚慌，我來應付。」雖然李天衡答應讓他們離去，可是他們今次離開的隊伍之中多了一個維薩，為了穩妥起見，唐鐵鑫和梁英豪對車輛進行了改動，讓維薩躲在車輛的底部夾層內，以免被人發現。

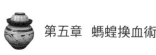

胡小天調轉馬頭，騎著小灰緩緩迎了上去，在距離對方還有十丈處停下腳步，雙手抱拳，朗聲道：「我當是誰，原來是兄長來了！」

霍格哈哈大笑，在他身邊一名黑甲武士身材高瘦，臉色蠟黃，高鼻深目，一雙藍色眼眸眼波蕩漾深不可測，鷹鼻之下生有兩撇八字鬍鬚，嘴唇極薄如同刀削。胡小天的目光只看了此人一眼就能夠斷定他就是那晚偷襲自己的攝魂師，慌忙迴避對方的眼神，目光落在霍格臉上。

霍格道：「兄弟，怎麼走得這麼匆忙？都不說一聲就走，是不是眼中根本沒有我這個當哥哥的？」

胡小天笑道：「哥哥哪裡的話？我是著急趕回康都覆命，所以顧不上跟你道別了，還望大哥體諒我的難處，千萬不要跟兄弟一般見識。」心中暗自警惕，霍格何以知道自己離開？自己憑藉李天衡的通關令箭在門前並沒有受到任何的盤問和留難，按理說李天衡也不會將消息透露給他，難道是李天衡身邊的人走露了風聲？

霍格道：「兄弟不必擔心，岳父大人已經說過，兩國交兵不斬來使，也通報各處不得為難各國使團。」

胡小天道：「大帥的傷情如何？」他故意這樣問，意在探聽霍格是否知道李天衡的真實狀況。

霍格歎了口氣道：「據說性命無礙，不過還在帥府休養，連我都沒有得到允許去探望呢。」

胡小天點了點頭，如果霍格所說屬實，看來他並沒有見過李天衡，也就是說這消息不是李天衡透露給他，十有八九是李天衡身邊親近的人。胡小天道：「大哥從何處得知我離去的事情呢？」

霍格道：「壽宴發生刺殺後，整個西州城內風聲鶴唳，我先是聽說這件事可能和你有關，害得我好不擔心，後來又聽說此事與你無關，大帥又下令不可因此事而滋擾各大使團，我才放下心來，開始四處打聽你的下落，宣寧驛館我也去了幾趟，可非但沒有找到你，連你的手下也找不到了，於是我就派遣手下在西州四門等候，一旦發現兄弟的蹤影就及時來報，皇天不負有心人，終於還是讓我找到兄弟了。」

胡小天才不會相信他的說辭，笑道：「我也是擔心被人誤會，所以找了個偏僻的地方藏了起來，得知大帥沒有懷疑我們，同意使團自由離去，這才離開。多謝大哥掛懷，這份情誼兄弟銘記於心，不過今日我不能多留，以免夜長夢多。」

霍格呵呵笑道：「明白，明白！」他向一旁伸出手去，手下武士將酒囊遞給他，霍格拔開瓶塞，仰首灌了一半，然後遞給胡小天道：「兄弟此去康都路途漫漫，千里迢迢，為兄僅以這囊水酒給你餞行了。」

胡小天暗歎，沙迦人還真是不講究衛生，你這是逼著我喝你的口水啊，不過胡小天也沒有嫌棄，接過霍格遞來的酒囊，也喝了兩口，然後遞給了霍格，暗自盤算，他既然敢先喝，酒裡十有八九不會下毒，而且自己的體質異乎常人，就算酒中有毒也害不到自己。胡小天向霍格抱拳道：「大哥留步，我先走了！」

霍格抱拳還禮：「兄弟珍重！」

胡小天撥馬回頭，向己方的車隊奔去。

霍格坐在馬上望著胡小天一行遠去的背影，臉上的笑容漸漸收斂，他低聲道：「多吉！」

身邊黑甲武士右手撫胸恭敬向他行禮：「王子殿下！」

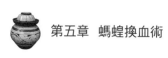

霍格道：「你認不認得他？」

多吉深邃的藍眼睛閃過一絲陰冷的光芒：「啟稟殿下，我敢斷定那晚劫持維薩的就是他！」

霍格道：「相貌全然不同，你怎敢斷定？」

多吉道：「一個人的樣貌可以改變，可是眼神卻無法偽裝，更何況他根本不敢和我的目光正面接觸，分明是對我抱有極大的戒心。」

霍格緩緩點了點頭道：「你知道應該怎麼做了？」

多吉道：「王子殿下儘管放心！」

胡小天返回隊伍之後，馬上下令眾人急速行進，中途不可耽擱，他們沿著官道一路狂奔，梁英豪和熊天霸一左一右跟在胡小天的兩旁，熊天霸道：「三叔，為什麼走得那麼急？擔心有追兵嗎？」

胡小天道：「來者不善善者不來，我看他這次送行必有目的。」

熊天霸豪情萬丈道：「他們敢追上來，我就將他們的腦袋全當成西瓜轟了。」

胡小天道：「他們不敢在西州附近下手，多一事不如少一事，咱們還是儘量爭取擺脫他們。」

中午的時候，他們已經離開西州百里之遙，胡小天擔心藏身在車底的維薩禁受不住長途顛簸，讓眾人停下來稍事休息，又讓熊天霸折返回頭去刺探有無追兵。

楊令奇來到胡小天身邊，低聲道：「府主擔心沙迦人會對咱們不利？」

胡小天點了點頭道：「如果我沒猜錯，我帶維薩離開的事情已經敗露了。」

楊令奇道：「何以見得？府主前往營救之時不是易容了嗎？」

胡小天道：「霍格身邊的那個沙迦人非常厲害，他是沙迦攝魂師，可以通過眼神控制人的意識，剛才我有意識避過他的目光，已經露出了破綻。」

楊令奇道：「難道府主認為他們會為了一個女奴不惜代價來追殺你？」

胡小天搖了搖頭道：「霍格這個人粗中有細，大智若愚，別看他表面粗獷豪放，可心機很深，他真正擔心的是那天晚上他和薛勝景的談話內容可能被我聽到，為了確保他們的秘密不會洩露出去，他會不惜代價來除掉我。」

楊令奇倒吸了一口冷氣，胡小天說得沒錯，如果霍格認定胡小天聽到了兩國密謀的內容，那麼不排除殺人滅口的可能。楊令奇道：「如果逃得快，咱們或許還可以擺脫他們。」

此時熊天霸過來稟報，他向後行了五里並沒有看到有人追蹤他們，可能是他們行進的速度太快，已經將沙迦人擺脫了，當然也可能是霍格並未派人追殺。

維薩此時過來給幾人送水，她始終以婢女的身分自居，剛剛獲得自由就不忘照顧主人。

胡小天接過水囊喝了一口，維薩精巧的鼻翼翕動了一下，輕聲道：「主人喝了千里香？」

胡小天微微一怔：「什麼？」想起剛才霍格敬他的酒，難道酒中果真有毒？

維薩道：「千里香是沙迦人特製的一種酒，飲用後身上會有種淡淡的清香，往往要歷經多日才能散去，這種味道普通人是聞不出來的。」

胡小天低頭聞了聞，他自己當然聞不到任何的味道，熊天霸也好奇地湊上來聞了聞：「就是有股酒味啊，沒什麼特別！」

維薩道：「沙迦人在放牧的時候，往往會在牛羊的身上撒上一些，但凡沾染上千里香的牛羊，就算走得再遠，牧羊犬都可以將牠們找到。」

熊天霸聽到這裡，再也忍不住哈哈大笑起來：「感情那幫沙迦人把三叔你當成牛羊一樣放牧呢。」

其餘人卻沒有笑，維薩道出的這件事絕不好笑，胡小天喝了千里香之後，等於給沙迦人留下了追蹤的線索，也就是說霍格根本沒有放棄對他們的追殺。胡小天心中暗罵，霍格啊霍格，別讓老子再遇到你。

幾人的目光全都望向胡小天，等待他的決斷，胡小天讓梁英豪拿來地圖，因為服下了千里香，想要擺脫沙迦人的追蹤應該沒有可能，按照維薩的說法，除非等這股味道自然散去，通過清洗或者是掩蓋的方法根本無法去除這種味道。

胡小天伸手在地圖上畫了一個圈兒：「既然他們一心想要追蹤咱們，咱們也不能迴避，前面不遠處就是六角城，我們就在這裡等著，只要他們趕來，就將他們一網打盡！」胡小天握緊拳頭捶打在地圖之上。

六角城雖然名字起得氣派，事實上卻是一片荒廢多年的廢墟，過去這裡曾經有過一座小城，後來因為滄江改道，洪水將小城淹沒，直到二十年前，滄江再度改道，此地斷流，河床乾涸，方才讓這座昔日被河流淹沒的城池重見天日。小城雖然再度出現，可是往日的居民卻再也不會回還，二十年來一直荒廢至今，因為風吹日曬，城牆風化嚴重，多處都已坍塌下陷，小城裡面甚至找不到一座成形的建築。

六角城也是因為城郭的外形而得名，胡小天選擇在這裡的原因，一是因為這裡遠離城鎮，荒無人煙，二是因為從這裡離開，明日就可以抵達燮州，如果沙迦人錯過今晚，就失去了對付他們最好的機會。

梁英豪在熟悉六角城的結構之後，馬上就著手進行挖掘，率領幾名同伴在關鍵之處挖掘地洞，他們在人數上處於劣勢，必須充分利用當地的地理條件，這方面梁英豪無疑是專家。

他們這群人之中，楊令奇和維薩不懂武功，是需要保護的對象。

楊令奇將自己的想法告訴眾人，梁英豪擅長地形戰，他負責在暗處進行接應，正面進攻交給熊天霸和胡小天，唐鐵鑫騎術高超，由他負責吸引部分敵人，進行迂迴策應。

他們這群人中缺少的是一個箭術高手，無法進行遠端攻擊和策應。

胡小天並沒有將那群沙迦武士放在心上，如果硬碰硬的正面搏殺，單憑他和熊天霸兩人就可以將對方擊潰，真正讓胡小天擔心的是那名攝魂師。胡小天將自己在驛館之中被攝魂師和郭震海聯手暗算的事情說了，提醒眾人道：「最有威脅的不是那些武士，而是其中的這名攝魂師，此人名叫多吉，乃是沙迦攝魂高手，擅長利用眼神控制對手的意識，大家務必要牢記，千萬不可和他的目光正面相對。」

熊天霸信心滿滿道：「這有何難，只要發現他的影子，我第一時間衝上去，一錘砸死他。」

胡小天道：「你不知道他的厲害，此人交給我來對付，你的任務就是將其他的武士幹掉。」他的目光投向楊令奇和維薩道：「一旦打起來，你們就藏身在梁英豪準備的地洞之中，等到戰鬥結束再出來。」

楊令奇點了點頭，他本來就是手無縛雞之力的書生，出謀劃策是他的強項，真要讓他去衝鋒陷陣，恐怕只能幫倒忙了。維薩卻顯得極不情願，胡小天將她叫到一旁，低聲道：「維薩，刀劍無眼，你不懂武功，留在外面也幫不上忙，萬一遇到危險，我們還得分心照顧你。」

維薩道：「主人，我真是沒用，是我給你們帶來了這場麻煩。」

胡小天笑道：「跟你無關，本來我就想找那個多吉算帳，他敢來等於給了我一個報仇的機會。」胡小天嘴上說得雖然輕鬆，可是心中對能否剷除對方也沒有確然的把握，過去他也不止一次遭遇過攝魂之術，在大雍聽到的胡笳迷魂，在大康李雲聰也曾經利用胡琴引起他體內的異種真氣相互衝突，導致內息錯亂，這後兩者是依靠聽覺擾亂心神，而前者卻是依靠眼神，比起聽覺雖然影響的範圍較小，但是往往發生在無聲無息之間，讓人更加難以防備。

梁英豪和熊天霸兩人在指定的地方升起篝火，這是要給追擊他們的敵人留下一個更為明顯的訊號，熊天霸頗為興奮，看著熊熊燃燒的火堆，禁不住摩拳擦掌，巴不得追兵現在就能抵達，他好大殺四方，好好宣洩這幾天的鬱悶。

楊令奇在一旁看著他不由得搖了搖頭，熊天霸看到楊令奇一副愁眉苦臉的樣子，禁不住道：「楊先生，你好像很不開心的樣子。」

楊令奇道：「我是個讀書人，遇到這種情況怎麼可能開心得起來，我巴不得他們不來才好。」

熊天霸道：「不來我豈不是白白準備了？」

梁英豪笑了起來：「熊孩子，別忘了人家人多，真打起來咱們未必能夠佔便宜。」

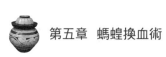

熊天霸道：「兵來將擋水來土掩，你們到時候都不用出手，我一個人就把他們全都滅了！」

楊令奇道：「戰場之上未必要比誰殺的人多，克敵制勝才是關鍵，你們不要只想著殺人，眼睛裡如果只有個別敵人，那麼就容易忽略全域，匹夫之勇要不得！」

熊天霸愣著兩隻眼睛道：「楊先生是在罵我嗎？」

楊令奇也不禁笑了起來：「不是罵你，是提醒你，你最好將今晚當成一場守城戰，知不知道守城最重要的是什麼？」

熊天霸道：「就是守住城池，不讓敵人進入大門。」他看了看這四面透風，到處坍塌的六角城道：「城牆都不完整如何守城？」

楊令奇道：「城牆雖然不完整，可是你心中卻要有一道完完整整的城牆，不可因為殺性大起而迷失了自己，如果只顧著殺戮，就容易鑽入敵人的圈套。」

熊天霸這次居然聽明白了一些，點了點頭道：「楊先生的話我明白了，我儘量以守城為主，輕易不離開六角城的範圍。」

楊令奇又在梁英豪耳邊說了幾句什麼，梁英豪點了點頭，叫上熊天霸一起，開始在周圍城牆做手腳。

胡小天活動了一下筋骨，感覺右肋的傷處已不影響他的動作，拿起大劍藏鋒，找出軟布輕輕擦拭劍鋒。從刀魔手中搶來的秀眉刀胡小天臨時交給了唐鐵鑫使用，唐鐵鑫武功普通，但是交給他一把削鐵如泥的利器之後，戰鬥力無疑提升不少。

胡小天想起千里香的事情，向維薩道：「千里香的事情你是從何處得知？好像你對沙迦人的事情懂得不少呢。」

維薩道：「我在沙迦生活了很長時間，對他們的事當然瞭解一些……」她的話還沒說完，唐鐵鑫騎在小灰身上風馳電掣地向這邊奔來，遠遠道：「府主，有一隊人馬朝這邊過來了，距離六角城大概八里左右，行進緩慢，大概有百人左右。」

胡小天點了點頭，他讓維薩和楊令奇一起去藏身處躲藏起來，別說一百人，就算多出一倍，單以他和熊天霸的戰鬥力就應該可以全部解決，但是胡小天真正擔心的還是其中的攝魂師。

對方的行進速度果然很慢，足足過了半個時辰方才看到追擊隊伍出現，胡小天站在殘破的烽火台上，將一里之外的情景看得清清楚楚，百餘名黑衣騎士在一里左右的地方停止行進，十人一組排列成四方陣，這百餘人全都一樣的打扮，頭部用黑布包裹，只露出一雙眼睛，想要從中分辨出哪個是多吉實在是困難無比。

胡小天向唐鐵鑫使了個眼色，唐鐵鑫縱馬向正南方向奔去，他的任務是負責吸引敵人的注意力，從正南方折返，利用小灰驚人的速度包繞到敵人隊伍的後方，利用他配備的弩箭向對方陣營發起遠距離攻擊。

胡小天手握藏鋒，在空中虛劈了一記，今天手氣好像不順，這一劍沒有成功將劍氣外放。

熊天霸抱著一塊巨石，爬到了烽火台上，瞪大了雙眼，卻只是看到影影綽綽的佇列，分不清到底有多少人，他的目力當然無法和胡小天相比，低聲道：「三叔！咱倆誰打頭陣？」

胡小天向地面上掃了一眼，卻見腳下已經堆滿了磨盤大小的石塊，這都是熊天霸不惜力氣扛上來的，他們之中雖然沒有神射手，可是並不缺乏大力士，以城牆的基石和牆磚居高臨下對付這些騎士，殺傷力應該比羽箭還要強大。

可是他們足足等了半個時辰，仍然不見對方發動進攻，胡小天隱隱覺得有些不對，熊天霸明顯有些不耐煩了，怒道：「這幫龜孫，全都是酒囊飯袋，到底打還不打？悶死我了！三叔，不如我衝出去將他們全都幹掉！」

胡小天搖了搖頭道：「不對，他們應該是在等待著什麼！」

熊天霸眨了眨眼睛：「等什麼？」

胡小天低聲道：「難道他們還有援軍？」他的話音剛落，就看到正北方一道火箭咻的一聲飛向夜空，然後看到那群黑衣騎士的陣營之中也有一道火箭飛出，兩道火箭在空中形成了兩道金色的弧線，相互輝映，胡小天的擔心果然被證實了。

梁英豪在下方高聲道：「府主！他們還有增援！」

胡小天沉聲道：「現在已經顧不了那麼多了，來一個，殺一個！」

第六章

攝魂師的弱點

胡小天疑惑，維薩擁有出眾的攝魂術，
為什麼不利用攝魂術去改變自身的命運？
卻甘心為奴，任人擺佈？
不過胡小天也看出攝魂師有一個致命的弱點，
他們似乎都稱不上真正的高手，
如果自己沒看走眼，維薩甚至都不懂武功。

黑衣騎士的陣營終於開始啟動，中間騎士一馬當先，四方陣列在奔行之中形成箭頭形狀，伴隨著一聲令下，所有騎士在馬上彎弓搭箭，火箭上弦，百餘支火箭同時呈四十五度角射向夜空，火箭飛到盡頭，然後轉變方向，斜行向下飛向六角城。

胡小天和熊天霸揚起早已準備好的護盾，熊天霸不但有護盾，還事先穿上了缺少一塊的七重磷火甲，即便是有火箭射在其上，也無法進入堅韌的護甲分毫，這貨見到護甲如此神奇，樂得咧著大嘴就笑了起來，他生就好戰，越是凶險的場面越是興奮。梁英豪則鑽到了事先掘好的地洞之中，躲避這宛如流星般墜落的箭雨。

兩輪箭雨過後，騎士陣營已經推進到距離他們不到三十丈的範圍內。胡小天舉目望向正北的方向，並沒有看到增援的佇列，心中稍稍感到安定，看來他們的援軍數量應該不多。

熊天霸道：「來了！」

胡小天點了點頭，熊天霸得到他的首肯，搬起一塊磨盤大小的基石，高舉過頂，全力向敵人的隊伍中投去，他天生神力，全力投擲之下，基石如同投石機投射一般呼嘯飛出，落在敵方陣營，正砸在一名黑衣騎士的胸口，連人帶馬將對方砸到在地，人未來得及發出聲息，駿馬卻是一聲哀鳴，血肉橫飛喪命當場。

熊天霸樂得哈哈大笑，冷不防數支羽箭瞄準了他激射而來，熊天霸以為自己護甲在身刀槍不入，居然不閃不避，胡小天慌忙伸出藏鋒，搶在他身前將冷箭撥飛。

熊天霸腦子慢了半拍兒，此時方才意識到自己是少了一塊胸甲的，慌忙低下身去，就勢撈起一塊基石又飛了出去，下方傳來一聲慘呼，又有一名騎士中招。

胡小天道：「你守住這裡，我先下去。」

「噯！放心吧三叔！」說話間又是一塊基石扔了出去，胡小天在同時單足點地，身軀淩空飛掠而起，在虛空中接連撥打，擊落射向他的數支冷箭，然後一記力劈華山，怒吼道：「去死！」凝聚憤怒和內力的這一劍成功外放，一道無形劍氣，從虛空之中居高臨下斜劈而下。

劍氣在行進的過程中不斷擴展，在擊中目標之前已經蔓延到長達三丈的範圍。噗！噗！噗！一名騎士被從中劈成兩半，半邊身體從同樣被劈開的半匹戰馬上滑落，緊接著是他身後的同伴，血霧從斷裂的腔子裡噴射出來。這群騎士全都是久經沙場的強者，可是他們仍然被眼前的一幕深深震駭到了。

胡小天卻已經成功殺入敵方的陣營內，一腳將一名騎士從馬上踢下，搶過他的坐騎，反手一劍，將身後意圖偷襲自己的那名騎士的腦袋齊根砍掉。

十多名騎士向正中胡小天包圍而來，黃土地上突然鑽出了一桿長矛，扎入高速奔行的駿馬腹部，矛尖刺入之後馬上抽離，駿馬卻因為劇痛而嘶鳴前衝，和己方的另外一匹坐騎撞擊在一起，兩名騎士因為這次衝撞而脫離馬鞍飛起，一人重重摔落在地上，口吐鮮血腦袋歪向一邊，顯然已經無法活命了，另外一名騎士仍然死死拽住馬韁，不等他從地上爬起，就被奔騰中的馬蹄踏在面門之上。

胡小天手中弧形揮舞，今天他如有神助，又是一道凌厲的劍氣飛出，周圍發出接連不斷的慘呼，圍攻他的騎士竟然有大半被劍氣攔腰斬斷。此時後方陣營開始出現騷亂，卻是唐鐵鑫及時殺到，以弩箭向後方射擊，進攻他們的騎士不得不分出一部分人去追殺唐鐵鑫，可是唐鐵鑫按照計畫見好就收，一旦對方開始追擊，他撥馬就逃，利用小灰驚人的速度輕鬆就將追兵甩開，這樣一來反倒牽制了不少的對手。

梁英豪在地下神出鬼沒，從地下以長矛刺殺對方的馬匹。熊天霸站在烽火台上將基石牆磚輪番擲出，殺傷力也是極其驚人。胡小天更是身先士卒，依仗著自己殺傷力奇大的劍氣，重創對手，轉眼之間已經有三十多名騎士死在他們的聯手伏擊之下。

可是這些人穿著打扮全都一模一樣，胡小天很難確認這其中究竟有無那個攝魂師在內。

熊天霸已經將烽火台上的基石全都用完，看到下面打得熱鬧，早已按捺不住內心的渴望，抓住自己的兩隻大鐵錘，咧著大嘴道：「三叔，你得給我留幾個！」騰空從烽火台上跳下，身體還未落地，左手錘已經飛了出去，一名揮刀攻向他的騎士看到大錘飛來，慌忙揮動手中斬馬刀去格擋，可是他的力量根本無法和大錘的力量相比，手中斬馬刀立時震飛，大鐵錘去勢不歇，噗的一聲正中面門，將他砸得腦漿迸裂，一具無頭屍首從馬上栽落下來。

熊天霸落地之後一個翻滾，左手抓住剛剛丟出的大錘，身軀後仰，躲過一名騎士的長矛刺殺，右手大錘橫掃而出，掃在對方坐騎的左腿之上，駿馬的長腿怎能承受如此重擊，伴隨著喀嚓聲響，左腿從關節處折斷，馬失前蹄，騎士離鞍飛起，以標準狗吃屎的架勢撲倒在地面之上，熊天霸不等他爬起，已經如餓虎撲食般衝了上去，一錘擂在他的後心，將這廝的脊椎砸成數斷。

敵方的陣營已經處於混亂之中，三名騎士貼著城牆向前方缺口衝去，意圖進入六角城內，可是那殘破的城牆卻突然倒了下去，將三人盡數壓倒在城牆下方。

熊天霸一錘砸在闖來的駿馬頭部，將來人掀翻在地，衝上去，抬起大腳狠狠將對方的面門踩入地面，大吼道：「光明正大的來過，不要暗算人家！」

前方一匹黑色駿馬迎著他衝了上來，熊天霸欣喜非常，既然主動上門找死，我就不客氣了。揚起大錘正準備將對方砸成肉泥，對方手中忽然揚起一物，光芒一閃，熊天霸眨了眨眼睛，下意識向對方望去，對方手中乃是一顆夜明珠，光芒照亮他的面孔，只見一雙深邃陰鷙的藍色眼睛盯住了熊天霸的眼睛，熊天霸宛如入定一般，死死盯住對方的眼睛，腦海中頃刻間一片空白。

來人正是沙迦攝魂師多吉，他指著正在人群中砍殺的胡小天道：「殺了他！」

熊天霸緩緩轉過頭去，看到人群中的胡小天，黧黑的面孔上浮現出前所未有的陰冷殺機。

胡小天也被遠處乍現的光芒吸引了注意力，等他轉過身去，光芒已經消失，一切發生的太過迅速，胡小天並沒有看清具體發生了什麼。

熊天霸宛如魔神降世，揮舞雙錘向胡小天飛速靠近，但凡擋住他去路者都是一錘擊殺。

胡小天初時還沒有覺察到異樣，可是當熊天霸距離他兩丈左右的時候，忽然騰空躍起，雙錘高舉過頂，向胡小天當頭砸落下去。

胡小天暗叫不妙，身體從馬鞍之上倒翻出去，熊天霸的兩隻大錘砸在馬背之上，駿馬被他砸得四蹄一軟，轟然倒地，馬腹因為承受不住突如其來強大的壓力，而從中炸裂開來，鮮血和內臟滾落一地。

熊天霸渾然不覺，赤紅著雙眼望著胡小天，揚起大錘繼續攻去。

胡小天此時方才知道熊天霸已經被對方控制，雖然此前他特地叮囑他們要留意攝魂師，可混戰之中熊天霸仍然著了對方的道兒。胡小天無法和熊天霸硬拚，這會兒功夫那群騎士都收到了消息，一個個四散開來分頭向六角城內奔去。他們是要留出足夠的空間讓熊天霸和胡小天自相殘殺。

熊天霸一錘揮出，胡小天自然不能跟他捨命相搏，施展躲狗十八步，迅速向六角城方向撤退。

就在此時一個灰衣人出現在烽火台之上，手握長刀，那柄長刀正是胡小天交給唐鐵鑫使用的秀眉刀，刀鋒凜冽反射出空中明月清冷的光輝，灰衣人整個人和長刀已經融為一體，握住長刀的右手微微轉動了一下，然後從烽火台之上一躍而起，一刀劈向胡小天，醞釀已久的一刀將胡小天可能的退路全都考慮在內，這一刀要封住胡小天的退路，胡小天若是敢前進，就要面臨這龐大無匹的刀氣，胡小天若是敢後退，就要對抗熊天霸威猛無鑄的雙錘。

胡小天看到刀光就已經認出了來人，刀魔風行雲！他想不透刀魔為何會出現在這裡？也想不透刀魔何時搶回了秀眉刀，他已經沒有時間去考慮唐鐵鑫是否還活在世上，秀眉刀回歸刀魔的手中，如虎添翼。胡小天沒有把握擊退處於巔峰狀態的刀魔，就算抵擋住刀魔的一刀，後方還有喪失意志，宛如瘋魔的熊天霸。前後夾擊，胡小天已經無路可退。

千鈞一髮之時，胡小天腳下的地面卻突然坍陷下去，上天無路，入地有門，一直潛伏在地底展開遊擊戰術的梁英豪早已察覺到局勢不對，在胡小天遭遇前後夾擊的關鍵時刻，打通他腳下的地面，胡小天的身軀從地洞中掉落下去。

刀魔本來料定了胡小天無路可逃，卻想不到突然又發生這樣的變故，胡小天竟然從兩人的夾擊之中逃生。

熊天霸眼前突然失去了目標，呆呆望著地洞，猛然抬起頭來，正看到從烽火台上俯衝而下的刀魔，他暴吼一聲，竟然揚起大鐵錘照著刀魔當胸砸去。

刀魔風行雲對這個莽撞的黑小子並不瞭解，甚至搞不清熊天霸隸屬的陣營，倉促之中揚起秀眉刀向鐵錘劈去，風行雲對刀氣的運用也沒有達到信手拈來隨心所欲的地步，尤其是在這種近距離的情況下。

秀眉刀和大鐵錘硬碰硬對了一記，噹的一聲，火星四射，風行雲手中秀眉刀反彈而起，如果不是他後撤一步，刀尖幾乎就要傷到自己，風行雲此時方才正視眼前這個黑黝黝的少年，在他的記憶之中還從未遇到過如此強勁膂力的對手，此子竟然是天生神力。

熊天霸眼神直愣愣地望著自己的大錘，在剛才的碰撞之中，大鐵錘被鋒利的秀眉刀劃出一道深痕，熊天霸對這雙大鐵錘愛到了極致，可以說他對鐵錘的感情已經融入到了他的血液之中，看到鐵錘竟然被劃出深痕，心中痛惜無比，旋即痛惜就變成了憤怒，憤怒又變成了對刀魔風行雲的仇恨，居然短時間內忘記了擊殺胡小天的事情，一雙血紅的眼睛死死盯住刀魔，喉頭發出野獸般的嘶吼。

刀魔風行雲看到他的目光也感覺有些不對，揚起手中秀眉刀低聲道：「我們不是敵人！」他錯以為熊天霸隸屬沙迦人的陣營。

熊天霸將牙齒咬得嘎嘎直響，向前跨出一步，雙錘如同風車般向風行雲兜頭蓋臉砸了過去。

風行雲開始之時並未對熊天霸產生殺心，可沒想到這廝不通情理，上來就是要跟自己拚命的節奏，論武功論實戰經驗風行雲無疑要超出熊天霸許多，可是熊天霸也有他的長處，本來就是個不怕死的莽漢，意識被攝魂師多吉所控制之後更是不惜一切，擁有排山倒海的天生神力，再加上此時六親不認的猛勁兒，就算是風行雲這種級數的高手也得選擇避其鋒芒。

風行雲被熊天霸一輪瘋狂攻擊逼迫得後退數步，他暗自著惱，再不管這廝是什麼來頭，利用靈活的步伐，突然繞到熊天霸的後方，揚起秀眉刀照著熊天霸的後心狠狠戳去。

雖然熊天霸攻擊力驚人，但是在風行雲的眼中此子仍然不過是個莽夫罷了。刀鋒戳中熊天霸的後心，卻無法刺入他的背甲，風行雲這才知道熊天霸所穿的外甲乃是不可多得的寶物。

熊天霸憑藉七重磷火甲擋住了風行雲的致命一擊，此時已經迅速轉過身來，一錘照著風行雲的腦袋問候了過來，嘴上還大吼著：「砸腦袋啊！」

風行雲不得不向後退去，熊天霸一旦得勢絕不給對手喘息之機，一雙大錘揮舞得霍霍生風，化為漫天錘影朝風行雲招呼而去。

風行雲連連後退之時，後方地面卻蓬的一聲從中洞開，胡小天的身軀破洞而出，手中藏鋒直刺風行雲的後心，螳螂捕蟬黃雀在後，風行雲報應不爽，剛剛偷襲胡小天，卻想不到轉眼之間自己也落入了前後夾擊的境地。

風行雲身軀不可思議地擰轉過來，手中秀眉刀劃出一道光弧，刀氣脫離秀眉刀飛掠而出，和胡小天發出的無形劍氣於虛空中相撞，一聲巨大的氣爆聲在暗夜中響起，旋即以撞擊點為中心，翻騰的氣浪向周圍瘋狂奔湧而去。刀魔風行雲幾乎用盡全力方才擋住胡小天的這一劍，此時熊天霸的大錘也來到了他的後心，危急之中，風行雲身軀向左側平移，饒是如此，仍然被大錘的邊緣掃了一下，雖然沒有被擊中要害，可是熊天霸的大錘何等份量，一掃之下，風行雲左肋的肋骨已經被撞斷了三根，只感到胸前一窒，痛得他險些暈厥過去。

胡小天看到風行雲的身形停頓下來，大喜過望，他豈肯放過剷除刀魔的良機，如果此人仍然活在世上，以後必然還會找自己的麻煩，揚起藏鋒照著風行雲的頸部橫削而去。

風行雲神情黯然，他萬萬想不到自己竟然會稀裡糊塗地死在了兩個年輕人的夾擊之中，眼看劍鋒就要切入他的咽喉，一隻黑黝黝的大錘卻從一旁撞擊在劍身之上，噹！的一聲巨響，把胡小天震得一愣。

刀魔風行雲卻在這聲震響中清醒了過來，原來是熊天霸在生死關頭擋住了胡小天的大劍，救了刀魔的性命。

風行雲是徹底糊塗了，這傻小子究竟是何方陣營？根本分不清敵我，一會兒跟著自己一起攻擊胡小天，一會兒跟著胡小天一起刺殺自己，而且全都是認認真真兢兢業業盡力而為，這廝莫不是個傻子不成？

胡小天真是哭笑不得，熊天霸在關鍵時刻壞了自己的好事，他大吼道：「熊孩子，你醒醒！」

熊孩子沒醒過來，風行雲卻趁機飄出兩丈開外，看到熊天霸狀如瘋魔一般揮舞大錘向胡小天瘋狂攻擊，他驚魂未定，喘息了兩口，感覺呼吸之時牽動左肋傷處，刺痛連連，風行雲從腰間取出一顆紅色丹藥塞入口中，嚼碎之後，一股清涼的津液順著他的喉頭滑落，頃刻之間疼痛頓時消失，他挺起秀眉刀，準備再次發動攻擊。

此時遠處忽然傳來一陣低沉嘶啞的吟誦之聲，有些像是誦經之聲，可仔細傾聽又不是太像，那聲音似乎有種魔力，絲絲縷縷地鑽入耳廓之中，雖然聲音聒噪，可仍然忍不住想去聽，風行雲舉目望去，方才發現那聲音是從黑衣人陣營中傳出，伴隨著這一聲聲的吟誦，隨之傳來金缽敲擊之聲，刀魔忽然感到一陣臉紅心跳，心跳的節奏竟然隨著對方敲擊金缽的聲音而動。

刀魔風行雲暗叫不妙，他用力閉上雙目，一狠心將舌尖咬破，疼痛讓他短時間內清醒過來，以雙手掩住耳朵，甚至連秀眉刀掉落在地都顧不上看，沒命地向遠方奔去。

熊天霸被多吉迷魂在先，腦海中之認準了要殺胡小天，反倒沒有受到這聲音的干擾，反倒是胡小天聽到這聲音，不由得呆了一下，他一直提防對方用眼睛攝魂，始終不敢和對方目光相對，卻想不到在對方的陣營之中竟然還另有攝魂高手存在。

嘶啞的聲音越來越大，胡小天強行收斂心神，忍受著這古怪聒噪的聲音，一聲聲金缽敲響的聲音越來越急，如同有人用針不停扎在內心深處。胡小天的丹田氣海內氣息劇烈翻騰，如同巨浪連連，他不得不將大部分的精力用來對抗突然變得洶湧澎湃的內息。

熊天霸的攻勢卻比起剛才更加凶猛，胡小天在潛意識之中變換著躲狗十八步，完全出自本能躲避著熊天霸的瘋狂攻擊，翻騰飛舞的兩隻大錘幻化出漫天錘影，宛如濁浪滔天的海洋，而胡小天已成為海洋中顛沛流離的孤舟，隨時都有覆舟之危。

多吉從另一側縱馬行出，他的手中舉著一顆夜明珠，托在胸前，照亮他一雙變幻莫測的藍色眼眸。嘶啞的誦念聲越來越急，金缽的敲擊聲也變得密集如同雨點。

胡小天的承受能力就要達到極限，他的步伐開始變得渙散起來，心跳節奏被金缽聲帶得不斷加速，丹田氣海之中諸多異種真氣相互衝突抵觸，感覺丹田即將就要爆裂，經脈之中真氣亂竄，身體的每一部分似乎就要撕裂開來。

一曲悠揚的笛聲從六角城內響起，猶如春風化雨，滋潤了胡小天的心田，這神奇的樂曲讓胡小天狂奔亂跳的內心在頃刻間平息了下來，即將燃燒爆裂的丹田也被這場春雨澆滅了烈火，那笛聲輕柔婉轉，猶如秋日少女的呢喃，又如三月溫柔的春風，雖然聲音不大，卻輕易就壓制住那聒噪的吟誦聲。

熊天霸的大錘距離胡小天的腦袋只有一尺，如果胡小天清醒得再晚上一刻，只怕腦袋就要跟大鐵錘比拚一下硬度了。胡小天雙腳在地上猛然一蹬，身軀凌空飛起，施展馭翔術在半空中一個轉折俯衝而下。

多吉抬起頭來，目光盯住胡小天的面門，胡小天在他抬起雙目之前已經認準了他的方向，在空中揮舞大劍藏鋒，爆發出一聲發自內心的怒吼，藏鋒劃破夜空，一道無形劍氣脫離劍身力劈而出。

多吉坐在馬上，忽然身體挺直，先是看到他手中的夜明珠掉落在地上，然後他的身體對折向後倒下，上半截身體跌落在黃土地上，坐騎此時方才驚恐地發出一聲嘶鳴，帶著仍然在噴射鮮血的下半身向遠方逃去。

多吉被殺之後，熊天霸瞬間脫離了控制，頭腦很快就恢復了清醒，他茫然望著周圍，看著沾滿鮮血的大錘，一時間想不起自己究竟做過什麼。

胡小天一刀劈翻了一名黑衣武士，躲過馬韁，翻身上馬，看到十多名騎士正從六角城的豁口之中衝入城池的廢墟內，胡小天馬上意識到，他們前往的正是笛聲傳來的方向，這些人意圖除去吹笛人。

胡小天大吼道：「熊孩子，幹掉那敲缽的傢伙，一個不留！」他已經被徹底激起了憤怒。

熊天霸這才反應了過來，揮舞著大錘向敵方陣營衝去。

月光之下，維薩站在土台之上，手持玉笛，宛如暗夜中靜靜綻放的百合花，她靜靜吹奏著樂曲，楊令奇手持青鋼劍哆哆嗦嗦守護在她的身邊，剛才聽到那怪異的吟誦聲，楊令奇按照維薩的指引堵住了耳朵，雖然如此聲音還是延綿不絕地傳入他的耳朵內。接著維薩就手持玉笛走出藏身處，在土台上吹奏樂曲。說來奇怪，維薩吹奏的笛聲響起之後馬上就沖淡了那吟誦聲的影響，浮躁的內心也漸漸平息安定了下去。楊令奇擔心她孤身一人有所閃失，於是拿起青鋼劍出來保護。

一名騎士已經聞聲殺到，縱馬衝上土台，楊令奇奮不顧身揚起青鋼劍向對方刺去，青鋼劍方才揚起，就被對方手中的彎刀格擋，震得楊令奇手臂發麻，青鋼劍脫手飛了出去。

那騎士陰冷的雙眸盯住維薩，一提馬韁準備衝上前來將她斬於馬下，可突然看到維薩眼波一轉，宛如千縷萬縷絲線纏住了他的內心，那騎士忽然感覺到不能自已，此時另外一名騎士也衝上土台，手握彎刀的騎士忽然轉過身去，揚起彎刀狠狠向同伴腰間插去，這次的偷襲毫無徵兆，那名同伴根本沒有想到會被同伴攻擊，臨死之前也是挺起自己的長劍狠狠刺入對方的胸口。

胡小天也隨後衝了進來，正看到眼前情景，心中不由得一驚，雖然剛才他就隱約猜到吹笛人很可能就是維薩，可一切被證實之時胡小天仍然感到震驚，維薩居然也懂得攝魂術，從剛才對抗對方陣營中吟誦者來看，她的修為應該不低，可既然如此，她又怎麼會落入多吉的控制中。

身後土牆崩塌，一名剛剛經過的沙迦騎士被圍牆連人帶馬壓在了下方，梁英豪從地洞中爬了出來，一槍刺入那騎士的咽喉，結果了他的性命。

胡小天向梁英豪道：「帶他們去安全的地方！」撥轉馬頭，轉而又向外面殺去，他擔心熊天霸有所閃失，及時前去接應。

多吉被殺，對方的另外一名攝魂師又被維薩的笛聲全面克制，而且此時他們已經死傷過半，剩下的那群武士根本無心戀戰，熊天霸殺性被激起，衝入對方陣營，兩柄大錘上下翻飛，如入無人之境，一會兒功夫又有十幾人死在他的大錘下，倖存者看到大勢已去，誰也不想留下來送死，瞬間作鳥獸散。

胡小天趕回去的時候，倖存的二十多名騎士已經逃遠，熊天霸奪了匹馬還準備追上前去，胡小天將他喝止，窮寇莫追，已經將對方的主力擊潰，沒必要花費精力窮追不捨。

此時唐鐵鑫也騎著小灰返回，他仍然有些驚魂未定，原來剛才在後方滋擾敵方的時候遇到了刀魔風行雲，唐鐵鑫揮刀就砍，可對方一伸手就將他的刀奪了過去，唐鐵鑫被摔落馬下，小灰嚇得落荒而逃，幸虧刀魔心思不在他的身上，沒有對唐鐵鑫斬盡殺絕。

黎明在不知不覺中到來，東方的天空中，一輪紅日悄悄露出了地平面，六角城的廢墟被染上了一層玫紅，這荒涼的古城也平添了幾分嫵媚。

維薩站在乾枯的河床邊，望著那輪紅日，冰藍色的美眸中流露出幾分惆悵。清涼的晨風迎面吹來，維薩禁不住打了個噴嚏。

胡小天緩步來到她的身後，為維薩披上一件藍色披風。

維薩顫抖了一下，轉過身來，有些惶恐道：「主人！」

胡小天笑了起來：「你是不是很怕我？」

維薩搖了搖頭：「維薩不怕主人，在維薩心中，主人是最值得信任的。」

胡小天心中一陣溫暖，能被人信任也是一種幸福，可是想起昨晚維薩神奇的表現，胡小天的內心又變得不自信起來，他所接觸的每個女孩子都不是那麼的簡單，卻不知維薩的心中又隱藏著怎樣的秘密？他的目光落在維薩腰間攜帶的玉笛上。

維薩眨了眨冰藍色的美眸，從胡小天的目光中意識到了什麼，輕聲道：「維薩並不是有意瞞著主人，其實維薩的父親也是一位攝魂師。」

胡小天點了點頭：「你的父親既然是攝魂師，為何你會淪落到這樣的處境？」

這正是胡小天心中極其迷惑的地方，維薩擁有著這樣出眾的攝魂術，為什麼不利用攝魂術去改變自身的命運？卻甘心為奴，任人擺佈？不過胡小天也看出攝魂師有一個致命的弱點，他們似乎都稱不上真正的高手，如果自己沒看走眼，維薩甚至都不懂武功。

維薩道：「在我們的家族中攝魂師只能由男性擔當，父親雖然很疼我，也不敢輕易破壞家門規則，更何況我對這方面也沒什麼興趣。鷹巢公國遭遇滅頂之災，我的家族也不得不四處流亡，流亡途中，父親將攝魂術的典籍交給了我，一來他希望將攝魂術延續下去，二來他希望我學會之後可以防身。後來我和父母失散，不過在失散之前，我已經將家族攝魂術的寶典全都牢記心中，父親曾經囑託過我，在練成之前千萬不可輕易暴露，不然會招來殺身之禍。」

胡小天道：「你修煉攝魂術有多久了？」

維薩道：「三年了，一直偷偷修煉，攝魂術分為三種類別，一是利用音律攝魂，就是今天你聽到的吟誦聲和我的笛聲，二是利用眼神攝魂，三是利用舞姿和動作。多吉應該是懷疑我，他想要控制我的意識，我察覺後就利用我家族的秘法封閉內心，可是畢竟我的修為跟他無法相比，終究還是被他掌控。」

胡小天道：「此人真是死有餘辜！」

維薩道：「主人，你不會生我的氣吧？」

胡小天哈哈笑道：「為何要生你的氣？這次如果不是你幫忙，恐怕我們要全軍覆沒呢。」

維薩道：「我在音律和舞蹈方面有所專長，可是在眼神攝魂方面修為太淺。」她這話實在是有些謙虛了，昨晚她用眼神引得兩名武士互相殘殺，證明她在眼神攝魂方面已經有了一定的修為。

胡小天心中暗歎這攝魂術應該就是催眠術，利用種種暗示的方法操縱他人的意識，自己接連幾次差點就著了對方的道兒，回想起來還真是凶險。

維薩道：「其實攝魂術的效力不能持久的，攝魂師想要長久操縱一個人就必須間斷發功，如果相隔太久，又或是逃出一定的距離，攝魂的效力就會消失，當然最徹底的方法就是殺掉攝魂師。」

胡小天對這一點已經有了深刻體會，熊天霸就是在他斬殺多吉之後馬上清醒了過來。

維薩道：「主人不用擔心，攝魂寶典之中就有關於安定心神的方法，不過需要擁有內力基礎的人才能修煉，回頭我說給你聽。」

胡小天心中大喜過望，可表面上還假惺惺地搖了搖頭道：「那怎麼行？你家族的寶典豈能傳給我這個外人。」

維薩俏臉微紅道：「你是我的主人，我所有的一切都是屬於你的，別說一本寶典了。」

胡小天如同三伏天喝了一杯冰鎮酸梅汁，每一個毛孔都透出一個大大的爽字，這洋妞真是貼心啊！對自己的關心是其中一個原因，還有一個原因，如果當真學會了定神之術，那麼自己以後再遇到攝魂師就不用顧忌了，來一個殺一個，來兩個砍一雙，絕對是砍瓜切菜一般。

熊天霸幾人清點了一下死亡人數，共計斬殺了七十九人，檢查了一下這些人的隨身物品，已經可以斷定有一部分人是來自沙迦的武士，這其中也有一部分漢人，他們也懶得為這群人收屍，死了這麼多人，用不了多久就會驚動當地官府，事情報到上面，李天衡不難猜到這件事的前因後果，若是他因此對沙迦人生出反感和抵觸倒也不失為一件好事。

胡小天想起昨晚刀魔的現身，刀魔想殺自己並不稀奇，奇怪的是他居然和沙迦人聯手，胡小天仍然記得當時他們用火箭為號相互呼應，難道刀魔是薛勝景的人？霍格和薛勝景兩人擔心他們密謀的事情敗露，所以才決定聯手刺殺自己滅口。這兩人都是自己的結拜兄弟，可關鍵時刻下手絕不留情，胡小天暗自感歎，在政治利益面前，果然沒有半分的情義可講，心中不由得想起了父親，他不知父親究竟扮演的是何種角色，想起此次的羅宋之行，內心中不由得蒙上了一層濃重的陰雲。

西州的陽光很好，可即便是站在陽光下也無法驅散霍格臉上的陰雲，出動近百名武士，這其中還包括兩位攝魂高手，竟然被胡小天一行斬殺大半，死去了那麼多武士還在其次，可多吉之死卻是他的一大損失，眼神攝魂乃是攝魂師的最高境界，即便是整個沙迦這樣級數的攝魂師也不會超過十人，而真正能夠甘心為他所用的只有多吉一個，霍格發現自己太過輕敵，胡小天比起他們剛剛認識的時候已經發生了脫胎換骨的變化，這種改變不僅僅是在武功上。

李天衡遇刺已經過去整整三天了，直到今日身為女婿的霍格都沒有得到探望的機會，這讓他感覺有些異乎尋常，難道李天衡已經知曉了他和薛勝景之間的陰謀？如果當真如此，那麼將會大大不妙，西川方面肯定會做出及早防範。

一名武士來到霍格身邊，低聲道：「啟稟王子殿下，大雍燕王爺來了。」

霍格點了點頭道：「請！」濃眉緊鎖又道：「請他去沁水軒相見。」

沁水軒是驛館內的一座水榭，位於池塘西側，有一半建築在水上，霍格喜歡水，生在沙迦見慣了大漠風沙，很少能夠看到這樣山明水秀的景致，至於伴水而居更是一種奢望。

薛勝景任何時候都邁著慢吞吞的步子，因為管不住自己的嘴巴，他的肚子隨著歲月不斷增長著，很多時候他甚至忍不住自嘲，現在連尿尿的時候都看不到小弟弟了，薛勝景走到九曲長橋中間停了下來，一手扶著憑欄，一手托著肚子，遠遠看上去如同一個身懷六甲的婦人，喘了幾口氣抬頭看了看毒辣的日頭。

這時候霍格方才從沁水軒內走出，迎出門外呵呵笑道：「大哥來了，小弟有失遠迎，還望大哥勿怪！」

薛勝景笑道：「你我兄弟搞那些虛假客套作甚，只要為兄知道你心中是怎樣想的就好。」話裡有話，分明是在暗指霍格心中對他不滿。

霍格心中的確很不舒服，派去了那麼多人，此前還徵求過薛勝景的意見，薛勝景不但認同他殺人滅口的做法，而且還主動提出要協助霍格，霍格本以為薛勝景會給自己送來強援，卻想不到他只派來了一個人，而且對大局沒有起到絲毫的作用。

其實這怪不得薛勝景，很多時候並不在乎人數的多少，可是刀魔風行雲顯然沒起到決定性的作用，辜負了薛勝景的期望。

進入沁水軒之後，薛勝景拿出自己的白色汗巾不停擦汗，歎道：「真熱，這西川的天氣讓我受不了了，明天我就打道回府。」

霍格並沒有感到任何驚奇，薛勝景原本就是打著賀壽的旗號來到西州，天下無不散的宴席，更何況這次是不歡而散，霍格道：「大哥不準備多留幾日了？」

薛勝景歎了口氣道：「西川也不太平，本來準備壽宴一結束就走，沒想到發生了李帥遇刺的事情，現在聽說李帥的傷情轉危為安，我也放心下來，儘快回國，還有許多其他的事情趕著去處理呢。」

霍格點了點頭。

薛勝景小眼睛轉了轉道：「兄弟可曾見到李帥了？」

霍格搖了搖頭，臉上的表情顯得有些尷尬，身為女婿到現在還沒有見到受傷的岳父，多少顯得有些於理不合，即便是外人也能夠看出這對翁婿並非向外界宣稱的那樣和睦。

薛勝景道：「據說李帥親自下令放大康使團離去，還給了他們通關令箭呢。」

霍格心中如同被芒刺扎了一下，薛勝景根本是哪壺不開提哪壺，他笑得有些勉強：「兩國交兵不斬來使，李帥的做法並沒有什麼不妥的地方。」

薛勝景點了點頭道：「可我總覺得這次是放虎歸山呢，咱們這個小兄弟可不簡單呢。」

霍格道：「良禽擇木而棲，一個人就算擁有再大的本事，如果遇不到明主，也很難有一番作為。」

薛勝景因霍格的這番話而桀桀奸笑：「兄弟的這話說到了點子上，攤上龍宣恩這麼一個糊塗的君主，就算擁有通天的本事也難以施展。」

霍格終於忍受不了薛勝景這種兜來繞去的談話方式，直截了當道：「大哥難道不擔心他將聽到的事情說出去？」

薛勝景緩緩搖了搖頭道：「誰都不是傻子，域藍國的重要性誰都看在眼裡，就算所有人都知悉了咱們的事情，又有什麼好怕？」

霍格表情愕然，薛勝景既然不怕事情暴露，為何此前同意自己殺人滅口的想法？這不是等於將自己暴露在李天衡的目光之下嗎？讓西川對沙迦產生警惕之心？根本就是損人不利己的做法！

薛勝景微笑拍了拍霍格的手背道：「兄弟勿怪，為兄也是剛剛想透這個道理，北國冬天的冬天，千里冰封，萬里雪飄，兄弟若是有興致，不妨前來雍都一聚。」

霍格點了點頭道：「兄弟記下了！」

胡小天一行離開了六角城後，再也沒有遇到任何的追殺堵截，順順利利來到了燮州，憑著李天衡給他的通關令箭，進入燮州也是暢通無阻。選擇了燮州最好的天星居客棧住下，準備停歇一晚之後離開燮州，取道蓬陰山進入大康境內。

選擇天星居的原因還有一個，胡小天對環彩閣非常好奇，這裡距離環彩閣不遠，他想利用這次機會前往環彩閣一探究竟。

晚飯之後，胡小天獨自一人來到環彩閣附近，等到了環彩閣門前方才發現昔日車水馬龍的環彩閣門前冷落，昔日名震西川的風月場所居然已經關門了，找了個附近的居民詢問，得知環彩閣早在一年前就已經關門了，一直停業至今，誰也不知道環彩閣關門的原因。

胡小天沿著環彩閣周圍的牆壁蹓躂了一圈，心中暗忖，這環彩閣和眾香樓全都是隸屬於五仙教，很可能是為了刺探情報而存在，李天衡獨立之後，環彩閣就完成了自身的歷史使命，所以也就沒有了存在的必要。

尋到一個冷僻無人的角落，胡小天輕輕一躍，攀上牆頭，翻身進了環彩閣的後院，落腳的地方正是後花園，昔日精緻的後花園因為長期無人打掃變得野草叢生，道路上覆蓋著滿滿一層落葉，走在其上沙沙作響。

懸掛在長廊上的紅燈早已殘破，在淒冷月光照射下，整個院落顯得越發寂寥。

胡小天憑著記憶在環彩閣內漫步搜尋，來到後院中心的小樓，拾階而上，這裡應該是主人所住的地方，房門並沒有上鎖，推開房門，月光從身後如水般無聲流淌而入，很快就充滿了這個房間，首先映入眼簾的就是一張古琴，胡小天彷彿看到夕顏坐在這裡撫琴吟唱的情景，他實在想不通，夕顏為何要委身於五仙教？五仙教這個江湖第一邪教因何又會不遺餘力地支持李天衡？

西側乃是臥室，東側乃是書齋，胡小天從中並沒有找到任何關於夕顏的印記，他在古琴旁盤膝坐了下來，揭開蒙在古琴上的紅綢，伸出手指輕輕撥動一根琴弦。

篤！琴聲在靜夜中響起，驚醒了窗外的一群老鴉，振動翅膀撲啦啦向夜空中飛去，餘音繞樑許久方才停歇。

胡小天歎了口氣，隨後他聽到有人也像他一樣歎了口氣。

胡小天敢斷定第二聲歎息絕不是自己的回音，這聲音來自他的身後，從聲音傳來的距離看應該不超過三尺距離，而他卻沒有半點覺察，冷汗從胡小天的脊背緩緩滑落，自己面對門窗，對方不可能在神不知鬼不覺的情況下進入室內來到自己的身後，也就是說對方很可能在自己進入室內之前就已經潛伏在這裡，而自己竟然毫無覺察，以他今時今日的修為，當世之中已經很少有人可以做到。

胡小天提醒自己千萬要冷靜，平靜道：「既然來了，為何不敢現身相見？」身後聲息全無，胡小天緩緩轉過頭去，卻見身後空空如也，難道真是自己的幻覺？胡小天咬了咬嘴唇，忽然琴弦篤地響了一聲，胡小天猛然又將頭轉了回去，他的雙手已離開古琴，沒可能撥動琴弦，可是眼前根本連半個影子都沒有，胡小天這下驚得滿身冷汗，他有生以來還從未遇到這麼詭異的事，難道當真鬧鬼了不成？胡小天霍然站起身來，對方的武功一定遠在自己之上，以他今時今日的感知能力都無法察覺到對方的存在，胡小天道：「鬼鬼祟祟，藏頭縮尾算什麼英雄好漢？有種就光明正大地現身出來！」

「英雄好漢？這世上的英雄好漢全是短命鬼！」聲音在胡小天四周迴盪，短短的一句話，竟然變換了四個不同方向，胡小天循聲望去，依然找不到對方的影子。

頭頂忽然風聲颯然，胡小天慌忙變幻腳步，躲狗十八步自然而然地使出，躲開了襲擊之物，可後腰卻被一個硬梆梆的東西抵住，胡小天驚恐萬分，連對手的樣子都沒有見到就被人抵住要害，此人究竟是誰？怎麼連我的躲狗十八步都逃不開？就算不悟和尚也沒有這樣的本事？

胡小天並沒有被恐懼亂了理智，他忽然想起了一個人，天下間能夠破解自己躲狗十八步的屈指可數，解鈴還須繫鈴人，除非是對躲狗十八步非常瞭解的人才能夠掌握自己步法的動向，而且自己感受不到對方的呼吸心跳，對方顯然在刻意掩飾，自己利用裝死狗的辦法也能夠做到，胡小天借著月光向地面上望去，看到剛才襲擊自己的東西正躺在地面上，乃是一根啃得乾乾淨淨的雞腿骨，胡小天心中已經斷定對方是誰。他笑道：「徐老前輩，是您對不對？」

身後傳來一聲歎息：「不好玩，一點都不好玩，沒面子，太沒面子，居然這麼快就被你猜到了！」對方收起抵在胡小天背後的東西。

胡小天轉身望去，卻見背後站著一個鬚髮皆白的老乞丐，正是傳授給他武功的老叫花子。

老叫花子將剛才抵住胡小天的那東西朝他扔了過來：「送給你的見面禮。」

胡小天伸手接過，握在手中油乎乎彈性十足，定睛一看卻是一隻鹵豬蹄，當真是哭笑不得了。

老叫花子變魔術般也拿出了一隻豬蹄，啃了一大口道：「百年劉老三的鹵豬蹄乃是燮州一絕，老叫花子辛苦買來的，你不吃就是不給我面子。」啃了口豬蹄，又拎起大酒葫蘆灌了一口，然後遞給了胡小天。

胡小天也不客氣，學著他的樣子灌了一大口酒，也啃了一口豬蹄，不乾不淨吃了沒病，不過這豬蹄的味道還真是不錯噯。

胡小天道：「老前輩您怎麼到這種地方來了？」

老叫花子白了他一眼道：「你能來得，老叫花子來不得？過去開張的時候，老叫花子人窮沒錢，當然不敢進來，可現在人去樓空，這麼多間房子閑著也是閑著，老叫花子剛好可以進來享受享受，這麼多房間隨便我住，這麼多張床隨便我睡，上面還有女人的脂粉味呢。」

胡小天呵呵笑道：「前輩真是懂得享受生活。」

老叫花子道：「我這輩子就是貪圖享受，不然何以淪落到沿街討飯的境地。」

胡小天才不相信他是個普普通通的叫花子，這位老爺子絕對是頂級高手的存在，當初交給自己躲狗十八步和裝死狗，單單是這兩樣功夫就讓自己多次死裡逃生。當初在中官塚老叫花子將這兩手絕技傳給自己，現在回想起來應該不是偶然，沒有人會平白無故對一個小太監如此青眼有加，今天在環彩閣的重逢肯定也不是湊巧遇上，也許自己在環彩閣外面蹓躂的時候就已經被老爺子給盯上了。

胡小天道：「前輩，自從中官塚一別，我一直都在牽掛著前輩呢。」

老叫花子有些肉麻地打了個激靈：「我不是女人，你想我作甚？」

胡小天道：「我也不知為何，總覺得前輩是我的親人一樣。」

老叫花子抓起酒葫蘆又灌了口酒道：「小子，還算你有些良心。」

胡小天道：「前輩對我有授業之恩，有道是一日為師終生為父，在晚輩心中實則是將前輩當成親爹一樣看待。」

老叫花子聽他這麼說一口酒噗地噴了出來，有不少噴到了胡小天的臉上，可胡小天絲毫不介意，依然笑瞇瞇望著他。

老叫花子抹乾嘴唇，指著胡小天的鼻子罵道：「臭小子，你居然敢占我便宜，以我的年齡當你爺爺都夠了，你把我當成你親爹？簡直混帳！覺得老叫花子老糊塗了？聽不出你在占我便宜？」

胡小天笑瞇瞇道：「前輩勿怪，只是表達一下心情，沒別的意思。」胡小天其實是故意這麼說，看到老叫花子對自己的話這麼大的反應，他更感覺這其中必有文章，這世上任何事情都是有原因的，老叫花子不會無緣無故教給自己武功，他對自己這麼好肯定是有緣由的。

老叫花子道：「你這是要往哪裡去？」

胡小天道：「晚輩奉了皇上之命出使西州，現在正在返回康都的路上。」

老叫花子點了點頭道：「此行可順利嗎？」

胡小天搖了搖頭道：「皇上讓我前來封李天衡為王，可是李天衡不答應，如果不是因為兩國交兵不斬來使的原則，只怕我的這顆腦袋也保不住了。」

老叫花子道：「蠢材，就憑著躲狗十八步，什麼樣的高手能抓住你？就算被追上了你還可以裝死狗啊！我怎麼遇到了你這麼蠢笨的傳人，蠢材！簡直是蠢材！」

胡小天被他罵了一通，不怒反笑：「其實前輩教給我的功夫也沒什麼稀奇！」

老叫花子聞言，一雙眼睛瞪得渾圓：「混帳！簡直混帳！你吃飽了打廚子，你翻臉不認人！學了老子的本事居然轉過來詆毀我的功夫，我呸！信不信我廢了你的武功？讓你把學會的功夫全都還給我？」

胡小天道：「別的不說，我去天龍寺時就遇到了幾位高手，至少有三個都能夠追得上你的躲狗十八步。」

老叫花子聽到天龍寺不由得撓了撓頭道：「那幫和尚中的確有幾個有這個本事……」一臉上的表情已經變得尷尬了。

胡小天道：「你若是能夠廢了我的武功我求之不得，現在我最擔心的就是內力太強，早晚會被這身內力給撐爆了！」

老叫花子微微一怔：「怎麼回事？」

胡小天當然不會放過這個求助的機會，將自己被李雲聰坑害誤練虛空大法，然後又因為機緣巧合，接連吸取了多位高手內力的事情，說到緣空也修煉了虛空大法，自己將緣空內力洗劫一空的時候，老叫花子的臉色已經變了，伸手抓住胡小天的脈門。

胡小天提醒他道：「你最好別用內力試探我的經脈，不然我可能會將你的畢生功力也吸個一乾二淨。」

老叫花子多少有些感動，歎了口氣道：「你倒是還有些良心。」

胡小天道：「我不是關心你，我是關心我自己，我丹田氣海的承受能力已經達到極限，如果再加上你的，只怕我現在就得爆炸。」

老叫花子油乎乎的手指搭在他的脈門上，好一會兒方才收了回去：「你果然沒有騙我。」

胡小天道：「我都慘到這份上了，騙你還有何意義？」

老叫花子道：「你現在的內力天下少有，只可惜你的身體無法承受這樣強大的內力，如果將人的身體比作一條小船，內力比作船上裝載的貨物，你現在已處於超載狀態，如果再有內力注入，又或者遇到意想不到的風浪，就會遭遇覆舟之災。」

胡小天道：「天龍寺的高僧曾經斷言我的性命只剩下半年。」其實胡小天心中有數，距離當初不悟說這番話的時間已經過去了三個多月，按照不悟的說法他至多還有兩個多月的性命，不過胡小天從李雲聰那裡學會了菩提無心禪法，利用無心禪法可以壯大自身的經脈，堅固他的丹田氣海，又和霍勝男發現了《射日真經》的秘密，可以將內力抽絲剝繭般轉移到對方的體內，可以說胡小天已經找到了解決之道，就算無法徹底根治，短期內也不會有性命之憂。他之所以這樣說，是想讓老叫花子出手相助，從老叫花子手裡撈到一些好處。

老叫花子道：「依我看，如果你不繼續吸取別人的內力，三年內性命絕不會有任何的問題。」

胡小天聞言大喜，看來這射日真經還真是有效，等這次回去一定要和霍勝男共同修煉一下射日真經，不成，自己這麼龐大的內力，如果全都輸給了霍勝男，那麼她的經脈又怎能承受，看來要多討幾個老婆，讓大家分擔一下，想到這裡，這廝的臉上不由得露出笑意。

老叫花子不知他為何發笑，以為他聽說能活三年而開心，望著胡小天年輕的面龐，想起他多舛的命運，老叫花子不禁生出憐惜之情，他低聲道：「月滿則虧，水滿則溢，如果你的身體能夠始終保持在虛虧的狀態，或許就能夠解決這個問題。」

胡小天故意道：「什麼？腎虧？」

老叫花子真是哭笑不得：「屁的腎虧，我的意思是說月滿則虧，水滿則溢……」

「月滿則虧，精滿自溢！這我懂！」

老叫花子被這廝的插科打諢搞得無語，白鬍子撅了撅：「我呸！你個浪蕩子，登徒子，小流氓，你腦子裡想的都是些什麼？」

第七章

老叫花子的一句話

老叫花子最後的那句話久久迴盪在胡小天的耳邊，
你操心他們，他們未必需要你操心。
在他心中已然認定老叫花子是自己的外公無疑，
外公的武功應該算得上是當世屈指可數的人物，
他為何眼睜睜看著胡氏落難而袖手旁觀？

胡小天其實已經完全想通了其中的道理，月滿則虧，水滿則溢，如果能夠做到將身體變成調節水量的水庫，那麼就沒有後顧之憂了，射日真經無疑就是最佳的解決方案。

老叫花子道：「有一門功夫叫神魔滅世拳，威力巨大，可是卻少有人修煉，一是因為對修煉者內功要求極高，二是因為此路拳法對內力損耗巨大，真正有資格修煉神魔滅世拳的全都稱得上高手，而這級數的高手又懂得權衡利弊，很少有人會去修煉這種損耗內力的武功。」

胡小天道：「我不怕損耗，損耗的越多越好。」

老叫花子道：「你著什麼急？我說過一定要教你嗎？」

胡小天笑道：「您老不會是剛巧出現在這裡的吧？在我心中您比我親爹對我還好，如果不是我爺爺早就死了，我肯定認為您就是我親爺爺。」他看到老叫花子臉上的表情非常古怪，停頓了一下又道：「對了，我還有個外公的，只是離家出走四十年了，你該不是我外公吧？」

老叫花子皺了皺眉頭：「臭小子，你少跟我攀親，我老叫花子終身未娶，孤身一人，哪有什麼親人！」

胡小天道：「終身未娶並不代表著一輩子沒碰過女人，看您老當益壯，威風凜凜的樣子，年輕的時候想必也是一位高大威猛，玉樹臨風，風流倜儻的翩翩美少年，想追求你的美女肯定數不勝數。」

老叫花子被這通馬屁拍得居然是相當的舒服，點了點頭道：「這話倒是沒有說錯，我年輕的時候要比你長得英俊，人品比你更是端正得多。」

胡小天道：「可這天下間沒有坐懷不亂的真君子，您當年那麼英俊，招蜂引蝶是免不了的，搞不好就有幾位紅顏知己珠胎暗結，給你生下幾個私生子私生女啥的，您老雖然不知道，可說不定早已子孫遍天下了。」

老叫花子氣得滿臉通紅：「你放屁！老子可不是那麼隨便的人！」

胡小天才不怕他，呵呵笑道：「您老現在當然不是那麼隨便的人，畢竟年紀大了，有心無力，這方面已經沒有需求了，可年輕時候肝火旺盛，除非是太監，不然不可能沒有這方面的要求……」

老叫花子結結巴巴道：「放屁！放屁！簡直是一派胡言，你當我像你一樣勾三搭四，處處留情？」

胡小天歎了口氣道：「我也覺得自己實在是多情了一點。」

「何止是多情，簡直是濫情！」老叫化總算找到了一個報復的機會，說話毫不留情。

胡小天道：「奇怪啊，人家都說兒女的性情得之於父母，我爹卻是一個重情重義的老實人，他只有我娘一個老婆，別的女人連一眼都不會多看，我娘也是只對我爹好，更是一心一意，所以我得從他們上一代找原因，據說我爺爺也是個至情至聖的真君子，所以毛病就出在我外公身上了。」胡小天偷瞥了老叫花子一眼，看到老叫花子抓耳撓腮，顯得很不自在。

胡小天心中暗笑，十有八九這老叫花子就是自己的外公虛凌空，不然他何以會對自己如此之好。胡小天道：「要說我外公也是一個大大有名的人物，他叫虛凌空，當年也是英俊瀟灑，年少多金，不過他生性多情，喜新厭舊，勾三搭四，對家庭也是極不負責，四十年前居然扔下糟糠之妻，撇下兒女，離家出走，自此以後人間蒸發，杳無音訊。」

老叫花子道：「此人當真混帳，不過你外公不是姓徐？怎會變成了姓虛？」

胡小天道：「我也是好不容易才查到，原來虛凌空是我親外公，不怕你笑話，我總覺得你就是虛凌空，你就是我那個不負責任的外公呢。」

「放屁！一派胡言！」老叫花子似乎除了這句話就沒有別的反駁手段了。

胡小天道：「不然你會那麼好心幫我？」

老叫花子忍不住罵道：「遇見你這個沒良心的龜孫子，算老叫花子倒了八輩子楣，老子念你可憐，你居然把我往壞處想？你你你……真是氣死我也……」

胡小天歎了口氣道：「前輩，不瞞您說，我原本對這個世界已經充滿絕望，以為人間全都是爾虞我詐，唯利是圖，陰謀算計，今天見到您方才明白，原來這人世間還是有真情在的，還有好人在的。」

老叫花子嘴巴一撇：「那是當然！」

胡小天道：「雖然我知道您不可能是我外公，可我心中仍然希望您是，我若是能有您這樣的外公，真是上輩子修來的福氣。」

老叫花子道：「廢話少說，神魔滅世拳你到底學還是不學？」

胡小天連連點頭道：「學，當然要學！可是您應該不會白白教我這門武功，該不是有什麼條件吧？」

老叫花子嘿嘿笑道：「果然聰明，天下間哪有免費的午餐。」

胡小天雙手捂胸故作驚慌道：「咱們有言在先，犧牲色相我無論如何都不答應！」

老叫花子被這廝弄得真是哭笑不得了，指著他的鼻子道：「你撒泡尿看看你的熊樣，是公是母我還分得清楚。」

胡小天笑道：「您老這意思是因為我是個爺們所以才斷了念想？如果我是個黃花大閨女，您豈不是就色膽從心生？」

「我，呸！胡不為怎麼就生出你這麼個歪瓜裂棗！」

胡小天道：「上樑不正下樑歪，這事兒不怪我爹，全都是他老丈人不好。」他心中認定了老叫花子就是自己的外公虛凌空，所以故意這樣說刺激對方。

換成別人早就拂袖而去，老叫花子居然逆來順受聽了這麼多不敬的話，還肯留下來教胡小天神魔滅世拳，兩人來到後院之中，老叫花子道：「這套神魔滅世拳乃是前朝高手姬天行所創，姬天行死後三百年中沒有任何人練成。」

胡小天插口道：「你老也沒練成？」

老叫花子雙目一瞪：「當然沒有練成？我有大把的武功秘笈去練，何苦去練這種殺人一萬自損五千的功夫！」

胡小天道：「那這三百年如何傳承下來的？」這倒是問到了關鍵所在，既然除了姬天行之外無人修煉成功，那麼這門功夫究竟是如何傳承的呢？

老叫花子道：「十多年前，我偶然在一座石窟內發現了這套拳譜，那石窟正是當年姬天行閉關練功的地方，我看到這套拳法威力驚人，但是對自身內力損耗極大，往往使用一次就會損耗掉許多內力，可以說除非內力登峰造極之人，修煉這套武功有害無益，我並沒有修煉，只是將拳譜抄錄下來。」

胡小天聽他說得認真也就收起了玩笑，老老實實跟老叫花子學習起了這套神魔滅世拳，這套拳法重在內力的運用，老叫花子只是教給胡小天招式和動作，至於內力運用之法，他將拳譜背誦一遍，讓胡小天牢牢記下，真正的修煉還要靠胡小天自己。教給胡小天這套拳法的本意就是讓他消耗內力，胡小天現在的內力稱得上是登峰造極，當世之中罕有人可以匹敵，連老叫花子也比不上，只是在內力的運用方面，胡小天還差太多火候。

胡小天將整套拳法記下已經是一更時分，老叫花子在一旁看著他將招式打得絲毫不差，滿意地點了點頭，拿起酒葫蘆又灌了幾口。

胡小天擦了擦額頭的汗水來到他身邊坐下：「前輩知道虛凌空嗎？」

老叫花子點了點頭道：「聽說過這號人物，只是從未有過什麼交往。」

胡小天道：「楚扶風呢？」

「也聽說，據說楚扶風乃是天下間第一號奇人異士，上知天文，下通地理，術數星相無數不通。」

胡小天道：「洪北漠這個人前輩熟不熟悉？」

「洪北漠？你說的可是統領天機局的洪北漠？」

胡小天點了點頭道：「正是！」

「他好像是楚扶風身邊煉丹的藥僮吧。」

胡小天道：「前輩知不知道楚扶風、虛凌空和當今皇上乃是結拜兄弟？」

老叫花子又灌了一口酒，雙目露出迷惘之色：「此事倒是聽說過一些，可是江湖傳言未必可信。」

胡小天道：「前輩聽說過什麼傳言不妨跟我說說，你我畢竟是師徒一場。」

老叫花子冷冷道：「你不是我徒弟，我幫你也是受人之托。」他將酒葫蘆放下，抬頭凝望空中的夜月，若有所思，過了一會兒方才道：「聽說楚扶風寫了一本《乾坤開物》，這本乾坤開物之中凝聚了他畢生的心血，楚扶風去世之時唯獨少了其中的一部分。」

胡小天道：「可是丹鼎篇？」

老叫花子點了點頭道：「看來你知道這件事。」

胡小天道：「在天龍寺聽說了一些，有人說楚扶風悟出了長生不老之道，丹鼎篇中記載的就是這方面的內容。」

老叫花子道：「我沒看過什麼乾坤開物，更加沒有機會見到其中的丹鼎篇，所以長生不老的事情是真是假我也無從得知，不過這世上萬事萬物都有自己的受限，別說是人，就算是山川草木也沒可能永垂不朽。」

胡小天道：「我聽人說楚扶風卻是被他的結拜兄弟設計而死。」他並沒有點明是老皇帝龍宣恩做的這件事。

老叫花子道：「木秀於林風必摧之，楚扶風學究天人，一手創建了天機局，為皇上登基立下汗馬功勞，可是這世上的任何事都分為兩極，想要保全自己，最好還是奉行中庸之道，一旦功高蓋主，又或是掌握了別人的秘密，那麼就會在不知不覺中招來殺身之禍。」

胡小天心中暗忖，當年楚扶風之所以被害應該就是如此。

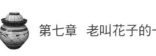

老叫花子看了胡小天一眼道：「伴君如伴虎，以你今時今日的武功和實力，為何不儘早帶著你的家人脫離朝廷，隱居於山水之間，也可落得逍遙快活。」

胡小天微笑道：「多謝前輩提醒，晚輩也有這樣的打算，只是身在亂世，就算隱居於山水之間也未必能夠得到真正的太平，前輩大隱於市，是否真正做到逍遙自在，心無羈絆呢？」

老叫花子被胡小天問住，一時間竟然無言以對。過了一會兒他方才歎了口氣道：「世上的人心比你想像中要險惡得多。」

「前輩能否多給小天一些啟示？」胡小天虛心求教道。

老叫花子道：「知道的越多你就越痛苦，其實很多時候聰明人都不如一個傻子來得快樂。」

胡小天聽出他話裡有話，自己過去就是一個人事不知的傻子，根本不知愁為何物，難道老叫花子說的就是自己？有什麼事情能讓自己痛苦？為何他不言明？胡小天幾乎能夠斷定老叫花子就是虛凌空，就是自己的外公。可是他也明白老叫花子絕不會輕易承認，胡小天道：「前輩說得不錯，人心叵測，就算同胞兄妹，親生父母也未必能夠全信！」他是故意這樣說。

可老叫花子聞言卻勃然色變，失聲道：「你……你說什麼？」

胡小天道：「我是說父母雙親也可能會騙你。」

老叫花子道：「你爹娘騙過你嗎？」

胡小天淡然笑道：「我爹娘對我好得很，當然不會騙我。」

老叫花子方才意識到自己剛才的失態，長歎了一口氣道：「說得不錯，情薄如紙，這世上唯有感情二字是最不可靠的。」

胡小天道：「前輩是不是在感情上受過傷害，說起話來如此的悲觀？」

老叫花子道：「我向來如此悲觀！」

胡小天道：「我只是想不通，當年我外公為何會不辭而別，棄妻子兒女於不顧，你說他是不是太過絕情了？」

老叫花子怒道：「你們家的事情我怎麼知道？」他似乎真的有些生氣了，霍然站起身來。

胡小天道：「前輩別急著走，我還有話問您呢。」

老叫花子跺了跺腳道：「問個屁啊，老子好好的心情全被你給敗壞了。」他轉身指著胡小天鼻子道：「若是珍惜你的性命，就儘早離開朝堂那個是非之地。」

胡小天道：「前輩雖然武功高強，可是在這方面的心思卻單純得很。」

老叫花子怒道：「老子哪裡單純了？」

胡小天道：「我若是想走隨時可走，可是我的爹娘怎麼辦？」

老叫花子道：「你操心他們，他們未必需要你操心……」說完這句話，再不停留，宛如一溜煙般消失於圍牆之外。

胡小天呆呆站在原地，老叫花子最後的那句話久久迴盪在他的耳邊，你操心他們，他們未必需要你操心。在他心中已然認定老叫花子是自己的外公無疑，外公的武功應該算得上是當世屈指可數的人物，他為何眼睜睜看著胡氏落難而袖手旁觀？還有金陵徐氏，徐老太太富可敵國，為何面對胡家的事情不聞不問？甚至連自己這個親外孫淨身入宮都沒有任何的表示，這其中究竟藏有怎樣的秘密？

母親應該對所有的事情都不清楚，可父親應該知道不少的內幕，他為何不告訴自己知道呢？

胡小天醒來的時候，發現外面已經是日上三竿，他昨晚二更方才返回客棧，可能是連日奔波的緣故，這一晚睡得實在香甜，原本想要一早起床動身的想法看來就要落空了。

拉開房門走出門外，看到維薩走了過來，紅撲撲的俏臉上露出欣喜的笑容：「主人醒了！」

胡小天打了個哈欠道：「這麼晚了，也不叫我！」

維薩道：「覺得主人奔波辛苦，所以想讓您多睡一會兒。」她為胡小天打來熱水洗臉，胡小天洗臉漱口的功夫，她將早飯也端了進來。

胡小天道：「熊天霸他們幾個呢？」

維薩道：「他們一早就起來了，說是出去轉轉，現在應該回來了。」說話間梁英豪已經回來了，先來到胡小天的房內報到，胡小天看到熊天霸沒有跟他一起回來，擔心那小子生事。

梁英豪道：「府主不用擔心，楊先生跟他們在一起，就在臨街上買些當地土產，熊天霸說是要帶回去給父親。」

胡小天點了點頭道：「倒是一個孝順孩子。」

梁英豪道：「府主，咱們何時動身？」

胡小天看了看外面的天色，已經是正午了，本來打算一早離開燮州，可因為自己睡過了頭，行程被他耽擱，胡小天想了想道：「今天不走了，在燮州多待一天，明兒一早出發。」

梁英豪笑道：「如此最好，大家剛好調整休息一天，我去通知他們。」

胡小天向維薩道：「維薩，咱們也出去轉轉，看有什麼好吃好玩的。」

維薩點了點頭，歡快如同小鳥一般。

三人一起來到梁英豪口中的市集，胡小天陪著維薩慢慢逛街，梁英豪則跟他們分手去找熊天霸幾人。

維薩雖然已經是第二次來到中原，可是過去都是以女奴身分前來，根本沒有機會好好體會這邊的風土人情，更不用說悠然自得的逛街，而且過去無時無刻不是提心吊膽，現在有胡小天在她身邊，感覺到前所未有的安全和踏實。維薩畢竟是異域美女，金髮藍眼一來到市集就吸引了無數路人的注目。

維薩被人看得有些不好意思，胡小天卻坦然得很，維薩小聲對胡小天道：「咱們還是回去吧，好多人都在看我。」

胡小天笑道：「那是因為你漂亮，眼睛長在別人身上，想看隨便看就是。」

維薩咬了咬櫻唇道：「我感覺自己跟怪物似的。」

胡小天笑道：「天下間有那麼美麗的怪物嗎？你不必在乎他人的眼神，只要記住在我眼中維薩是最漂亮的。」

維薩俏臉緋紅，小聲道：「主人不覺得我奇怪就好，維薩不在乎他們的眼神，只要主人不討厭維薩就夠了！」說話的時候羞赧無比，嬌羞的神態讓胡小天一陣心猿意馬。

他指了指前方的首飾店：「走去看看，給你買些中原的飾品。」

維薩搖了搖頭道：「維薩不要，看看就好，不想主人為維薩破費。」

胡小天哈哈大笑，這洋妞還真是淳樸呢。

此時前方忽然一人匆匆跑了過來，後方傳來呼喝追趕之聲。

「抓住那個吃白食的，別讓他跑了！」

卻是一個蓬頭垢面的精壯青年，慌不擇路地朝這邊跑來，一邊跑，一邊啃著手裡的燒雞，後面跟著一群漢子，手握菜刀棍棒，正是從不遠處酒樓內追出來的。

胡小天看到那青年不由得一怔，原來那青年他認識，正是青雲縣曾經追隨過他的柳闊海，卻不知他為何會淪落到如今的境地。

胡小天上前攔住柳闊海的道路，柳闊海忙著逃走根本沒看清楚眼前人是誰，揮手就是一拳，大吼道：「讓開！」

胡小天眼疾手快，一把就將他的手腕握住，柳闊海被胡小天攥住手腕，感覺如同被鐵鉗夾住，腕骨似乎都要斷了，痛得他呲牙咧嘴，方才知道自己可能遇到高手了，舉目望去，不能置信地將一雙眼睛瞪得滾圓，繼而眼圈紅了，嘶啞著喉嚨叫道：「胡大人……當真是你嗎？闊海不是做夢吧？」

胡小天見他認出自己，方才放開他的手腕道：「闊海，怎麼回事？」

此時那幫追殺者已經來到近前，柳闊海道：「胡大人，我一人做事一人當，您只當沒有遇到過我！」他將手中燒雞扔在地上，揚起雙拳怒吼道：「老子沒錢咋地，全都上來，讓我痛痛快快打上一場。」

胡小天心中暗笑，這柳闊海真是一個莽漢，沒錢吃白食還那麼理直氣壯。既然可以用錢解決的問題就不算問題，他拍了拍柳闊海的肩膀，來到他身邊，向那群人道：「我這位小兄弟故意跟你們開了個玩笑，我跟他打賭，他若是敢吃白食不給錢跑到這裡，我就輸給他五兩金子。」他從腰間掏出一錠黃金扔給了那群討債之人。那群人其實都是酒樓內的廚師夥計，追出來也不過是為了討要飯錢，這錠黃金付柳闊海的飯錢肯定是綽綽有餘，那群人得了金子自然心滿意足，點了點頭轉身離去。

胡小天看到這鬧市之中圍觀者眾多，深怕引起不必要的痲煩，將柳闊海帶回了客棧，等來到胡小天的房間內，柳闊海撲通一聲就跪了下來：「胡大人，我爹他死得好慘啊！」

胡小天對柳闊海還是非常瞭解的，他父親柳當歸在青雲開了一間小小的藥鋪，也算得上是殷實人家，柳當歸為人忠厚老實，樂善好施，在當地口碑很好，卻不知這樣的一個人為何會遭遇不幸？胡小天趕緊將柳闊海扶了起來，安慰他道：「闊海，你先別急，有什麼話只管對我說，只要我能幫得上你，一定鼎力相助。」

柳闊海含淚點了點頭，原來在胡小天離開青雲之後，西川局勢突變，柳闊海是個不安分的性子，聽說胡小天在京城落難，他就想去康都營救，後來因為父親以死相逼，他方才留了下來，沒多久又聽說胡小天轉危為安，在京城得到重用，於是柳闊海又想前往康都投奔，柳當歸苦口婆心好不容易才將兒子留住。本來柳闊海準備就這樣侍奉父親終老青雲，娶妻生子安度一生，卻想不到沒多久萬廷昌回來了。

萬廷昌此次回來越發囂張，魚肉鄉鄰欺壓百姓，柳闊海看不過去跟他理論，誰曾想萬廷昌懷恨在心，誣陷他和山賊勾結，讓官府將他抓了進去，又趁著夜深人靜，放火焚燒了回春堂，柳闊海的父親連同回春堂的夥計全都被燒死。大火蔓延到相鄰的福來客棧，客棧老闆蘇廣聚兩口子也無辜枉死。

柳闊海得知此事悲痛欲絕，他找了個機會，逃出大獄，前往萬家復仇，卻發現萬家已經舉家遷走了。好不容易才打聽到萬家人的下落，原來天狼山的馬賊閻魁在被西川招安之後，安分了一段時間，很快又因為西川對他的待遇不公，心生不滿，率領舊部重新上了天狼山，這次還帶走了不少的衙役鄉民，勢力甚至比起此前還要壯大，山上人多了自然就需要更多物資，閻魁對周圍一帶的打劫變本加厲，萬家也成了首當其衝被他勒索的對象。

萬伯平不堪其擾，於是決定舉家東遷，全家都來到夔州投奔他的妹夫夔州太守楊道全，柳闊海打聽到萬家人的下落便一路追蹤而來，可是走到中途盤纏就已經用盡，只能忍饑挨餓，沿途乞討，夔州不比青雲，比他想像中要大上十倍都不止，來到這裡找了三天，仍然沒有找到萬家的住處，餓得實在受不了了，方才上演了剛才那齣吃白食的一幕，當真是一文錢難死英雄漢，柳闊海說完自己的經歷又是傷心又是羞愧，傷心的是家破人亡，羞愧的是自己非但沒有為父親報仇，反而淪落到吃白食被人追殺的狼狽境地。

胡小天當年初到青雲就住在福來客棧，他和蘇廣聚交情匪淺，柳當歸也是他的舊識，聽聞這幫淳樸的鄉親居然遭到如此噩運，胡小天也是悲從心生，怒道：「這萬家父子當真混帳，闊海，你放心，這個仇我幫你報！」

一旁熊天霸也是聽得義憤填膺，咬牙切齒道：「三叔，也算上我一個，這種魚肉鄉里草菅人命的惡人，我熊天霸絕不會放過他們。」

楊令奇也是出身青雲，他對萬家的惡行早有所聞，心中對柳闊海的命運也抱有深深同情，不過他要比熊天霸冷靜得多，向胡小天悄然使了個眼色。胡小天知道他有話想單獨對自己說，讓熊天霸先安排柳闊海去休息。

等到周圍人離去之後，楊令奇方才道：「府主，這裡還是李氏的控制範圍，咱們好不容易才從西州逃出來，現在這種時候還是不要再起風波的好。」

胡小天點了點頭道：「令奇兄，我知道你的意思，可是男兒立世當有所為有所不為，我初到青雲之時，那幫鄉親對我熱心相助，現在他們被奸人所害，我若是不為他們出頭，今生良心難安。」

楊令奇看到胡小天如此堅定的眼神，知道他已下定了決心，歎了口氣道：「府主既然心意已決，令奇也不好再說什麼。」

胡小天想要查出萬家人現在落腳的地方並不難，因為萬伯平一家前來夔州就是為了投奔他的妹夫楊道全，所以從楊道全下手應該可以找到線索，果然不出胡小天所料，當天下午唐鐵鑫和梁英豪兩人就帶回了消息，萬家人果然就住在夔州城內，因為抵達夔州不久，正在物色合適的宅院田產，目前暫時住在楊道全位於夔州城南的一座別院內。

為了穩妥起見，胡小天讓梁英豪、唐鐵鑫護送楊令奇和維薩提前離開夔州，約定明日正午在蓬陰山腳下三河鎮聚首。他和熊天霸留下，陪同柳闊海當晚前往萬家尋仇。之所以做出這樣的選擇，主要是因為熊天霸生性桀驁，只有自己才能將之震住，而且這麼熱鬧的事情他若是不能參與，心頭必然不甘，梁英豪為人沉穩，遇事極有主見，能夠顧全大局，讓他負責護送任務更為穩妥。

三人黃昏時分就已經抵達萬家所住的地方，潛伏在附近一座荒廢無人的民居內，直到午夜時分方才離開潛伏的地方來到別院外面，此前他們已經將周圍的大概情況摸清楚，三人選擇在別院西北拐角處潛入，柳闊海報仇心切，率先爬上圍牆，熊天霸也不甘示弱，背著兩個大錘，居然還能一蹦五尺多高，雙手攀住牆頭，稍一用力，就騎在了牆上，兩人回頭去看胡小天，胡小天足尖一點，已經凌空飛起三丈多高，繼而雙臂舒展猶如一隻大鳥般徑直滑翔俯衝下去，落地之處已經是對面的屋頂，全程毫無聲息。

兩人看得目瞪口呆，熊天霸暗想，改日就算軟磨硬泡也得讓三叔將這門功夫教給自己。柳闊海心中又是羨慕又是激動，暗暗下定決心，今日復仇之後，以後天涯海角都要追隨胡大人身邊，為他捨生忘死以報今日之恩。

三人全都是黑衣蒙面，胡小天還讓他們用炭灰將臉塗黑，以防萬一。胡小天站在房頂觀察周圍的動靜，看到遠處有燈光朝這邊而來，卻是兩名護院一人拿刀一人舉燈過來巡視。

胡小天向兩人做了個手勢，示意他們潛伏在草叢之中暫時不要鬧出動靜。

不多時那兩名巡夜的護院走到他們的藏身之處，熊天霸和柳闊海兩人猶如兩頭猛虎一般從藏身的草叢中衝了出去，他們動作一致，一手捂住對方的嘴巴，一手摟住對方肩頭，用力一扭，喀嚓一聲就將對方的頸椎扭斷。

胡小天的本意倒沒想將萬家滅門，想不到這倆小子動作如此迅速，連一個活口都沒有留下，不然也可以問問萬廷昌住在哪裡？省去了到處尋找的麻煩。

胡小天飛簷走壁在前方探路，熊天霸和柳闊海兩人在下方緊隨，看胡小天的手勢行事，柳闊海其實今晚前來抱定要將萬家人全都殺戮殆盡的念頭，熊天霸本來殺性就奇重，能多殺一個，他絕不會省那點力氣。一連經過兩進院落，還好再沒遇到巡夜之人，不然也逃脫不了兩人的辣手。

進入內院之後，胡小天一眼就看到東廂內亮著燈光，他向兩人做了個手勢，示意他們在原地等著，自己沿著屋頂來到東廂上方，順著屋頂傾斜的角度悄然滑落，然後雙足勾住屋簷，一個倒掛金鉤貼在西窗位置，用唾沫沾濕窗紙，投了一個小孔，從小孔中望去，卻見室內坐著一位婦人，胡小天看得真切，那人正是萬廷昌的老婆李香芝，胡小天當年曾經救過她的性命，當然對她記得非常清楚。

胡小天心中暗喜，想不到得來全不費工夫，這麼容易就找到了萬廷昌的住處。就在此時，忽然看到遠處一個黑影悄然向這邊而來，胡小天微微一怔，舉目望去，卻見那人躡手躡腳，走路之時不忘東張西望，來到東廂門外，還捏著嗓子裝了聲貓兒的叫聲。

胡小天借著月光望去，發現那人竟不是萬廷昌，卻是他的兄弟萬廷盛，胡小天頓時明白了什麼，當初萬家老二萬廷盛意圖侮辱樂瑤，被胡小天遇到，將之打昏，後來雖然救了這廝的性命，萬廷盛也因此得了失憶症，看來這廝的失憶症已經好了，不但好了，還好了傷疤忘了疼，居然跟他大嫂偷情，這萬家人實在是亂得一塌糊塗。

李香芝起身開了房門，萬廷盛卻故意躲了起來，她東看西看的時候，萬廷盛突然就跳了過來，把李香芝嚇了一跳，還沒叫出聲，就被萬廷盛一把擁住，親住了嘴巴，兩人糾纏著進入房間內將房門關上。

李香芝好不容易才掙脫開來，小聲罵道：「死鬼，你不怕被人看到？」

萬廷盛低聲笑道：「怕什麼？我爹去我姑父府上做客，我哥去了蘭香院，這半個多月都住在那裡呢。」

李香芝不由歎了口氣道：「這狼心狗肺的東西，魂都被那小賤人勾走了。」

胡小天聞言暗叫不妙，原來萬家父子全都不在這裡，目光撇到熊天霸和柳闊海兩人向這邊悄悄靠攏過來，慌忙做了個手勢，讓他們耐心等待，且聽這對姦夫淫婦說些什麼。

萬廷盛道：「嫂子對他還真是一往情深呢。」

李香芝啐道：「那沒良心的東西哪比得上你。」

萬廷盛嘿嘿笑道：「他哪裡比不上我？」

李香芝嬌滴滴道：「哪裡都比不上你，你身上有著他沒有的長處！」浪蕩之情溢於言表。

萬廷盛淫笑道：「那嫂子倒是說說看，我有什麼長處？」

胡小天心中暗歎，萬家一門老小簡直個個都不是東西。

萬廷盛一把將李香芝拉入懷中，大手在她胸前揉搓。

李香芝道：「別急，等我將燈熄了再說。」

萬廷盛道：「不必熄燈，我就喜歡看嫂子的一身白肉。」

李香芝被他揉捏的嬌噓喘喘，卻在關鍵之時抓住他的手道：「我聽說你下個月要前往南越國嗎？」

萬廷盛被她打斷，點了點頭道：「不錯！我爹讓我去南越國做一筆大生意。」

李香芝道：「不如我跟你走好不好？」

萬廷盛道：「香芝，現在時機還不成熟，若是被我爹他們發覺反倒不好。」

李香芝推開萬廷盛歎了口氣道：「你當我不明白你的心意，你們萬家人全都是吃飽了抹嘴就溜的貨色。」

萬廷盛道：「可分明都是嫂子在吃我呢。」他上前摟住李香芝，李香芝罵了聲死相，這次沒有掙脫，抓著萬廷盛的手道：「你這次去南越路過青雲的時候，可不可以帶上我娘家兄弟？讓他跟你學著做做生意。」

萬廷盛搖了搖頭道：「不成！」

李香芝氣得又將他推開：「為何不成？」

萬廷盛道：「嫂子難道不知道，我爹和天狼山的閻魁已經反目成仇，天狼山的通道再不能暢通無阻，我這次前往南越就是從西川南部繞行，重新打通一條商路。」

李香芝道：「為何要反目成仇？」

萬廷盛道：「只怪那閻魁貪得無厭，所求無度，若是答應他的要求，我們萬家都要淪為他的苦力，白白為他幹活了。」

胡小天過去懷疑萬伯平和馬賊素有勾結，現在終於得到證實，難怪萬家的經營一直可以在天狼山暢通無阻。胡小天悄然退回熊天霸兩人身邊，柳闊海壓低聲音道：「大人，怎樣？」

胡小天以傳音入密道：「萬廷昌不在這裡……」此時他忽然感覺屋頂有動靜，

慌忙示意兩人躲好，卻見西側屋頂之上出現了五道黑影，五道黑影全都黑衣蒙面，手中握著明晃晃的長刀，正中一人做了一個手勢，五人分頭行動，其中一人直接奔向了李香芝所住的東廂。

熊天霸和柳闊海被眼前的一幕弄糊塗了，敢情除了他們三個還有人潛入萬家？

熊天霸有些迫不及待道：「三叔，咱們也上吧？」

胡小天搖了搖頭道：「耐心看著！」

此時聽到房間內傳來慘呼之聲，那五人顯然已經展開了殺戮。

胡小天讓兩人不必插手，帶著他們悄然退了出去，他們來到外面，胡小天道：「萬廷昌在蘭香院。」

柳闊海聽到仇人的消息，馬上道：「大人，咱們這就過去殺了那個混帳！」

胡小天轉身看了看萬府的方向，只見萬府已經亮起了火光，那些潛入萬府的殺手在殺人之後又點燃了宅院，從這幫人的手段來看，應該是精於此道的劫匪，胡小天不由得想起剛才萬廷盛和李香芝的對話，難道是天狼山的馬匪追蹤到此？

胡小天三人前往蘭香院，並沒有進入其中，而是選擇蘭香院前往萬家的必經之路埋伏，按照胡小天的估計，萬家失火的消息很快就會傳到萬廷昌的耳中，果然不出胡小天所料，三人埋伏好沒多久，就看到萬廷昌從蘭香院上了一輛馬車，匆匆向萬家的方向而去。

暗夜之中，那輛馬車向夔州城南飛奔而去，胡小天使了個眼色，熊天霸和柳闊海二人同時繃緊繩索，繩索橫更在道路之中，拉車的兩匹健馬被繩索絆住，發出陣陣嘶鳴，馬失前蹄，撲通一聲摔到在地，馬車因為慣性竟然整個翻滾起來，車輪朝上摔倒在地上，車夫被甩到一邊，車廂內的萬廷昌被摔得七葷八素，頭昏腦脹，還沒有搞清發生什麼事情，一隻強壯有力的大手就拽開車門，將他從車內拖了出來。

萬廷昌驚慌失措，顫聲道：「好漢……饒命……您要多少錢……我都給……」

噗！柳闊海朝他臉上啐了口唾沫，然後拔出匕首，狠狠刺入他的心口。

萬廷昌的身軀接連抽搐了幾下，便停止了動彈。柳闊海看到大仇終於得報，虎目之中不禁流淌出兩行熱淚，胡小天擔心夜長夢多，用不了多久這裡的事情就會驚動城內守衛，他拍了拍柳闊海的肩膀，柳闊海這才扔下萬廷昌的屍首，轉身和他們一起消失在夜色之中。想來這次萬廷昌被殺和萬家失火之事全都被記在那群殺手的身上，十有八九那群人應該來自天狼山，追蹤到夔州就是為了報復萬伯平。

胡小天幫助柳闊海順利復仇後，一行人在三河鎮會合，翻越蓬陰山直奔康都而去，進入大康境內後，所有人的心情都放鬆了下來，一邊往回趕，一邊順路欣賞沿途風光，可是他們所看到的卻大都是百姓流離失所，哀鴻遍野，田野荒蕪的景象。

雖然一路之上再未遇到任何凶險，可是每個人的心情都因看到大康百姓的苦難狀況而變得異常沉重，離開的時候還是夏日，抵達康都之時卻已經到了深秋時分。

康都城外的官道之上落葉紛紛，遠遠望去猶如鋪成了一條黃金通道，如此美麗的深秋景色，卻因為心情的緣故而無心欣賞。

維薩騎在一匹胭脂馬之上和胡小天並轡而行，看到胡小天表情凝重，劍眉緊鎖，柔聲問道：「主人，前方就是康都了，為何你顯得不開心呢？」

胡小天抬起頭舉目望去，以他的目力已經可以看到康都巍峨的城郭，可是他的內心卻沒有絲毫喜悅，返回康都並不意味著此次任務結束，等待他的肯定是一場前所未有的暴風驟雨。

楊令奇騎馬從後方趕了上來，低聲道：「府主是擔心皇上的態度吧？」

胡小天道：「他交給我的使命我已經完成，就算是找我麻煩也需要一個冠冕堂皇的藉口。」

楊令奇道：「府主應該先去見見永陽公主。」

胡小天點了點頭，他也是這麼想，想要無風無浪地渡過這場危機，必須要七七出面，自己的這位小未婚妻應該還不想這麼早就當了寡婦。

前方有人縱馬向這邊飛馳而來，胡小天認出來人竟是梁大壯，心中不由得感到奇怪，這廝怎麼知道自己回來？

梁大壯奔到他們面前，翻身下馬，撲通一聲就跪在胡小天的馬前，氣喘吁吁道：「少爺，您總算回來了……夫人……夫人……她不行了……」

第八章

殘酷的真相

胡小天不知父母之間究竟發生了什麼，
在他的印象中父母一直是舉案齊眉，恩愛互敬的，
父親做了什麼事情才會讓母親如此絕望，
才會讓母親如此仇視他？
想起離開西川之時李天衡那番滿懷深意的對話，
難道父親果然是李天衡所說的奸臣！

徐鳳儀一動不動地躺在床上，這位雍容華貴的美麗婦人如今已經變成了一位白髮蒼蒼形容枯槁的老人，胡小天幾乎無法相信自己的眼睛，母親何以在三個月內發生這麼大的變化，究竟是什麼疾病將她折磨成了這般模樣。

霍勝男一直守在徐鳳儀的身邊，看到胡小天終於回來了，眼圈發紅，美眸中蕩漾著晶瑩的淚光。

熱淚宛如大河決堤，看到母親如此模樣，胡小天的內心幾近崩潰。

「怎麼回事？」胡小天抬起頭望向霍勝男。

霍勝男咬了咬櫻唇道：「你走後不久夫人就病了，開始的時候並不嚴重，可是後來胡大人離開的時候，兩人突然發生了一場激烈的爭吵，第二天大人就離開，夫人從那日開始就變得心事重重，我們為她請來大夫，全都被她趕了出去，她不吃不喝，身體更是每況愈下。我們輪番勸她進食，她仍然是堅決不從，眼看著她的頭髮由黑變白，人也變得虛弱無力，無奈之下我制住她的穴道請來大夫，可是京城內有名望的大夫我們都請來了，都說夫人乃是心病，是她自己萬念俱灰了無生念，針藥可以治病，卻無法改變她的內心。」

胡小天聽到這裡又不禁落淚，他哽咽道：「我娘一定是擔心拖累我，所以才選擇了這條絕路。」

霍勝男道：「我看到夫人情緒低落，擔心她做傻事，所以幾乎日夜不停的盯著她，果然有一天，她趁著夜深人靜竟然想懸樑自盡，被我及時阻止，我勸夫人等你回來，夫人卻說任何人都不想見。就這樣堅持了一個月，夫人已經變得奄奄一息，後來傳來西川李天衡拒絕封王的消息，我們將消息告訴了她，她關心你的下落，忽然說就算是死也要在死前見上你一面，方才勉強吃一些東西，只是夫人再不肯開口說話，也拒絕任何郎中的治療，這兩天情況變得越發嚴重，神智模糊，不時呼喊，聽郎中說，夫人只怕撐不過三天了……」

此時徐鳳儀長長歎了一口氣，帶著泣聲道：「我可憐的兒啊……」

胡小天慌忙跪倒在母親床前：「娘！孩兒回來了，孩兒就在你身邊。」一握住母親的雙手，看到她的模樣內心如同刀割。一連喊了三聲，徐鳳儀方才清醒了過來，睜開雙目，眼前浮現出一個模糊的面孔，她顫聲道：「小天……是……是你回來了嗎？」她伸出手想要去撫摸兒子的面孔，胡小天向前湊近了一些，抓住母親的手放在自己的臉上。

徐鳳儀顫巍巍撫摸著胡小天的面龐，她抽噎著卻已經流不出淚水：「兒啊……你……你果然回來了……」眼前的影像漸漸變得清晰，看到胡小天流滿淚水的臉，她輕聲道：「不哭！娘沒事，不哭……」

胡小天道：「娘，您一定要好起來，孩兒回來了，以後再不會離開您。」

徐鳳儀緩緩搖了搖頭道：「總會離開的……兒子，你這就走……再也不要回來……」

胡小天道：「娘，等您好了，我帶您一起走，等我爹回來，咱們一家人一起離開。」

「不要！」徐鳳儀尖聲叫道，聲音中透著莫大的驚恐，瘦骨嶙峋的雙手下意識地抓緊了胡小天的手臂，掐得如此用力，指甲深深陷入胡小天的肌膚之中，胡小天忍著疼痛，不知自己提起父親為何會激起母親這麼大的反應。

徐鳳儀顫聲道：「不要……他不會回來了……他不會管你的死活……他是個騙子……他是個騙子……」她的情緒頓時激動了起來，胸口劇烈起伏著，雙目瞪得滾圓，臉上的表情顯得極其可怖。

胡小天不知父母之間究竟發生了什麼，在他的印象中父母一直是舉案齊眉，恩愛互敬的，父親做了什麼事情才會讓母親如此絕望，才會讓母親如此仇視他？想起離開西川之時李天衡那番滿懷深意的對話，想起老叫花子讓他不必擔心父母的事情，難道父親果然是李天衡所說的奸臣，他和李天衡一直都在密謀反叛，而這一切他都瞞著母親瞞著自己！可即便是如此也不至於讓母親如此害怕，大康皇帝昏庸無道，就算是父親生出反心也是正常，就算他趁著這次出海的機會一去不返，拋棄了他們母子，母親至少還有自己在身邊，又為何如此絕望？

徐鳳儀緊緊抓住胡小天的臂膀：「小天，你走，你現在就走，答應娘，永遠不要再見你爹，永遠不要……」

胡小天心中暗歎，母親病糊塗了，看來神智已經錯亂，他輕聲安慰道：「娘，您好好休養，等養好了身體，孩兒陪您離開好不好？」

徐鳳儀用力搖了搖頭道：「不好，兒啊，你仔細聽著，無論是你爹還是徐家都不可信，他們都不是好人……他們全都不是好人……」

霍勝男使了個眼色，連同丫鬟全都退了出去，這些話讓外人聽到畢竟不好。

胡小天溫言哄勸道：「娘，孩兒聽您的話，不見他們好不好？」

徐鳳儀點了點頭，這才放開胡小天的手臂，說了這番話她已經耗盡了氣力，躺在床上劇烈喘息著，許久方才平靜，喃喃道：「你走……你這就走……」因為太過虛弱，沉沉睡了過去。

胡小天抹乾腮邊的淚水，退出門外，看到霍勝男一直都在外面等著他，這段時間因為日以繼夜照顧母親的緣故，霍勝男明顯憔悴了許多，胡小天感動道：「我不在的這段時間，辛苦你了。」

霍勝男柔聲道：「你我之間何須說這種客套話。」在她心中早就將自己當成了胡家的一份子。

胡小天正想詢問，忽然聽到外面傳來通報之聲，卻是永陽公主七七到了，霍勝男小聲道：「這些天永陽公主幾乎每天都會過來探望。」

胡小天點了點頭，七七還算有些良心，她現在輔佐皇上處理朝政，稱得上日理萬機，百忙之中能夠抽出時間過來探望已經實屬難得。霍勝男選擇迴避，她離開不久就看到七七在權德安的陪同下走了進來，和她一起過來的還有太醫院首席太醫汪正倫，汪正倫也是出身玄天館，說起來還是玄天館主任天擎的師弟。

這段時間汪正倫每天都會過來為徐鳳儀診脈，可是讓這位首席太醫無奈的是病人根本就不配合他的治療。

胡小天向七七抱了抱拳，輕聲道：「參見公主殿下！」

七七美眸盯住他淚痕仍在的面孔，目光中流露出幾分同情，少有溫柔地說道：「回來了就好！」

胡小天陪同汪正倫先去為母親診脈，汪正倫診脈完畢撫了撫鬚，歎了口氣，和胡小天來到外面，胡小天恭敬道：「汪太醫，我娘的情況如何？」他在外科方面造詣精深，但是這種慢性消耗性疾病方面卻並非他之所長。

汪正倫歎了口氣道：「統領大人，實不相瞞，徐夫人的這場病乃是因心而起，最早只是感染風寒，可是徐夫人堅決不願診治，甚至拒絕進食，遷延至今，病情自然是越來越重。醫者怕的不是疾病，最怕的乃是患者失去了生念，一旦如此，就算是大羅金仙前來，也一樣束手無策。」

胡小天點了點頭。

汪正倫道：「統領大人回來了就好，不如你勸勸徐夫人，鼓舞她產生活下去的信心，或許還能有一線生機。」

胡小天道：「以汪先生看，我娘還有多大希望？」

汪正倫又歎了口氣搖了搖頭道：「徐夫人的狀況已經油盡燈枯，除非有奇蹟出現，不然就算是我師兄回來，也一樣回天無力。」

胡小天謝過汪正倫，讓管家胡佛引著他去開藥方配藥。

七七來到胡小天的身邊，想要勸他卻又不知從何說起。

胡小天道：「我爹走了多少天了？」

七七道：「你離開康都的第八天。」

胡小天道：「有沒有消息？」

七七搖了搖頭道：「開始的一個月還有飛鴿傳書，可此後就再無任何消息。」

胡小天低聲道：「如果他們順利抵達羅宋，現在也應該返程了。」內心中隱然覺得不妥，可是又不知到底哪裡不對。

七七欲言又止，她看出胡小天的心情極其惡劣，現在並不是探討這個問題的時候。輕聲道：「你剛回來，有什麼事以後再說，當務之急是解除徐夫人的心病，讓她儘快好起來。」七七卻明白徐鳳儀已命不久也。

胡小天道：「勞煩公主為我在皇上面前告假，等過了這兩天，我自會去向陛下請罪，將西川發生的事情原原本本做個交代。」

七七歎了口氣道：「那件事的責任本來就不在你，有任何事我都會為你擔待。」雖然只是平平淡淡的一句話，卻充分表明了和胡小天共同進退的決心。

胡小天不禁向她看了一眼，七七又瘦了，眼睛顯得很大，明澈動人，漸漸脫去了稚氣，出落成一位楚楚動人的青春少女了。

正午時分，周默聞訊趕了過來，見到胡小天時發現他的雙目已經紅腫，顯然剛哭過，他這位兄弟向來樂觀堅強，看來胡夫人的病情不容樂觀，周默一時也不知如何勸他，拍了拍他肩頭道：「三弟，伯母吉人自有天相，你也無需擔心太多了。」

胡小天點了點頭，此時霍勝男從房內奔了出來，卻是徐鳳儀又醒了，口口聲聲要見胡小天。

胡小天慌忙來到母親身邊關切道：「娘！孩兒沒走，就守在您身邊。」

徐鳳儀顯得焦急無比：「你為何還不走？快走，他們都要害你，他們全都要害你……兒啊，你快走……」她伸手去推胡小天的胸口，怎奈久病之身虛弱無力。

胡小天道：「娘，您別急，等您養好了病，孩兒就帶著您一起離開。」他端起一旁的藥碗道：「娘，我餵您吃藥好不好？」

徐鳳儀搖了搖頭道：「為娘……還能見你一面，已經死而無憾了，你若是還聽娘的話，就趕緊離開康都，不要再見你爹，不要再見徐家的任何人……他們……他們全都會害你……」說到最後徐鳳儀竟然泣不成聲。

胡小天滿心迷惑，低聲道：「娘，我爹和我外婆他們為何要害我？」他心中並不相信，認為母親十有八九是精神錯亂了。

徐鳳儀道：「你千萬不要相信他們……他們……他們全都不是好人……」

胡小天認定母親必然有秘密隱瞞著，他附在母親耳邊道：「娘，到底發生了什麼事情？您告訴我。」

「你不必問，總之……你記住娘的話……儘快離開就好……」徐鳳儀的意識看來仍然清醒得很，她並沒有透露給胡小天任何訊息，只是逼他離開。

胡小天心中絕望，知道母親對人世再無留戀，只怕時間已經不多了，胡小天來到門外，眾人全都關切地圍攏上來，胡小天擺了擺手，此時他沒有心情回應任何人的詢問，也不需要任何安慰，獨自一人走到長廊的盡頭，呆呆望著前方，腦海中亂成一團，自己離開康都的這段時間究竟發生了什麼？竟然會導致父母反目，讓母親傷心絕望斷絕生念，具體發生了什麼，也許只有當事人自己才知道，父親去了羅宋，至今音信全無，母親明顯隱瞞著內情，不願將這個秘密告訴自己。

身後想起輕盈的腳步聲，胡小天轉過身去，卻見維薩捧著一件外袍朝自己走來，看到胡小天霍然回頭，嚇得停下了腳步，俏臉之上流露出惶恐不安的神情，她是看到胡小天穿得單薄，擔心他著涼，可是看到胡小天陰沉沉的表情又有些害怕，以為他在責怪自己打擾了他。

胡小天望著維薩忐忑不安的樣子，心中不免有些歉疚，目光落在維薩海樣深藍般的眼眸上忽然靈光閃現，維薩不是修煉了攝魂術？也許她可以幫自己從母親那裡問出發生了什麼事情。

胡小天想出這樣的主意實在是逼不得已，母親性命垂危，只怕現在不問，也許永遠都不會知道發生了什麼，他絕不可以讓母親就這樣不明不白地死去。

胡小天向維薩招了招手，讓她來到自己的身邊，低聲將自己的想法告訴了她，維薩的臉上流露出為難之色，用攝魂的方法對待一個性命垂危的老人她總覺得不好，可是維薩又不願違逆胡小天的意思，小聲道：「主人當真想我這樣做？」

胡小天點了點頭道：「如果不知道發生了什麼，我這輩子心裡都不會好過。」

維薩咬了咬櫻唇，終於下定決心，點了點頭道：「主人若是決定了，維薩一定會幫你。」

胡小天將維薩帶到了母親床邊，讓其他人全都退了出去，徐鳳儀望著眼前的異域美女，虛弱無力道：「她是誰？你媳婦兒嗎？」

維薩俏臉緋紅，小聲道：「啟稟夫人，我叫維薩，是公子的女奴。」

徐鳳儀盯住維薩歎了口氣道：「好美麗的姑娘……我死後，你要幫我多多照顧小天……」

胡小天聽得心酸，忍不住將頭扭到一邊，熱淚湧出虎目。

維薩盯住徐鳳儀的雙眸，徐鳳儀被她冰藍色的美眸所吸引，越看越是想看，感覺目光如同陷入一個無盡深淵，無法自拔，維薩輕聲道：「夫人，你聽不聽得到我的聲音？」

徐鳳儀呆呆望著維薩，喃喃道：「聽得到……」

胡小天轉過身來，以傳音入密向她道：「你問問我娘，她和我爹到底發生了什麼事情？他離去之前究竟做了什麼？」

維薩按照胡小天的話問道：「夫人，胡大人離去之前究竟對你做了什麼？」

徐鳳儀本來就是病弱之軀，意志已經相當薄弱，這也是維薩的攝魂術輕易就能控制她的原因，她喘了口氣道：「他是個禽獸，他此次出海不會回來，這次的……羅宋之行……根本是他和徐氏的合謀……」

「他為何要這樣做？」

徐鳳儀道：「一直以來他都在和徐氏勾結，裡應外合……針對大康……」她咳嗽了幾聲方道：「他從未放棄過謀奪大康江山的想法，原本打算和李天衡……裡應外合……可是不巧龍燁霖謀朝篡位，他們的計畫敗露……」

胡小天心中暗歎，父親果然不簡單，李天衡並沒有騙自己，其實在胡小天看來，謀奪大康江山並沒有什麼了不起，父親是個奸臣也罷，野心家也罷，他都能接受，只是這並不構成母親自尋短見的理由。

他讓維薩繼續問道：「為何他們要瞞著你？徐氏為什麼要幫助胡大人而不管自己的女兒和外孫呢？」這是胡小天百思不得其解的問題，金陵徐氏乃是母親娘家，按理說娘家人應該心疼自己女兒才對，為何他們更偏重於女婿，這麼多的秘密都瞞著女兒，明知道胡不為此次出海可能不回來，很可能會帶給胡小天母子殺身之禍，他們為什麼還要幫助胡不為？這件事根本不能用常理來解釋。

徐鳳儀道：「他們一直都在瞞著我……一直都在……胡不為是這世上最虛偽之人，徐老太太是這世上最惡毒之人……」

胡小天越發糊塗了，罵丈夫就算了，何以連親娘都罵上了，而且母親字字啼血，顯然對娘家和自己的丈夫恨到了極點。

「為什麼？他們究竟做了什麼事情讓你如此傷心？」

徐鳳儀用力搖了搖頭，她的潛意識在拚命抗拒著這個問題，維薩盯住她的雙目，讓她無法擺脫自己目光的控制。胡小天看到母親這副樣子心中不忍，可是他又對這件事抱有太大的好奇，如果不搞清楚事情的真相，只怕他今生都難以安寢。

維薩柔聲道：「有什麼事情你說出來好不好，我跟你分擔好不好？」她的聲音帶著一種不可抗拒的魔力。

徐鳳儀在掙扎了一會兒之後終於重新屈服了，她乾枯的雙手捂住自己的耳朵：「因為……因為胡不為才是她親生的兒子……」

胡小天聽到這裡猶如五雷轟頂，整個人被震駭得呆在那裡，什麼？老爹才是徐老太太的親生兒子，難怪徐老太對他的珍視甚至超過了自己的女兒外孫，不對！如果老爹是她的親生兒子，那麼老娘是誰？

維薩顯然也被徐鳳儀的這番話給震驚到了，愣了好一會兒，方才聽到胡小天以傳音入密道：「你問問我娘，她……她是誰？她和徐老太太究竟是什麼關係？」

徐鳳儀道：「她不是我娘……」

胡小天聽到這句話方才從心底鬆了口氣，還好不是，徐老太太就算再糊塗也不可能做出讓自己的女兒嫁給兒子的混帳事情。

徐鳳儀道：「如果不是有人告訴了我這個秘密，我至今仍然被蒙在鼓裡……我小時候就被徐家抱到家中，我一直以為我是她的親生女兒……」

胡小天點了點頭，心中卻想到了另外一個問題，如果老爹才是徐老太太的親生兒子，那麼自己就變成了徐老太太的嫡孫，不對啊，她就算狠心不管自己的兒媳，總不能對自己這個親孫子的死活坐視不理？這又是怎麼回事？

徐鳳儀說了這麼多，不由得喘息起來，休息了一會兒方才又道：「我爹四十年前離家出走，的確是為了一個女人……可是他並未想過要拋妻棄子，徐老太太查出這件事之後不露聲色，趁著我爹出門辦事之時將那可憐的女人騙來害死，當時那女人已經懷有身孕……」

胡小天和維薩兩人都聽得心驚肉跳，徐老太太果然不是尋常人物，居然如此狠辣，居然連孕婦都殺。

徐鳳儀道：「那孕婦死的時候已經懷胎七月，外人都以為她連帶著胎兒全都死了，卻沒有想到徐老太太讓人剖開她的腹部將孩子取了出來……對外宣稱那是她的女兒……」

胡小天內心緊張到了極點，如果徐鳳儀就是那個胎兒，那麼她的父親是誰？難道也是虛凌空？如果當真如此，那麼她和胡不為豈不就是同父異母的兄妹，天哪，難怪胡小天從一出生就是個傻子，原來是近親結合的產物。

徐鳳儀道：「她就是要報復，就是要讓她的丈夫因為背叛而痛苦終生，她……她讓自己的兒子娶了仇人的女兒，以此來報復丈夫……」

胡小天眼前一黑，差點沒一頭栽倒在地，他兩輩子加起來都沒有聽說過那麼離奇的故事，如果徐鳳儀所說的一切全都是真的，那麼這個徐老太太實在是可怕到了極致，簡直是人性泯滅，竟然可以導演這樣的一齣悲劇，為了報復虛凌空，不惜犧牲自己親生兒子的幸福，難怪那老乞丐欲言又止，似有難言之隱，他肯定是知道內情的，目睹這樣一齣人倫悲劇，作為父親，心中肯定痛苦到了極點，虛淩空這一生都會在懊悔和自責中度過。可是母親又如何知道了這樣的秘密？究竟是誰告訴了她？

徐鳳儀道：「有人告訴了我真相，我……我若是不知道這件事該有多好……」胡小天好不容易才冷靜了下來，他終於明白為何母親不願說出讓他離開的原因，這件事的確是羞於啟齒的，若是這個秘密讓他人知道，自己只怕再也無顏在天地間容身，真是天雷滾滾，將胡小天整個人都給震傻了。

維薩望著胡小天，不知如何是好，她也被徐鳳儀所說的真相震撼到了。

胡小天道：「你問問我娘，我爹……」他停頓了一下方道：「他知不知道這件事？又是誰告訴了我娘這件事？」

維薩按照胡小天的吩咐小聲詢問，徐鳳儀道：「我不知道那人是誰，可是我知道他一定是徐老太太派來的……」說到這裡她劇烈咳喘起來，虛弱的身體已經無法支持她繼續說下去，胡小天不忍再問，讓維薩以攝魂術控制母親，哄騙她將湯藥喝了。

看到母親睡去，胡小天方才和維薩悄悄退出了門外，胡小天將維薩叫到無人之處，維薩明白他的心意，小聲道：「主人，維薩什麼都不會說！若是您不信我，維薩可以一死來證明。」

胡小天搖了搖頭低聲道：「我當然信得過你。」抬起頭來，此時方才意識到夜幕已經降臨，望著星星點點的夜空，整個人如同傻了一樣。

維薩安慰他道：「其實這種事情在鷹巢公國很多。」鷹巢公國皇室為了保持血統的純正，都是兄妹聯姻的。

胡小天當然知道古埃及皇室就有過這樣荒唐的傳統，為了保持所謂血統的純正，兄娶妹，父娶女的事情屢見不鮮，可是從遺傳學的角度上來看，這是極端錯誤的行為，而且也不符合人類的道德觀，如果可以選擇，他寧願不去追尋所謂的這個事實，真相已經大白，可是對他來說卻何其殘酷。

他終於明白自己因何會傻了十六年，也明白為何徐老太太會對他們母子如此冷漠，為了報復自己的丈夫，竟然不惜殘害自己的後代，這樣的行為實在令人髮指。而他的父親應該已經知道了真相，不然他也不會對待自己的妻子如此冷漠殘忍。

胡小天第一次感覺到自己的存在就是一個天大的笑話，他已經在不知不覺中被代入到胡小天悲慘的命運之中。

梁大壯匆匆向這邊走來，來到胡小天近前，恭敬道：「少爺，宮裡來人了！」

胡小天深深吸了口氣，將胸口的鬱悶儘量擠壓出去，然後又長舒了一口氣，轉過身去，皺了皺眉頭道：「什麼人？」

來的是慕容展，隨同慕容展一起過來的還有兩名侍衛，胡小天知道慕容展肯定不是前來探望老娘的，來到慕容展面前抱拳行禮道：「屬下參見慕容統領。」他雖然已經是大康未來駙馬，可官職仍然是御前侍衛副統領，隸屬慕容展的管理。

慕容展點了點頭道：「胡夫人的病情如何？」

胡小天道：「不容樂觀！」

慕容展歎了口氣道：「本來不應在這個時候打擾你，可是皇上有命，讓你即刻去宮中覲見。」

胡小天道：「我娘性命垂危，這種時候我怎能離開？」

慕容展道：「聖命難違，胡大人最好還是去走一趟，速去速回，不然觸怒了皇上，只怕後果不堪設想。」

胡小天看了看慕容展，從他冷酷的表情已經意識到今天慕容展是善者不來，七七不是說過要幫他去皇上面前解釋，看來沒有任何的效果，如果自己不去，只怕慕容展就會用強，胡小天冷冷道：「慕容統領帶來了多少人馬？」

慕容展平靜道：「來尚書府的只有我們三個，可是胡大人若是不去，馬上就會有五百御前侍衛再來請你，如果胡大人還嫌不夠，我可以將京城十萬羽林軍全都調來為胡大人保駕護航。」

胡小天焉能聽不出他話裡威脅含義，心中暗歎，看來老皇帝終究要對自己不利，自己如果堅持不去，胡府或許馬上就會面臨一場滅頂之災，這趟是勢在必行。

胡小天點了點頭道：「慕容統領請稍待，我回去交代一聲。」

慕容展唇角露出一絲淡淡的笑意：「胡大人儘量不要讓我久等了。」

龍宣恩靜靜坐在宣微宮內，身軀斜靠在龍椅之上，兩名美貌宮女在身後為他打扇，宮燈朦朧的光芒，讓這位大康帝王陰晴難測的面容顯得越發神秘。

聽到胡小天拜見自己的聲音，龍宣恩從鼻子裡哼了一聲，然後將眼睛睜開了一條細縫，觀察著跪拜下方的胡小天，冷冷道：「胡小天，你可知罪？」

胡小天朗聲道：「臣有罪，臣回到大康並未第一時間前來向陛下覆命，而是因為牽掛娘親病危，直接返回家中侍奉娘親，請皇上治罪！」

龍宣恩怒道：「大膽！你是說朕阻止你行孝？因此而降罪於你，讓天下人恥笑朕是非不分嗎？」

「臣不敢！」

龍宣恩霍然站起身來：「朕讓你去西川做什麼？你又做了什麼？」

胡小天不卑不亢道：「皇上讓臣去西川做的事情，臣不敢有絲毫懈怠，全都按照皇上的意思做完。」

龍宣恩怒道：「大膽，你還敢說是朕的意思？」

胡小天平靜道：「陛下讓微臣前往西川給李天衡賀壽，臣遵旨照做，陛下讓微臣當面傳旨冊封李天衡為王，臣也照辦，陛下交給臣的兩件事，臣不敢說辦得全都讓陛下滿意，可是臣自問兢兢業業，絕無違逆，至於結果如何，卻不是臣能夠控制的，陛下若是因此而責怪微臣，臣也無話好說。」

「你不服？」

胡小天坦然道：「臣不服！」

龍宣恩向下走了幾步，立於台階的中間，俯視跪在下方的胡小天，胡小天眼角的餘光掃向龍宣恩所在的位置，老皇帝已經進入他格殺的範圍內，只要他狠下心來必然可以讓這禍國殃民的老烏龜血濺五步，一命嗚呼。

龍宣恩道：「好，那朕問你，你去西川封王，因何沒有在李天衡的壽宴上當眾宣讀聖旨？」

胡小天道：「陛下只是讓微臣前往西川封王，並沒有讓臣一定在壽宴之上宣讀聖旨，臣還沒有抵達西川，封王之事已經傳得沸沸揚揚，臣不知聖旨的內容，更不會洩露此行的目的，敢問陛下，聖旨的內容究竟是何人洩露出去的？」

龍宣恩怒道：「你是懷疑朕將這件事洩露出去？」

胡小天道：「臣不敢懷疑陛下，陛下當然不屑於做這種宵小之事，可是陛下身邊的人未必全都可靠。」

龍宣恩道：「好，這件事暫且作罷，我且問你，李天衡遇刺之後，性命垂危，你為何要出手相救？」

胡小天心中一怔，自己出手救的明明是周王，可不是李天衡，老皇帝為何會這樣問？想要陰謀陷害，欲加之罪何患無辭。胡小天道：「微臣不知這消息從何處傳來，當初臣往大雍出使之時，就有人傳言臣出手救了大雍的皇帝，如今前往西川又有人傳言臣救了李天衡，臣都不知自己有這麼大的本事，在他人的描述之中簡直成了救苦救難的活菩薩。」

龍宣恩冷冷道：「朕的消息不會有錯。」

「原來陛下不信任微臣，既然如此，何必將這麼重要的任務交給我去做？」

龍宣恩道：「朕對你寄予厚望，卻想不到你陽奉陰違，做出的事情實在是讓朕失望之極！」他又向前走了一步：「還有你爹，胡不為借著打通海路之名，如今挾裹船隊逃得不知所蹤，你們父子是在耍朕嗎？」

胡小天道：「臣不敢，相信臣的父親更不敢這樣做，我等侍奉陛下忠心耿耿，若是臣等敢有異心，且不說對不起陛下的器重，也對不起胡氏滿門忠烈，數代英明，臣若是懷有異心，何必返回京城，留在西川做李天衡的女婿豈不是更好。」

「你！」龍宣恩被這廝伶牙俐齒一通搶白，弄得有些無言以對了。

胡小天道：「不瞞陛下，臣離開西川之前，李天衡曾經重提昔日婚約之事，勸臣留在西川，臣義正言辭拒絕了他的條件，為的是不能辜負陛下對我們胡氏的恩德，可是沒想到陛下竟然對微臣百般猜疑，微臣心如刀割，請陛下賜我一死，臣也唯有以死來自證清白了。」

龍宣恩冷笑道：「你以為朕當真不敢殺你？」

胡小天內心一沉，龍宣恩在西川就想將自己幹掉，如今回到康都，不排除他惱羞成怒殺掉自己洩憤的可能，胡小天心中暗忖，你只要敢下令，老子就什麼都不管了，先殺了你這老烏龜再說。悄然蓄力，蓄勢待發。

宮門外忽傳來憤怒之聲：「滾開！讓我進去！」卻是七七收到消息匆匆趕來。

胡小天打心底鬆了口氣，還好七七來得及時，如果再晚一步，說不定自己和老皇帝就要圖窮匕見了。

七七從外面衝了進來，身後跟著一幫在門外駐守的御前侍衛，龍宣恩臉色一暗，狠狠瞪了慕容展一眼，慕容展有些慚愧地低下頭去，其實以他們這群人的實力，想要攔住小公主根本不會有任何的問題，顯然是懾於七七的威勢，所以不敢當真阻攔，當然也不排除慕容展故意送了個人情給胡小天的可能。

七七來到龍宣恩面前，怒道：「陛下，這是為什麼？」

龍宣恩少有地對七七發起了脾氣，怒吼道：「沒有朕的命令，你竟然擅闖宣微宮，你這丫頭眼中還有朕嗎？」

七七臉上沒有絲毫的畏懼，寸步不讓道：「胡小天乃是我的未婚夫，你想殺他，便將我跟他一起殺了，你才好做個貨真價實的孤家寡人！」

「放肆！」龍宣恩怒不可遏，鬚髮因怒氣激揚而起，龍顏震怒果然非同小可，震懾得一幫宮人膽戰心驚，一個個誠惶誠恐地跪了下去。

龍宣恩望著七七，手指卻指向胡小天道：「你知不知道，胡不為率領船隊根本沒有去羅宋，出海三個月，羅宋方面根本沒有他們抵達的消息！」

七七表情愕然，胡小天雖然對這一切早有準備，可是仍然感覺到心頭一震，父親沒去羅宋，那麼他去了哪裡？就算他早有計劃，可是船上還有蕭天穆、展鵬和慕容飛煙，別人不說，二哥蕭天穆乃是學究天人，智慧卓絕的人物，豈能輕易被父親所控制？他們到底去了哪裡？這其中究竟發生了什麼事情？

七七道：「此事當真？」

龍宣恩緩緩點了點頭：「消息不會有錯。」

七七道：「縱然如此，和胡小天又有什麼關係？」

龍宣恩道：「他們父子二人分明是串通一氣，意圖對大康不利。」

七七道：「如果胡小天當真知道這其中的內情，他為何還要從西川回來？陛下，千萬不可聽信他人讒言，七七願意用性命為胡小天擔保，若是他有絲毫不忠之心，我願和他一起自裁謝罪！」她在胡小天的身邊跪了下去。

胡小天雖然知道七七維護自己有她的目的，可心中仍然有些感動，七七啊七七，不枉我跟你訂婚一場，關鍵時刻還是懂得維護自家人的。

龍宣恩的目光久久凝視著七七，過了一會兒方才道：「希望他值得你去維護。」他有些疲憊地擺了擺手道：「退下吧，朕有些累了。」

胡小天隨著七七離開了宣微宮，來到外面，看到四下無人，胡小天方才恭敬道：「多謝公主殿下救命之恩。」

七七望著胡小天，歎了口氣道：「我送你回去。」

坐在七七的馬車內離開皇宮，胡小天的心中頗不平靜，不僅因為剛才的死裡逃生，更因為牽掛母親的病情。一隻滑膩溫軟的小手覆蓋在他的手背之上，卻是七七握住了他的手，安慰他道：「你不用擔心，胡夫人她不會有事的。」

胡小天勉強笑了笑，低聲道：「有件事我必須要告訴你，我娘的這場病可能和我爹有關。」

七七道：「胡大人是不是一去不回了？」她冰雪聰明，從胡小天的這句話中已經猜到了端倪。

胡小天搖了搖頭道：「我也不知道，希望海上不要發生什麼事情才好。」船隊至今沒有任何消息有兩種可能，一是胡不為帶領船隊改變航線去了另外一個目的地，另外一個可能就是船隊在海上遭遇了風浪，兩相比較，胡小天寧願是前者。

七七道：「若是海上的這條通道無法打通，只怕大康要完了……」她還是第一次在胡小天面前表現出如此悲觀的情緒。

望著七七突然變得蒼白的俏臉，悲哀無奈的眼神，胡小天從心底忽然生出一陣憐惜，他低聲道：「皇上讓我去西川封李天衡為王，其實是個圈套。」

七七點了點頭道：「我猜到了！」

「那你為何不阻止？」

七七道：「我以為他對我還算不錯，心中無法確定他會不會在背後策劃這樣的陰謀，而且……」七七停頓了一下，她的手離開了胡小天的手背，十指糾纏在一起，顯得有些內疚：「當時我也認為，唯有收回西川才能挽救大康，所以……」

「所以你就放任這件事情發生，沒有提醒我？」胡小天的語氣非常平靜。

七七點了點頭，咬了咬櫻唇道：「你會不會怪我？」

胡小天搖了搖頭道：「你是為大康考慮，記得你曾說過，為了大康，即使犧牲你自己的性命也不足惜，更何況是我的性命呢？」

七七美眸中流露出歉疚不已的神情，她悄悄觀察了一下胡小天的臉色：「其實你走後我就後悔了，可是我又說服不了自己，無論你信不信，在我心底深處都希望你平平安安地回來。」

胡小天道：「相信！」

他的回答讓七七感到錯愕，抬起美眸將信將疑地望著他：「你相信？」

胡小天點了點頭：「因為在這個世界上，除了我之外，你幾乎沒有朋友。」

七七因胡小天的這句話而面色轉冷：「我不需要朋友。」她將俏臉扭到一邊，沒過多久又忍不住問道：「你當真救了李天衡？」

胡小天搖了搖頭道：「李天衡根本沒有受傷，又哪會需要我救？」

七七歎了口氣道：「老賊果然狡詐，竟以這種方法來將責任推到朝廷身上。」

胡小天道：「如果不是林澤豐和趙彥江謀反事發，恐怕李天衡已經死了。」他心中想的卻是，賊喊捉賊，李天衡和龍宣恩誰都不是好鳥。

七七道：「形勢逼人，如果無法收回西川，大康只怕要完了。」她的聲音中流露出深深的悲哀。

胡小天道：「公主殿下可能不知道，周王在西州遭遇刺殺。」

「啊？」七七驚呼一聲，她顯然對此一無所知，可馬上就明白這件事如果屬實，必然和老皇帝有關，剷除周王的目的就是要廢掉李天衡手中的這張王牌。可是對親生兒子下手，他的手段也實在狠辣一些。

胡小天道：「對付李天衡，刺殺周王，都是陛下計畫的一部分，他從未想讓周王活下來。」

七七沉默了下去，皇上的手段比她想像中更加冷酷無情。表面上皇上將權力交給了自己，口口聲聲要退出朝堂，不問政事，可事實上他的所作所為並沒有放棄權力的意思。難道自始至終他只是將自己當成一個政治道具？

胡小天意味深長道：「就怕從此皇上認為大康的敗亡已成必然，放任自流。」

七七咬了咬櫻唇道：「我不管別人怎樣想，我絕不會放棄。」

胡小天回到尚書府的時候，聽到府內傳來哭聲震天，胡小天心中一沉，顧不上七七，推開車門就向府內狂奔而去，卻是在他離去之後不久，徐鳳儀病情突然加重，剛剛已經氣絕身亡了。

胡小天來到母親所住的院落前，胡佛、梁大壯等人看到他回來，全都跪倒在地上，胡佛嚎啕大哭道：「少爺，夫人剛剛仙逝了……」

胡小天一言不發地衝入房間內，霍勝男和維薩哭得梨花帶雨正是傷心。

胡小天來到母親床前，摸了摸她的頸側動脈，感覺脈息全無，又看了看她的瞳孔，已經散大，胡小天用力咬了咬嘴唇，左掌貼在母親胸骨上方，右手壓在左掌之上開始進行按壓，按壓三十次以後，為母親做兩次人工呼吸，如此反覆下去。

眾人看到他瘋魔般的模樣，誰也都不敢阻止他。

七七隨後趕到，看到眼前一幕也不由得呆在那裡。

胡小天仍然在那裡機械重複著搶救的動作，周默看不下去，來到床邊充滿悲愴道：「三弟，夠了……」

胡小天怒吼道：「走開！」

周默大吼道：「三弟，伯母已經死了，她已經死了！」

胡小天如同被霹靂擊中，整個人呆立在那裡，呆呆望著母親慘白的面容，喃喃道：「我娘死了？」

周默點了點頭。

胡小天用力搖了搖頭：「我娘死了……」說話的時候忽然感覺丹田氣海處如同刀割，數道內息衝撞糾結在一起，眼前一黑，一頭栽倒在地上。

胡小天醒來之時已經是夜半時分，守在他身邊的居然是七七，因為七七身分的緣故別人都選擇了迴避，一來她是當朝公主，二來她是胡小天名正言順的未婚妻。讓七七意外的是，胡小天醒來之後居然表現得出奇冷靜。

「我暈了多久？」

七七道：「一個時辰左右吧。」

胡小天站起身來，目光落在一旁為他準備好的孝服上。

七七以為又觸動了他的傷心處，小聲勸道：「節哀順變！」

胡小天點了點頭，默默走了過去，將孝服穿上，七七來到他身後為他幫忙整理孝服，母親的離去已經成為事實，胡小天內心反倒平靜了下來，雖然他擁有著超越當今時代的醫學知識，可是在一個一心求死的病人面前，他仍然無能為力。並非因為他的特殊經歷而造成了他和父母之間的感情不深，而是他比其他人更容易想通這其中的道理，對徐鳳儀來說，死亡應該是她最好的解脫。

胡小天原本就是豁達之人，既然一切都已經發生，再傷心也是無用，當前最重要的事情是將母親的喪事做好，讓她能夠安安穩穩的離去。

七七看到胡小天不吭不響的模樣，還以為他因為傷心過度已經呆了，充滿關切道：「人死不能復生，你也不必太難過，胡夫人只是去了另外一個世界，或許她會在那個世界更加快樂。」

胡小天點了點頭，低聲道：「不錯，我娘那麼善良，她本來就不該在這個醜陋的世界上生活下去。」他轉向七七道：「公主請回吧，你明日還要處理國務，要多多注意身體。」

七七道：「大康的事情我也是有心無力了，反倒是這邊我還能多少幫上一些忙，我雖然沒有正式加入胡家，可咱們畢竟定下了婚約，我也應當盡一份孝心。」

胡小天深深看了她一眼，沉聲道：「其實皇上賜婚另有目的，公主不必將這件事放在心上。」

七七咬了咬櫻唇，因胡小天的這句話想要發作，可是想起他現在的處境，又於心不忍，輕聲道：「該怎樣做我自己知道。」

胡小天於是也不再多說，大步出了房門，這會兒功夫周默和霍勝男已經指揮眾人將靈堂設好，整個尚書府肅穆無聲，愁雲慘澹。

眾人看到胡小天過來，一個個紛紛迎了上來，胡小天擺了擺手，分開人群來到靈堂內，來到母親的牌位前，恭恭敬敬叩了三個響頭，低聲道：「娘！您安安穩穩地去吧，孩兒明白您的心思，孩兒不會讓您在九泉之下為我操心。」

身後傳來陣陣抽泣之聲，胡小天在靈前跪下，點燃黃紙，此時七七也換上孝服默默走了進來，在胡小天的身邊跪下，顯然是下定決心要陪他守靈。

第九章

徹底死心

經歷了皇上陷害，父親背棄，母親病故這些事情後，
胡小天對大康王朝已死心，雖然他很想去尋找慕容飛煙下落，
可是老皇帝雖然同意他辭官守孝，但也不會放任他離開康都太遠，
如果發現自己有遠離康都的打算，十有八九會對自己痛下殺手。

宣徽宮的一天開始得很早，龍宣恩天不亮就已經醒來，上了年紀睡眠會變得越來越短，王千蹣跚著小碎步來到他的身邊，附在他耳邊道：「皇上，胡不為的妻子昨晚去世了！」

龍宣恩微微一怔，雖然徐鳳儀患病已久，可是龍宣恩對此並不知情，身為一國之君，他不可能去關注一個大臣的妻子發生了什麼，只是這件事多少還是讓他有些意外的，胡小天剛剛到，徐鳳儀就死了。龍宣恩首先想到的是缺少了一張要脅胡氏父子的王牌，再想起出海後杳無音訊的胡不為，龍宣恩心中開始有些不安。他低聲道：「王千，你回頭代朕去弔唁一下。」

王千點了點頭：「奴才這就去準備。」

龍宣恩又叫住他：「你等等。」

王千停下腳步。

「還是讓七七去。」

王千道：「公主殿下昨晚就去了尚書府，披麻戴孝，為胡夫人守靈。」

龍宣恩聞言不由得怒道：「成何體統！她還未嫁入胡家，豈可如此？」

王千看到龍宣恩動怒，也不好說什麼，恭恭敬敬站在那裡。

龍宣恩氣得來回踱步，口中喃喃道：「真是豈有此理！真是豈有此理！」

此時洪北漠到了，龍宣恩讓王千將他請進來。

洪北漠向龍宣恩躬身行禮，他也是聽說了徐鳳儀去世的消息，即便胡不為曾經是昔日大康戶部尚書，徐鳳儀的死也不應引起那麼大的震動，君臣幾人之所以如此關注，全都是因為徐鳳儀之死或許會引起一連串的變動。

洪北漠道：「陛下，臣派出去查探船隊下落的人傳來了消息，船隊在南津島補給之後就再也沒有消息，羅宋也沒有任何大康船隊抵達的消息。」

龍宣恩怒道：「真是豈有此理，如此龐大的一隻船隊不可能說消失就消失，整個人間蒸發不成？」

洪北漠道：「陛下，此事必然是蓄謀已久，我看胡不為應該早有計劃。」

龍宣恩道：「怎麼可能，他難道不顧妻子的性命？」想起徐鳳儀已經死了，心中更是煩躁起來：「就算他不管老婆，難道還不管他兒子胡小天的死活嗎？」其實龍宣恩說出這句話時，自己已經給出了答案，如果換成他是胡不為，他會在乎妻子的死活嗎？答案顯然是否定的。胡不為帶走了五十艘戰船，而且全是大康水軍的精銳之師，自己怎會如此大意，居然相信他要為大康開拓海上糧運通道的鬼話。

洪北漠道：「臣仔細研究過沿途航道，已經讓人在途中可能的島嶼中進行搜索，五十只戰船不可能憑空消失，沿途列島除了少數幾個，其餘島嶼都沒有容納如此規模船隊的港口，可是這幾個島嶼已經完全被排除了。」

龍宣恩怒吼道：「五十艘戰船，一萬名精銳水師將士，難道就這麼不聲不響的全都不見了？」

洪北漠道：「只有一個可能，他們離開南津島之後並未繼續向南，而是折返向西，繞行到天香國海域，也唯有天香國有能力將這支規模龐大的船隊藏匿起來。」

洪北漠說話的時候望著龍宣恩，天香國乃是這片大陸最南方的國度，三面環海，北方因雲嶺山脈形成和大康的天然分界，兩國雖然接壤，可是彼此往來甚少，天香國和大康之間卻有著非同一般的關係，天香國太后龍宣嬌乃是龍宣恩的親妹妹，在天香國國王去世之後，龍宣嬌就已經掌控了天香國的大權，只是這對兄妹的關係極其冷淡，在龍宣嬌嫁入天香國之後，就再也沒有聽說過她返回過大康娘家，也沒有和大康有過任何的交往。

大康糧荒龍宣恩也曾經派人向天香國求援，可使臣一去不返，據說都沒機會見到太后就神秘失蹤。

龍宣恩道：「那就派人去查，一定要將這件事查個水落石出。」

徐鳳儀去世在朝中還是引起了不小的震動，群臣紛紛前來弔唁，當然多半都是看在永陽公主七七的面子上，胡不為到現在仍未官復原職，胡小天也就是一個御前侍衛副統領，以胡家目前的地位是引不起太多重視的。

關於胡不為的去向，卻少有人知。七七每天白日前往朝中處理朝政，晚上都會前來胡府陪同胡小天一起守靈，胡小天嘴上不說，心中卻頗為感動，這小妮子隨著年齡的增長果然懂事了許多。

龍宣恩雖然沒有親自前來，可是也派王千替他前來弔唁，並御筆親書了一幅輓聯送上。只是金陵徐家卻沒有派任何人過來，從側面印證了徐鳳儀那番話的真實性，同時也讓胡小天看清了徐家的冷漠。胡不為依然沒有任何消息，胡小天開始為蕭天穆、展鵬、慕容飛煙等人擔心起來，如果這次的出海全都是父親籌謀已久的陰謀，那麼蕭天穆這些人豈不是成為了無辜的犧牲品。

將母親下葬之後，胡小天找到七七，按照大康的習俗，父母去世，做兒子的要守孝三年。這對胡小天來說，乃是一個脫身的良機。

七七聽完胡小天要辭官守孝之事，沉默片刻方道：「你打算不管我的事了？」

胡小天道：「公主殿下不要誤會，為亡母守靈乃是每個子女應盡的本分，小天只是辭官，又不是要離開康都，何來對公主的事情不聞不問之說。」

七七道：「三年……大康目前的狀況還不知能不能夠撐到三年，你知道的，這朝中除了你，其他人我都信不過。」

胡小天道：「公主殿下，小天之所以辭官，一是為我娘守孝，二是因為我爹的事情，皇上對我已經產生了懷疑，他又怎可能信任於我？公主殿下若是執意任用我，反倒會讓皇上不悅。」

七七道：「我才不管他怎麼想，大康之所以落到如今的境地還不是因為他的緣故。你是不是想走，是不是想借此機會永遠離開這裡再也不回來了？」她表情緊張，顯然已經亂了方寸。

胡小天歎了口氣道：「七七，事情不會這麼結束，你以為皇上會放任我離開？我爹到現在仍沒有消息，如果我現在離開，皇上必然認為我和我爹串謀背叛。」

七七道：「你是說，胡大人他不會回來了？」

胡小天抿了抿嘴唇道：「雖然我很想他回來，可是很多時候事實的真相都是殘酷的，我娘之所以會病死，乃是因為傷心絕望。」

胡小天雖然沒說徐鳳儀因何會傷心絕望，七七也已經猜到，一定是徐鳳儀洞悉了胡不為此次出海會一去不返的事實所以才會一病不起，乃至最後鬱鬱而終。

七七道：「他是他，你是你，就算他永遠不回來，他的事也無需你來負責。」

胡小天道：「我終於明白，想要成就大事的人是不可以有感情的。」他望著七七的雙眸道：「皇上很不簡單，他比任何人都要清楚大康的狀況。」

七七道：「我明白，我知道，他只當我是一個傀儡罷了！」她的胸膛劇烈起伏著，這還是她第一次在他人面前表露出真實的心聲。

胡小天怔怔望著七七，目光中流露出幾分疑問，既然七七已經明白龍宣恩的真正用意，為何又甘心被他利用？

七七美眸中充滿期待道：「你還願不願意幫我？」

胡小天並沒有直接回答七七的問題，低聲道：「神策府的事情我會讓周大哥和楊令奇繼續跟進，暫時我還不會離開康都。」

七七心中一暖，胡小天留下這些人繼續在神策府，等於是繼續幫助自己，也許現在不是和他探討未來大計的時候，他需要一段時間來修復內心的傷口。

徐鳳儀葬在康都東南，距離康都城九十里地的落雲山，恰巧位於皇陵和康都的重點，胡小天之所以選擇這裡，不僅僅因為這裡山清水秀風水絕佳，還有一個原因是這裡的地理狀況特別適合在地下挖掘。

胡小天在落雲山下買了一座莊園以此作為他在康都城外的據點，以母親的名字來命名，稱之為鳳儀山莊。

山莊本身不大，占地十餘畝，可是梁英豪帶著昔日那些渾水幫的弟兄們對山莊進行了改建，短短一個月的時間就已經將山莊下方挖得縱橫交錯，四通八達。

經歷了皇上陷害，父親背棄，母親病故這一系列的事情之後，胡小天對大康王朝早已徹底死心，痛定思痛，胡小天心中對未來已經有了明確的打算，他不再想逃避現實，他要利用自己所擁有的一切，報復這些陰謀設計自己的野心家，他要真真正正將自己的命運掌控在自己的手中。

轉眼之間已經過去了一個多月，胡小天在母親的墳前結廬，這段時間多半時間都在修煉武功，趙崇武和唐鐵鑫於月前就已經前往南部打探消息，至今仍然沒有回來。胡不為最後的消息還是南津島，自此以後仿若人間蒸發。

今日已是母親的五七，胡小天在墳前焚香燒紙，正在跪拜之時，看到山下走上來兩個身影，卻是霍勝男和維薩，這段時間每天維薩都會過來給胡小天送飯，霍勝男卻遵照胡小天的囑託，在康都城內主持神策府的建設，雖然如此，每隔七天也會過來一次。

胡小天明顯黑瘦了一些，唇上頷下也蓄起了濃密的鬍鬚，這讓他的氣質變得深沉內斂了許多，雙目明亮，目光似乎變得比過去更加深邃更有穿透力。

霍勝男將帶來的貢品送上，然後點燃紙錢，和維薩一起在徐鳳儀的墳前拜祭。拜祭之後，來到胡小天的身邊，輕聲道：「已經過了五七，你還要在這草廬之中住多久？」

胡小天淡淡笑了笑：「京城那邊有什麼消息？」

霍勝男知道他最為牽掛的仍是胡不為和船隊的消息，搖了搖頭道：「仍然沒有任何消息，看來船隊果然沒有去羅宋。」

胡小天道：「我和楊令奇這些天仔細研究了一下海圖，如果不去羅宋，在這條航線之中，能夠容納五十艘戰艦的島嶼只有三個，根據最近的消息，這三個島嶼已經基本排除，也就是說他們應該改變了航線，從南津島補給之後，如果不去羅宋，最可能去的地方就是折返西南進入天香國。」

霍勝男道：「可是天香國那邊並沒有傳來這樣的消息。」

胡小天道：「如果真被我猜中，天香國方面必然有人配合，而且這個人擁有著相當的權勢，甚至可以在天香國隻手遮天。」

霍勝男道：「海州發生民亂，當地百姓攻陷了州府衙門，將知州都殺掉了。」「官逼民反，老百姓沒有飯吃，當然要造反。」關於百姓謀反的消息，胡小天最近已經聽到了不少，已經見怪不怪，他相信這樣的事情只會越來越多。

霍勝男道：「公主殿下很想你回去，她讓我們好好勸勸你。」

胡小天道：「我回不回去還不是一樣。」

霍勝男向徐鳳儀的墳塚看了一眼，小聲道：「就算伯母泉下有知，也不想你永遠留在這個地方。」

胡小天道：「我不要永遠留在這裡，而是想冷靜一下，想想未來該怎麼做。」

霍勝男道：「皇帝昏庸無道，百姓紛紛揭竿而起，周圍列強環伺，危機一觸即發，你是該好好打算一下了。」

胡小天正想說話，卻見山腳下又上來了一隊人馬，原來是永陽公主七七到了，難為她記得今天是徐鳳儀五七的日子，專程從康都過來拜祭，同時也是為了和胡小天見面，勸他隨同自己回去。

霍勝男和維薩兩人悄然選擇離去，七七對霍勝男已經非常熟悉，一直當她只是神策府的副座黃飛鴻，霍勝男在外從來都是易容後示人，做事謹慎，並沒有引起外界的懷疑。七七對維薩這位異域美女今天才提起了關注，雖然此前幾次相見就有驚豔之感，可是當時因為都在忙於徐鳳儀的喪事所以沒顧得上詢問，她向胡小天道：「還以為你在這裡忍受清苦，原來身邊有一位金髮藍眼的美人兒相伴，怪不得不捨得回去呢。」

胡小天淡淡笑了笑道：「她是我的婢女，我從西川把她救了出來，為了報恩就一直跟在我的身邊伺候我。」他並不想做太多解釋，七七愛怎麼想就怎麼想。

七七心裡雖然隱隱有些不舒服，可是她也沒有繼續追問下去，輕聲道：「聽說你在落雲山下買了一座莊園，真打算在此地長留下去了？」

胡小天道：「康都那座宅子是皇上賜給我爹的，我爹走了，我娘也不在了，我也沒什麼資格繼續賴在那裡，我看到這邊山清水秀，很是喜歡，所以才買下了那座山莊，離我娘近一些，也好讓她不太孤單，自己守靈掃墓也來得方便。」他的這個藉口倒是極其充分。

七七向前方走了幾步，俯視山腳下的鳳儀山莊，意味深長道：「真打算當個看破紅塵不問世事的世外高人？」

胡小天道：「滾滾紅塵又有誰能夠真正看破？小隱於野，大隱於朝，真正的隱士反而不會選擇這裡。」

七七道：「那你為何不願當個真正的隱士呢？」

胡小天所問非所答道：「公主又瘦了！」七七從昔日那個嬌小的小丫頭，如今已經變成了一個身材頎長的少女，她的身高幾乎和胡小天相若了，只是身材的發育明顯跟不上身高，雖然很美，但是過於骨感了。

七七道：「嚴冬將至，糧荒卻仍然沒有緩解的跡象，這段時間我都是寢食難安。」西川沒有收復，胡不為的那條海上糧運通道也已經基本泡湯，現在的大康只能緊衣縮食，巧婦難為無米之炊，七七也沒有任何的辦法，大康境內狼煙四起，幾乎每天都會有民亂的消息傳來。康都周邊還算暫時安定，在這樣下去，連士兵的糧餉都會產生問題，如果出現軍隊嘩變，後果則不堪設想。

胡小天道：「皇上都不著急，公主又何必如此憂心。」

七七道：「大康傳承數百年，是我龍氏先祖付出無數心血和努力方才有今日之規模，如今卻要斷送在我們這一代的手上，這讓我有何顏面去面對列祖列宗。」

胡小天淡然道：「你只是一個公主罷了，無需為大康今日之事承擔責任，我娘去世之後，我忽然想明白了一個道理，這世上有很多事並不是人力能夠挽回的，一個人如果一心求死，就算神仙也難以救治，一個國家若是當真想要滅亡，那麼任何人都無回天之力。」

七七道：「我不信什麼上天註定，我只相信人定勝天！」明澈的美眸中迸射出倔強不屈的光芒。

胡小天知道她素來要強，微笑道：「我在這裡守靈一月，每天都聽到官道那邊怨聲載道，淒慘哭號，那些人是被抓去修建皇陵的苦力，百姓食不果腹衣不蔽體，卻仍然要被逼迫前去修築皇陵，皇上口口聲聲愛民如子，他對自己的子女難道就是這個樣子嗎？」胡小天遙望遠方康都的方向道：「難道公主看不出大康已經回天無力了嗎？」

七七道：「只要熬過這個嚴冬，也許就會有辦法。」

胡小天毫不客氣地拆穿道：「其實你根本沒什麼辦法，皇上也沒有。」

七七幽然歎了口氣道：「北疆傳來消息，大雍方面在庸江操練水師，目前已經集結了十萬水軍，而且仍然在不斷增加中。」

胡小天道：「看來大雍終於忍不住了，準備南下入侵江南。」

七七道：「西川也在邊界沿線布下重兵，提防大康難民衝破邊界。」

胡小天道：「國以民為本，民以食為天，大康百姓吃不上飯，總不能眼睜睜留在這裡餓死，他們想要逃出大康討口飯吃，也是無奈之舉。」

七七道：「周邊各國都看清了大康如今面臨的窘境，非但不願伸手援助，反而嚴密封鎖邊界，禁止大康災民進入其國境，雖然他們沒有正式聯盟，但是卻似乎已經形成了默契。」說起大康的形勢，七七的心情是壓抑而沉重的，這段時間甚至在她心中已經開始滋生出絕望，此前她從未對未來喪失過希望。

胡小天點了點頭，這段時間他雖然在這裡守靈，可是從未放棄過對天下局勢的關注，七七所說的這些事他都已經知道，而且也和楊令奇探討過，他們都認為在開春之前不會有國家主動入侵大康，一來這並不是出兵的最好時機，二來這個嚴冬對大康來說是異常空前嚴峻的考驗，大康岌岌可危的政權或許熬不過這個嚴冬就會從內部分裂，饑寒交迫的將士會喪失最後一絲對大康王朝的奢望和信心，他們的忠誠會在殘酷的現實面前消失殆盡。

胡小天道：「公主可知道興州那邊發生的事情？」

七七點了點頭道：「聽說了，此前在皇陵造反的五萬苦力前往興州投奔郭光弼，途中餓死病死過半，最後只有兩萬餘人平安抵達興州。」

胡小天道：「開始大家都以為這些苦力進入興州之後，勢必造成興州糧食緊缺，卻想不到他們非但收納了兩萬多人，而且還保證了他們的吃穿。」

七七道：「郭光弼還不是四處燒殺搶掠才籌集到的糧餉。」

胡小天點了點頭道：「他燒殺搶掠的對象卻不是大康，因為大康無糧可搶，他們居然燒了大雍江月城的水寨，搶了大雍補給的軍糧，然後又退回興州，因為籌謀周到，大雍方面又過於大意，居然讓他們得手。」

七七道：「大雍水師已經重兵集結在江月城，只怕開春就會進攻興州。」

胡小天道：「早晚都要死，不如當一個飽死鬼來得痛快。」

七七道：「你是要勸我效仿那些反賊的行徑，四處燒殺搶掠嗎？」

胡小天道：「公主何等身分，又豈肯為之。大康現在面臨最大的問題乃是疆土太大，百姓太多，而國內連年天災不斷，存糧已經無法負擔這麼多的百姓，正所謂尾大不掉，殿下若是當真想保住龍氏江山，非常之時需做非常之事。」

七七道：「何謂非常之時需做非常之事？」非常之時她當然明白，可是胡小天所說的非常之事是什麼？

胡小天道：「可以預見，在經歷這場寒冬內耗之後，大康即將面臨的就是列強分而食之，以大康目前的狀況根本無力反抗。既然國破不可避免，不如儘早打算尋找破而後立之道。」這是他一個月以來反反覆覆和楊令奇探討得出的結論。

七七道：「何謂破而後立？」

胡小天道：「現在大康人心思變，大康的朝廷已經形同虛設，無論統治力還是公信力都已經下降到前所未有的低點，外敵入侵尚能激起百姓同仇敵愾之心，可是若是從內部發生動亂，那麼社稷必然崩塌。我思來想去，其實西川獨立出去反倒是一件好事，至少可以暫時保住西川一方百姓的平安，如今這種情況必須要有所捨棄。」這番話他也就只敢在七七的面前說，如果當著老皇帝的面說出來，一定會被認為是大逆不道，說不定老皇帝會治他一個陰謀叛逆之罪。

七七道：「我明白你的意思，你是要以地換糧！」

胡小天微微一怔，自己還沒有說完，七七怎麼會知道。

七七道：「其實在你之前文太師已經提出了這個辦法，要用庸江沿岸十六座城池向大雍換取過冬之糧。」

胡小天道：「庸江沿岸十六城若是送給大雍，等於主動放棄了庸江天險，和將門戶向大雍敞開又有何異？如果此事成真，那麼大雍的鐵騎不消等到明年春天，今冬就可以橫掃大康。」

七七道：「原來你也明白這件事的利害，我激烈反對，陛下也沒有答應。」

胡小天道：「我所說的破而後立和文承煥不同，庸江防線絕不能丟，大康的核心區域絕不可以捨棄，但是和西川交界之地，和南越、天香國交界之地，可以適當地放手一部分。」

七七道：「只怕現在沒人會答應用糧食換取大康的土地。」

胡小天道：「我說的可不是將土地白白送給外人，既然皇上當初能夠封李天衡為王，現在同樣可以這樣做，將大康的疆域化整為零，分封出去。」

七七道：「你是說要分封諸侯，那日後若是割據自立，又或是他們攜帶土地投奔他國又該如何是好？」

胡小天道：「別忘了每個人都會有野心，割據自立難以避免，事實上大康早已四分五裂，他們若是願意投奔他國也無妨，至少帶著一方百姓可以吃飽穿暖，渡過這難捱嚴冬，也算是給了百姓們一條活路。公主不要忘了一件事，大康缺的是糧食，而不是金銀，現在我們面臨的狀況是有錢買不到糧食。」

七七秀眉微顰，胡小天的意思她已完全明白，大康地廣人多，單靠朝廷的調配已經無法解決這麼多人的吃飯問題，胡小天要將大康劃分成一個個的小國，讓這些小國自己去想辦法。其實七七也明白，一旦將國土劃分出去，分封後的諸王就會效仿李天衡，誰也不會再服從大康的管理，可是在另一方面來說，等於分擔了大康的危機，周圍國家雖然不願和大康做交易，未必不肯跟這些新生小國做交易。

胡小天提出這個建議的本意是要在大康搞聯邦制，可他也明白在這個皇權至上的年代，聯邦制根本是行不通的，到最後很可能會形成周天子分封諸侯，自己成了孤家寡人的局面。不過反正大康已經走到了這一步，不如甩掉一身的贅肉，輕裝上陣，或許還能給這方百姓一線生機。

在現代經濟中這叫資產重組，將不良資產甩賣出去，優選資產，也唯有這樣才會有扭虧為盈的機會。不過胡小天的想法過於大膽，也過於超前，七七聽過之後半天都沒有回應。

七七思索良久，方才輕輕歎了口氣道：「事關重大，我需要好好斟酌一番才能做出決定。」

胡小天道：「公主，無論你做出什麼決定，都不要在皇上面前洩露此事是我給你出的主意。」

七七不禁露出一絲笑意道：「怎麼？你這麼怕他？」

胡小天道：「不是怕他，而是皇上對我早已抱有成見，無論我出的是好主意也罷，壞主意也罷，皇上都會認為我居心叵測，既然如此又何必去尋這個晦氣？」

七七道：「你知不知道有人也跟你想到了一起去。」

胡小天以為她說的又是文承煥，搖了搖頭道：「我跟文太師不同，他想的是賣國求榮，我想的卻是幫助大康渡過難關。」

七七道：「我說的是周丞相，他對文太師的建議也堅決反對，他的想法雖然沒有你那麼大膽徹底，卻也想過要放棄一部分對大康不重要的土地，他說讓三分風平浪靜，退一步海闊天空。」

胡小天道：「這個辦法也只是權宜之計，解決不了根本上的問題，除非……」

「除非什麼？」

胡小天歎了口氣道：「不說也罷！」

七七瞪了他一眼道：「你少賣關子，說！」

胡小天道：「除非你能夠真正在大康當家作主。」

七七芳心一動，胡小天分明是在暗示她要成為大康真正的王者，也就是說要逼迫龍宣恩將皇位讓給自己。

胡小天故意道：「公主殿下千萬不要想多了，我可不是勸你去當女皇，大康現在這個爛攤子，誰也搞不定，與其困在康都跟洪北漠爭來鬥去，還不如趁著分封諸侯，找皇上討一塊封邑，真正當家作主人。」

七七眨了眨明眸：「胡小天，就衝著你這番話，我就能治你意圖謀反之罪。」

胡小天道：「公主想怎麼做就怎麼做，不過我今日對你所說的這些話全都是為了你好，如果不是看在咱們有婚約的份上，我才懶得管你。」

七七聽他提起婚約之事，俏臉突然就紅了起來。她咬了咬櫻唇跺了跺腳道：「胡小天，你竟然敢欺負我！來人！」

胡小天知道她向來都是說翻臉就翻臉，不由得頭皮一緊，卻聽七七道：「把草棚給他拆了！」七七手下的那幫侍衛接令之後上前七手八腳，沒多大功夫就將胡小天守靈的草棚拆了個乾淨。

胡小天還能不明白七七的心思，她是想讓自己回去幫她。其實胡小天已經決定燒了五七紙之後就下山去鳳儀山莊暫住，既然七七讓人幫忙把草棚給拆了，還省得自己動手了。

七七拆了草棚之後，起身離開，臨行之前向胡小天道：「刮刮你的鬍子，足足老了十多歲！」

胡小天道：「這叫成熟，你真是不懂得欣賞！」

七七道：「我再給你七天時間，如果你不回康都，我就派人過來把你的破山莊也給拆了。」

胡小天知道她說得出就做得到，向七七抱了抱拳道：「不用七天，三天之後我就回去。」

大康養心殿內，洪北漠將一個純金鑄造的雕龍盒雙手奉上，龍宣恩接過盒子，打開之後，但聞異香撲鼻，定睛一看，卻見裡面放著一顆金燦燦的丹藥，龍宣恩大喜過望道：「你終於練成了？」

洪北漠搖了搖頭道：「此丹能夠延年益壽，卻不可長生。」

龍宣恩大失所望，臉上的笑容瞬間收斂：「既然不能長生，朕又要之何用？」他將盒子推到一邊。

洪北漠道：「陛下，臣無用，至今沒有找到乾坤開物的丹鼎篇。」

龍宣恩道：「楚扶風能夠做到，你為何做不到？」

洪北漠道：「陛下還請多點耐心，臣必然能夠找到丹鼎篇的秘密。」

龍宣恩勃然大怒道：「你還要讓朕等多久？四十八年，朕等了整整四十八年，你還要怎樣的耐心？這四十八年來，朕給了你所需要的一切，朕不計一切代價去栽培你，可是你給了朕什麼？一個虛無縹緲的希望罷了！」

洪北漠充滿信心道：「最多三年，相信三年之內一定能有結果。」

龍宣恩歎了口氣道：「三年！大康狼煙四起，周邊群狼環伺，你讓朕等三年，誰還會給朕三年的時間？」

洪北漠道：「地宮尚未建成，輪迴塔只要建成，必然可以讓陛下長生不老，返老還童。」

龍宣恩道：「這數十年來，朕傾盡所有，對你有求必應，還不是為了有一日可以返老還童，長生不老，可是你卻讓朕在一次次的等待和失望中白了頭髮，洪北漠啊洪北漠，你是不是在騙朕？你到底是不是在騙朕？」

洪北漠道：「臣對陛下忠心耿耿，如有半點欺瞞，天打雷劈不得好死！」

龍宣恩道：「朕不要你發誓，朕只要你儘快練成丹藥。」

洪北漠道：「陛下不妨先吃了這顆丹藥，確保龍體安康。」他將那顆丹藥重新遞了過去。

龍宣恩此時冷靜了下來，低聲道：「你必須加快進度，大康的情況不妙，只怕撐不過三年了。」

洪北漠道：「陛下不必擔心，如果一切順利，或許可以在一年之內建成輪迴塔，只要輪迴塔建成，就算找不到丹鼎篇，一樣可以練成長生丹藥。」

龍宣恩點了點頭：「朕再信你一次。」

洪北漠告退之後，龍宣恩的目光落在那顆丹藥之上，喟然歎了一口氣道：「若不是你，朕可能三十年前就死了，若不是你，朕或許會在縹緲山鬱鬱而終，可若不是你給了朕長生的希望，朕可能會將更多的精力放在治理國家上，又怎會有今日之困境。洪北漠啊洪北漠，你到底是幫了朕還是害了朕？」

龍宣恩終於還是拿起了那顆金色的丹藥，丹藥龍眼大小，散發著淡淡的金色光芒，龍宣恩湊近丹藥深深吸了一口氣，感覺丹藥的香氣一直沁入肺腑，整個人精神為之一震，他的目光頃刻間變得灼熱異常，張開嘴巴，一口就將金丹吞了進去，迫不及待地咬碎金丹，感覺一股熱流沿著自己的喉頭一直流了下去，經脈如沐春風，周身如同有無數雙溫軟的小手在輕輕按摩，舒服到了極點，愜意到了極點。

什麼富貴榮華，什麼無上皇權，唯有活著這一切才能屬於自己，人死如燈滅，所有屬於自己的一切也都會在一夜之間易主，那時候哪管他洪水滔天！

這還是胡小天守孝之後第一次入住鳳儀山莊，洗澡水已經準備好，他已經好久沒有舒舒服服泡上一個熱水澡，足足泡了半個時辰，方才換上新衣，披散著頭髮走出房間。

維薩一直都守在外面，看到胡小天頭髮仍然濕漉漉的，擔心他見風受涼，慌忙找了條乾燥的毛巾為他將頭髮擦乾。

胡小天沒看到霍勝男，低聲問道：「黃飛鴻呢？」

維薩道：「她回去了，說神策府還有很多事情等著處理。」

胡小天點了點頭，今天還沒有來得及和霍勝男說話。

胡小天讓維薩將楊令奇找來，楊令奇這段時間一直都在鳳儀山莊，聽說胡小天找他，很快就過來了，還帶著一幅他親手繪製的地圖，楊令奇的右手自從經過蒙自在的治療之後，功能已經改善了許多，雖然無法完全恢復正常，可是提筆寫字已經沒有太多的障礙，不過想要恢復他昔日的丹青妙手恐怕還需要經過一次手術，再加上長期堅持不懈的功能鍛煉。

胡小天請楊令奇過來的目的就是為了這件事，此前諸事繁忙，一直沒有抽出時間為楊令奇手術，現在總算暫時有了空閒，剛好趁著這段時間為楊令奇將右手部分斷裂的肌腱接駁，希望能夠幫助他的右手功能儘快回復。

楊令奇聽說胡小天找他是為了這件事，淡然笑道：「府主不必為我的事情操心，我能恢復到現在這個樣子已經是上天垂憐，能夠提筆寫字繪畫，令奇早已心滿意足，不敢再有任何的奢望。」

胡小天望著他的手掌，楊令奇的小拇指和無名指仍然無法自如伸展，這部分的肌腱應該是斷裂的，如果開刀接駁，肯定可以大幅改善他右手的功能，胡小天道：「我有信心讓你右手恢復昔日八成的功能。」

楊令奇現在右手的功能也就剩下了五成，對他來說已經是意外之喜，八成還真沒有奢望過，看到胡小天如此熱心，楊令奇點了點頭道：「府主既然一番盛情，令奇也只好卻之不恭了。」

胡小天道：「明天我為你手術。」

「手術？」楊令奇和胡小天相處久了，也知道他的新奇詞彙層出不窮，自然也就見怪不怪了。

楊令奇對這場足以大幅度改變自身生活品質的手術並沒有放在心上，他將地圖在胡小天的面前展開，這幅列國疆域圖乃是楊令奇親筆手繪，在他未殘疾之時，畫這樣一幅地圖最多半個時辰，而這次他耗去了整整一天一夜的功夫。

胡小天望著那幅地圖，微笑道：「不錯哦！」

楊令奇道：「這是令奇草擬的地圖，將大康不可放棄的領土全都標注出來。」

胡小天掃了一眼道：「你猜就算皇上採取了建議，他會怎樣對待永陽公主？」

楊令奇微微一怔，不明白胡小天因何會這樣問。

胡小天道：「你回頭仔細想一想，皇上這些年所做的一切全都是為了自己，他甚至都不為大康的社稷考慮，你以為他會在乎永陽公主的死活嗎？」

楊令奇點了點頭道：「不錯，這正是我百思不得其解之處，身為帝王就算不為後代考慮，多少也會顧及祖宗傳下來的基業。他的注意力根本不在國家大事上。」

胡小天道：「對一個皇上來說，最重要的是什麼？」

楊令奇道：「一位明君最重要的是江山社稷，一個野心勃勃的君主最重要的是霸權和征服，如果是一位昏君，那麼他眼中可能只剩下酒肉和女人。」

胡小天又道：「皇上也是人，對一個人來說，最重要的又是什麼？」

楊令奇想了想方才答道：「活著！」

胡小天道：「不錯，就是活著，龍宣恩已是行將就木之年，一個人若是知道自己就要死了，多少會反思自己的一生，多少會做一些好事善事彌補昔日的不足，可龍宣恩做了什麼？」

楊令奇道：「也許他生性就是如此貪婪險惡。」

胡小天搖了搖頭道：「根據我所掌握的情況，這一個月期間，皇上又往皇陵增加了三萬民工，根據戶部方面的回饋，皇上剛剛追加了三十萬兩黃金用來修建皇陵，自從上次皇陵民工暴亂之後，皇陵方面已經全都被天機局接管，由洪北漠統籌管理皇陵方面的一切，在皇陵周圍八十里開外就設下崗哨，五十里的地方就布下了重兵，除非有皇上和洪北漠的特許，任何人不得擅自入內，否則殺無赦！」

楊令奇：「大康百姓流離失所，食不果腹，衣不蔽體，皇上竟仍然動用國庫修建陵墓，真不知道他究竟是怎樣想的？」

胡小天道：「我一直在想，他為何會如此信任洪北漠？是因為洪北漠幫助他重新登上皇位？」胡小天搖了搖頭道：「對一個行將就木之人來說，皇權顯然不是必須的，最開始的時候，我以為洪北漠又是另外一個姬飛花，可是我後來卻又發現，洪北漠對權力並不熱衷，一個人不為錢，那麼就是為利，可洪北漠生活清貧自律，一個人不為錢不為權，還對皇上忠心耿耿，龍宣恩可沒有這樣的人格魅力。」

楊令奇道：「府主說得不錯，洪北漠必有所圖。」

胡小天道：「應該說他和老皇帝之間有著一個不為人知的秘密，他們互有所需，彼此利用。我記得在天龍寺之時，洪北漠曾經派人入寺尋找《乾坤開物》的丹鼎篇。我聽人說，丹鼎篇之中記載了長生丹藥的修煉之道。」

楊令奇道：「長生不老藥？這世上難道真的有長生不老之說？」他眨了眨眼睛，顯然並不相信。

胡小天也不相信，可他們信不信並不重要，關鍵是老皇帝相信，如果龍宣恩相信了長生不老的說法，那麼洪北漠完全可以依靠煉製仙丹把他給忽悠了。別說龍宣恩這種昏庸無道的主兒，就算是秦皇漢武不也一樣邁不過長生不老的坎兒。

胡小天道：「皇陵之中必然藏有秘密。」

楊令奇歎了口氣道：「皇上竟然糊塗到這種地步，如果一個人一心想要長生，那麼他就不會在乎任何其他事了。」

胡小天道：「所以，皇上誰都可以拿來犧牲，永陽公主只不過是他用來轉移臣民注意力，緩解百姓憤怒的一個手段罷了。如果他一心想要扶植公主當他的繼承人，根本不用做得如此明顯。」

楊令奇道：「府主擔心他會對公主不利嗎？」

胡小天沒有回答他的問題，低聲問道：「如果公主主動提出分封諸侯之事，你以為他會怎麼想？」

楊令奇道：「他十有八九會認為公主別有用心。」說到這裡他抬起頭來：「府主，這件事會不會給公主帶來麻煩？」

胡小天道：「洪北漠掌控天機局，如今十萬羽林衛也都在他的控制之中，慕容展也是洪北漠陣營中人，以我們現在的實力尚且無法和他們抗衡。」

楊令奇道：「府主何不趁著這次的機會，離開康都這個權力中心，暫避鋒芒，現在還不是和洪北漠鬥法的時候。」

胡小天道：「我想離開，只怕皇上未必肯放我走。」楊令奇道：「府主為何不盡早迎娶永陽公主呢？」

胡小天向楊令奇看了一眼，犀利的目光讓楊令奇馬上就意識到，自己的意思已經被胡小天完全窺破，他有些不好意思地低下頭去，胡小天現在所剩下的也只有未來駙馬這個身分，那紙婚約，只要皇上願意，隨時都可以撕毀，可是如果婚姻成為事實那又另當別論，擁有了駙馬的身分，皇上或許會考慮到七七的緣故，放棄加害胡小天的想法。而婚姻也可以讓胡小天通過征服公主的身體，徹底征服她的內心。

胡小天道：「皇上不會在乎任何人的性命。」

楊令奇道：「公主不同，永陽公主之所以能夠擁有今時今日的政治地位，完全是皇上一手為之。從目前大康的局勢來看，皇上還需要她。」

胡小天道：「我只是好奇，皇陵之中究竟藏著什麼？」

楊令奇唇角現出一絲無奈的笑意，胡小天顯然不願回應他的問題，他低聲道：「無非是勞民傷財的奢侈工程罷了，古往今來，有多少君主都將皇陵修得美輪美奐壯觀雄偉，幻想屍身不腐，夢想有一天起死回生，可是又有誰真正得到了重返人間的機會？」

胡小天點了點頭，龍宣恩為了修建這座皇陵勞民傷財，大康的經濟之所以深陷泥潭，和他不計代價修建皇陵有一定的關係，在全國範圍內徵召勞工，因為皇陵而枉死的勞工更是數以十萬計，民間積怨極深，而在這種狀況下他仍然執迷不悔，堅持修建皇陵，看來皇陵已經成為龍宣恩的精神支柱。

第十章

懊悔與自責的人生

虛凌空面無血色，甚至不敢直視胡小天的眼睛：「你不懂……」
有些秘密如同山嶽般壓在心頭，牢牢壓在內疚和恥辱之下，
他的後半生都在後悔和自責中渡過，想要改變，卻不知如何改變，
胡小天說得沒錯，有些事情武功解決不了，
不僅僅是武功，他的事情任何人都解決不了。

楊令奇離去之後，梁英豪過來向胡小天稟報地下工程的近況，按照胡小天的吩咐，他率領弟兄們在鳳儀山莊下挖掘的四通八達，為了保守秘密，他採取分段挖掘的方法，真正地下結構只有他和兩位核心成員知道。

梁英豪也帶來了一幅地圖，將他預留的三個出口向胡小天一一指明。

胡小天將地圖收好，向梁英豪道：「此事除了你我，不得向任何人透露。」

梁英豪點了點頭道：「府主放心，地圖只有這一張，還有就在我的腦子裡。」

胡小天道：「挖好之後就將出入口全都封閉，不到必要時，不會啟用地道。」

梁英豪恭敬道：「明白！」

胡小天道：「英豪，如果我讓你挖掘一條百里長的地下通道，有沒有可能？」

梁英豪聞言一怔：「什麼？」他首先想到的就是胡小天想要從地下挖掘一條通往康都的地道，這種想法雖有趣，可是實施起來難度很大，需要大量人力和物力。

胡小天道：「距咱們這邊三十里處已經有不少崗哨，再往前三十里，就已經進入皇陵的防守區域，有沒有一種可能，從這裡躲過他人的耳目，挖掘一條地下通道直達皇陵核心？」

梁英豪點了點頭道：「道理上是有這種可能性，可是從這裡到皇陵地下情況極其複雜，丘陵山地眾多，大部分地下都是石頭，而不是像山莊下方的土層，如果挖掘百里，至少要耗去三十年，這還要在順利的情況下，往康都也是一樣。」

胡小天聽他這樣一說，方才知道自己的想法不切實際，畢竟在當今的時代下，缺乏現代化的機械工具，想要突破層層岩石，必須依靠人工斧鑿，就算財力和物力沒有問題，時間上也耽擱不起。

梁英豪道：「府主當真想潛入皇陵？」

胡小天笑道：「只是隨口一問，不瞞你說，皇上如此興師動眾地修建陵園，地宮之中不知藏有多少財富，想想還真是有些動心呢。」

梁英豪道：「聽說自從上次民工暴亂之後，皇上增派了三萬精兵在皇陵周邊駐守，就算可以突破防守，據說地宮乃是天機局洪北漠所設計，其中機關重重，沒有圖紙根本無法進入，就算誤打誤撞進去了，只怕也沒命出來。」

胡小天拍了拍梁英豪的肩膀道：「就當我沒說過。」

胡小天再次走出門外，他曾說過要在母親墓前守足五七，今兒是最後一夜，他不忍讓母親一個人孤零零待在那裡。

胡小天獨自一人回到母親墓前，草棚被七七帶來的隨從拆了個一乾二淨，胡小天這一個多月以來睡覺的草墊子也被他們給清理乾淨了，胡小天搖了搖頭，其實他打算明日就返回山莊了，想不到七七居然這麼心急。

在母親的墓碑前坐下，披上裘皮大氅，俯視鳳儀山莊的方向，山莊內仍然亮著幾點燈光，忽然間，胡小天意識到了什麼，腰背部不由自主的挺直，周身的肌肉瞬間變得緊張了起來，他感覺有人出現在自己身後，天下間能夠在無聲無息中靠近自己的並不多，胡小天在心中默默篩選排除著，過了一會兒，他方才輕聲道：「老前輩既然來了，為何不現身相見？」

身後無人回應，胡小天又道：「徐老前輩！」

後方傳來一聲低沉的歎息：「你怎麼知道是我？」

胡小天緩緩轉過身去，果然看到老叫花子身穿一身破破爛爛的黑色棉衣，雙手抄在袖口之中，臉上的表情分明帶著難言的悲傷，說話的時候，目光卻盯著徐鳳儀的墳塚。

胡小天道：「能夠在我毫無察覺的狀況下來到這麼近的範圍，必然是天下間屈指可數的高手，高手之中，願意來我娘墳前看一看的就只剩下一個人了。」他口中的這個人當然指的是老叫花子。

老叫花子抿了抿嘴唇來到胡小天身邊，靜靜望著徐鳳儀的墓碑，看了好一會兒，方才道：「她走得還算安祥嗎？」

胡小天點了點頭道：「還好吧，至少我在她的身邊。」

老叫花子抿了抿嘴唇道：「她都說了什麼？」

此時胡小天已經確信無疑，老叫花子就是他的外公虛凌空，不然他不會特地來到徐鳳儀的墓前祭奠，胡小天並沒有直接回答他的問題，低聲道：「我本以為你早就會過來，卻想不到一直等到今日。」

虛凌空黯然道：「我不該來，來或不來都改變不了發生過的事，只是徒增傷悲罷了。」他蹲下身去，伸出手輕輕撫摸著墓碑上徐鳳儀的名字，深邃的雙目中流露出難以名狀的悲哀。

胡小天靜靜看著他，虛凌空應該知道發生在自己父母之間的人倫悲劇，徐老太太如果一心想要報復他，肯定會將這個秘密告訴他，虛凌空縱然擁有絕世武功，一樣無法改變兒女悲慘的命運，他此時的心中必然內疚到了極點。

虛凌空道：「她有什麼心願未了？」

胡小天低聲道：「我娘說，我爹不會回來了，她還說臨終之前想見見她的爹娘。」後半句話純屬胡小天刻意杜撰。

虛凌空的胸口猶如被人狠狠打了一記重拳，痛得他幾乎無法呼吸，過了好一會兒方才緩過氣來，長舒了一口氣道：「你外婆始終都沒有來？」

胡小天搖了搖頭道：「金陵徐家和我沒有任何關係！」一句話已經表明他和徐家劃清界限的決心。

虛凌空道：「你爹人在天香國！」

胡小天內心劇震，虛凌空既然這麼說就不會有錯，父親果然借著這次出海之機潛入了天香國，和他一起離去的還有五十艘戰船，還有一萬名精銳水師將士，除此以外還有他的朋友和紅顏知己。想起這件事胡小天內心就感到一陣刺痛，父親的絕情讓他心涼透頂。而還有一件事讓胡小天更加難過，他甚至不願去想，不敢去想。

「為何是天香國？」

虛凌空道：「你為何不走？現在你已經了無牽掛，為何還要留在大康？憑你的武功，沒人攔得住你。」

胡小天微笑道：「如果武功能夠解決一切，你為何保不住我娘的性命？你為何眼睜睜看著自己女兒死去無動於衷？」

虛凌空變得面無血色，他的呼吸變得越發困難，他甚至不敢直視胡小天的眼睛：「你不懂……」

有些秘密如同山嶽一般壓在他的心頭，將他牢牢壓在內疚和恥辱之下，讓他的後半生都在後悔和自責中渡過，他想要改變，卻不知如何改變，胡小天說得沒錯，有些事情武功解決不了，不僅僅是武功，他的事情任何人都解決不了。

胡小天道：「我的確不懂，也不想懂，我只知道什麼人對我好，什麼人對我不好。」他望著母親的墳塚低聲道：「我要為我娘討一個公道！」

虛凌空兩道白眉擰結在一起，心情比起表情更加糾結，長歎了一聲道：「你娘乃是病死，你找何人討還公道？」

胡小天道：「我第一個要找的就是我爹，他為何要對我娘說如此狠心的話，讓她喪失了希望？我第二個要找的是徐老太太，胡家落難，她生怕被連累，坐視不理，她為了徐家利益著想倒也罷了，人不為己天誅地滅，可是我娘病死這麼久，身為親娘竟然不肯露面，非但如此，他們徐家竟然沒有一個人前來弔唁，我娘是不是姓徐？就算出嫁，徐家人憑什麼對她如此冷漠？這筆帳我必然要算！」

虛凌空聽到這裡暗暗叫苦，可是這其中的緣由無法向外人道，唯有苦笑，他歎了口氣道：「照你這麼說，你也應該找我算帳！」

胡小天道：「你今晚不來，我必然找你算帳！」

虛凌空歎了口氣道：「我拋妻棄子這麼多年，所有的悲劇全都是我一人造成，你心中若是有氣，全都衝著我來吧，和他人無關，就算你現在殺了我，我也不會有任何怨言。」

胡小天心中暗忖，你當然不會有怨言，徐老太太想出那麼歹毒的主意去報復你，讓你的兒子娶了你的女兒，只怕你現在活一天就遭受一天的折磨。胡小天道：「我為何要殺你？誰對我好，誰對我壞我還分得清楚，當初如果不是你教給我武功，只怕我已經死在出使大雍的路上。」說到這裡，他心中忽然想到了一件事，虛凌空現在會不會後悔，如果自己死了，豈不是一了百了。

虛凌空道：「我對不起你娘，沒有盡到自己的責任。」

胡小天道：「正因為如此，我更加不會報復你，你自己責怪自己就夠了。」

虛凌空點了點頭道：「不錯，我自己責怪自己就夠了，我這輩子多半時間都生活在自責之中。」

胡小天道：「我還要找一個人討還公道，如果不是他，我們胡家就不會遭遇噩運，如果不是他，我們一家三口就不會分開，如果不是他，我娘也不會因為缺少親人寬慰而鬱鬱而終。」

胡小天雖然沒有說出這個人的名字，可虛凌空卻已經知道胡小天要報復的那個人是大康皇帝龍宣恩，虛凌空道：「當局者迷旁觀者清，等將來有一天你真正成熟了，就會發現現在的想法何其可笑。小天！仇恨是一種詛咒，不但詛咒別人，同時也在詛咒自己，如果一個人心中埋下太多的仇恨，那麼他這輩子都不會得到真正的快樂，冤冤相報何時了，為何不放下仇恨，過你自己的日子，你還年輕，何不追求屬於自己的生活？」

胡小天道：「人活在世上，有所為有所不為，我相信這世上仍有公道二字。」

虛凌空道：「我攔不住你，我也幫不了你什麼。」

「你能！」胡小天大聲道。

虛凌空緊閉雙唇，有些事情就算他知道也不能說。

胡小天當然不會問起那些讓他難以回答的問題，他的問題甚至都沒有提及自己的父親：「據我所知，當年您曾經有過兩位結拜兄弟。」

虛凌空點了點頭道：「不錯！一位叫楚扶風，還有一位就是龍宣恩，我和龍宣恩相識在先，那時他還不是大康的皇帝，一次偶然的機會我們救起了楚扶風和一個孩童。」

「那孩童就是洪北漠？」

虛凌空道：「看來你知道了不少的事情。」

胡小天道：「知道一些，可是想不明白。」

虛凌空感慨道：「非但你想不明白，至今我都無法想明白，三人之中，我和龍宣恩的關係更近一些，我們兩人結拜在先，在遇到楚扶風之後，我們兩人都被楚扶風的學識所折服，彼此性情相投，結成了異姓兄弟，楚扶風居長，三人中我生性散漫，對政治缺乏興趣，龍宣恩因為出身的緣故，一心想要登上皇位，而那時他在眾多皇子之中並不被看好。可一切在遇到楚扶風之後發生了變化，楚扶風智慧超群，不但通曉天文地理，星相術數，而且高瞻遠矚、運籌帷幄，擁有經邦緯國之才。」

胡小天並不是第一次聽人對楚扶風如此讚譽，上次是姬飛花，現在是虛凌空。

虛凌空道：「在楚扶風的幫助下，龍宣恩從一個不被看好的落魄皇子一步步壯大實力，進而得到皇上的寵愛，最終掌控了大康的江山，可以說龍宣恩能夠當上皇帝，楚扶風居功至偉。」

胡小天道：「我聽說你也出了不少的力。」

盧凌空道：「我可沒有那樣的眼界，像我這種人小打小鬧，單打獨鬥還可以，但是真正說到朝堂之爭，我根本幫不上忙。」

胡小天道：「龍宣恩為何要殺楚扶風？」

盧凌空道：「不是龍宣恩要殺楚扶風，而是他不得不殺楚扶風，楚扶風創立天機局，其勢力不斷壯大，天機局想要發展，就必須從朝廷那裡源源不斷地得到銀兩，楚扶風索求無度，甚至連龍宣恩這位大康皇上都不堪重負，他們的矛盾或許就在於此。」

胡小天心中暗忖，從盧凌空的這番話來看，楚扶風也不是一個毫無缺點之人，他低聲道：「於是龍宣恩就串通洪北漠謀害了楚扶風？還將他滿門抄斬？」

盧凌空道：「楚扶風在這世上並沒有太多親人，我們雖然結拜，可是卻不知他的家鄉何處，他甚至連一個親人都沒有，直到後來娶妻生子。」

胡小天道：「他的兒子就是昔日戶部尚書楚源海了？」

盧凌空點了點頭，頗感差異道：「此事你又是從何處得知？」胡小天笑了笑：「天下間沒有不透風的牆。」

盧凌空道：「其實龍宣恩害死楚扶風之後並沒有下令要斬草除根，楚扶風的妻子因為傷心過度而選擇自盡殉情，死前將他們的兒子委託給我照料，我帶走了他們的兒子，將他交給了我……那時的妻子。」

胡小天心中暗道，他那時的妻子就是徐老太太了。

虛凌空道：「我的本意是隱瞞這孩子的身世，讓他安安穩穩地生活一輩子，這也是他母親的期望，可後來發生的事情，卻由不得我來掌控了。」

他摘下腰間的酒葫蘆，仰首灌了幾大口酒，心頭的苦澀隨著酒意彌散開來，這些事已經隱藏在他心中多年，他始終都未曾向外人提起，今日終於在女兒的墳前，在胡小天的面前傾吐了出來。

胡小天已經漸漸明白了，楚源海本可以過上另外一種生活，可是他卻不幸知道了自己背負的血海深仇，虛凌空應該不會說，這件事楚源海因何而得知？可能只有一個，是徐老太太將這件事告訴了他，楚源海方才知道了自己的身世，這才有了後來的貪腐案。

虛凌空道：「你到底是從何處得知楚源海的事情？」

胡小天斟酌了一下終於道：「姬飛花！」

虛凌空道：「若是我沒猜錯，他應該是楚家的後人。」

胡小天道：「您當初有沒有勸過楚源海不要復仇？」

虛凌空道：「一個人一旦被仇恨蒙蔽雙眼，任何人的話都不可能聽進去。」他深深凝望著胡小天，多希望胡小天能夠放棄復仇的想法，胡小天悲慘的命運從一出生就已經註定，除了離開，遠走天涯，或許才能有擺脫宿命的機會。

胡小天道：「看來徐老太太真是不簡單呢。」

虛凌空道：「每個人都有自己的理由。」他停頓了一下道：「一個傻了十六年的孩子突然變成了聰明人，本身就是一件匪夷所思的事情。」

胡小天心中一震，難道虛凌空對自己的身分產生了懷疑，他淡然笑道：「我想不通，此前十六年對我而言好像白活了，究竟發生過什麼，做過什麼，我一點都不記得。」

虛凌空道：「就算一個人可以突然明白過來，卻不可能在一夜之間學會讀書寫字，更不用說滿腹經綸，醫術不凡。」

胡小天道：「你在懷疑我是個冒牌貨？」

虛凌空搖了搖頭道：「這世上有太多的事情解釋不通，武林中有一門非常邪乎的秘術，名曰萬毒靈體，可以將自身的功力和意識轉移到合適的軀殼內，以此來延長自身的性命。」

胡小天對此早有瞭解，須彌天就是利用這種方法變成了樂瑤。

虛凌空道：「你是誰？」

「胡小天！」

虛凌空伸出手去輕輕拍了拍胡小天的肩膀道：「好自為之吧，就我個人而言，我情願我的外孫是個傻子，那樣他也許會無憂無慮地過上一輩子。」

胡小天道：「對不起，讓您老人家失望了。」

虛凌空搖了搖頭道：「虱多不癢，債多不愁，失望太多人也會變得麻木，無論怎樣，你都是個孝順的孩子，走吧！拋下這所謂的恩仇，走得遠遠的，趁著年輕，享受屬於自己的日子，那該有多好。」

胡小天抿了抿嘴唇，反問道：「您在四十年前一走了之，這四十年中，您過得快樂嗎？」

虛凌空沒有回答胡小天，他轉身就走，留給胡小天一個蒼涼而落寞的背影。

胡小天在他的身後叫道：「前輩！」

虛凌空沒有回頭。

「外公！保重！」

虛凌空的腳步停頓了一下，點了點頭，低聲道：「給你一個忠告，離洪北漠遠一些。」

楊令奇的手術非常成功，不過他又有幾日無法用手了，胡小天讓他暫時留在鳳儀山莊養傷，楊令奇分明有些放心不下，胡小天這次返回康都只怕要面臨來自方方面面的壓力，自己雖然手不能動，可畢竟頭腦還是頂用的，可以幫助胡小天分析形勢，出點主意。

胡小天知道楊令奇的心思，微笑安慰他道：「我這次回去不是為了做官，也不是為了報仇，只是想去家裡看看，離開時太過匆忙，有很多東西都留在那裡了。」

楊令奇道：「府主可否明告於我，您這次回去會不會接手神策府？」

胡小天道：「神策府只是一個名號罷了，現在也只有周大哥在那邊主持，雖然永陽公主雄心勃勃，想要招賢納士，可是大康現在這種情景，有本事的人誰還肯來，誰還願意去輔佐一個即將崩塌的王朝？」

楊令奇道：「永陽公主想府主回去的目的就是想你輔佐她，繼續未完大業。」

胡小天道：「她雖然野心不小，可畢竟是個女孩子，眼界方面終究欠缺了一些，現在回頭想想，當初和洪北漠為敵並不明智。」

楊令奇道：「府主不妨考慮我的建議。」

胡小天呵呵笑了起來，楊令奇已經多次慫恿自己娶了七七，儘快將駙馬的身分坐實，胡小天道：「現在提出來，不但皇上會以為我別有用心，連公主也會看低我，令奇兄，你只管安心養病，我這次回康都不會太久，而且凡事都會小心謹慎，絕不介入宮內紛爭。」

胡小天此次返回康都只帶了維薩和梁英豪兩人，從鳳儀山莊到康都也需整整半日路程。抵達康都之後，胡小天並沒有急於去見七七，而是先回到尚書府內，來到父親平日裡久居的博軒樓，讓梁英豪仔細查探，這博軒樓內部究竟有無異常之處，胡小天認為父親既然早有預謀，必然會在家中留下一些蛛絲馬跡，虛凌空已經明白地告訴了他，胡不為去了天香國，除此以外並沒有透露給他太多的資訊，父親因何會選擇天香國，他既然選擇天香國作為落腳的地方，那麼他此前就應該和天香國實權人物有所聯絡。

胡小天忽然想起了龍曦月，記得她在海州不辭而別後，大哥周默曾分析過，她很有可能前往天香國投奔她的姑母，天香國太后龍宣嬌。胡小天一度因為這個消息而心痛不已，他從未想過龍曦月也會背叛自己，可現在回想起來，龍曦月的不辭而別卻存在著太多疑點。她一個柔弱女子竟用迷藥制住了周默、展鵬這些武功高手。

展鵬周默都是出生入死的弟兄，當初展鵬為了救自己，不惜冒著砍頭的危險。周默是自己的結拜兄弟，他和蕭天穆與自己在青雲結拜，千里迢迢從西川來到康都營救自己，又陪同自己前往大雍。

為母親守孝的這一個多月的時間裡，胡小天幾乎每天都在回憶著過去發生過的點點滴滴，他意識到自己從一開始就忽略了一件事，他並不清楚周默和蕭天穆兩位結拜兄弟的來歷，他所知道的一切全都是通過他們得來，他們結拜從一開始就是為了相互利用。

胡小天開始考慮，為何初到青雲，他們就會找上自己，以周默的武功當初率領二百名虎頭營猛士，為何會在天狼山馬匪的手下敗得如此一敗塗地？周默為何做出龍曦月逃亡天香國的推斷？

蕭天穆又為何主動請纓隨同胡不為前往羅宋開拓海路？這一個個的問題形成了一個個疑點，胡小天的內心早已動搖了。

維薩敲了敲房門，打斷了胡小天的沉思，她輕聲道：「主人，酒菜都已經準備好了，梁大壯也去請周爺了，他們應該很快就會到了。」

胡小天點了點頭：「維薩！」

維薩道：「主人還有什麼吩咐？」

胡小天道：「回頭，我和大哥喝酒的時候，你能不能為我們吹笛助興？」

維薩有些不好意思地垂下頭去：「只要主人喜歡，維薩當然願意，不知主人喜歡聽什麼曲子？」

胡小天背起雙手轉過身去，低聲道：「不是吹給我聽，我要你吹給我大哥聽，吹一首你最擅長的迷魂曲。」

維薩眨了眨冰藍色的美眸，目光中充滿了不可思議，在她的印象中胡小天和周默兩人乃是生死與共的兄弟，卻不知胡小天為何要對他的結拜大哥使用這樣的方法，難道他們的友誼出現了問題？

胡小天道：「我懷疑他對我隱瞞了一些事，所以我想你幫我證明。」

維薩道：「周爺的為人忠厚誠實，應該……」

胡小天淡然道：「我曾經以為我的父親是這世上最關心我的人，可事實卻給了我一記響亮的耳光。」

維薩道：「主人的事情就是維薩的事情，維薩會儘量做好這件事。」

胡小天道：「維薩，你一定要拿出你最厲害的本事，力求將他的心神控制住，一會兒就好。」

維薩點了點頭。

胡小天心中暗暗對自己道：「希望你是錯的！」

周默在接到梁大壯的通報後，第一時間跟隨他來到了尚書府，胡小天在後花園內設下酒宴，後花園內，滿園菊花開得正豔，秋風吹過，滿地金黃。

周默踏著這金黃色的花瓣大步來到胡小天的面前，伸出雙臂拍了拍胡小天寬闊的肩膀，抿了抿嘴唇道：「三弟！你總算回來了！」

胡小天微笑道：「我娘雖然走了，可我畢竟還要繼續活下去，不能讓你們這幫兄弟為我擔心。」

周默欣慰道：「聽你這麼說我就放心了，你也該把鬍子刮一刮了，生得比我還要茂盛一些，如果咱們兩兄弟這樣走出去，都不知道誰是大哥了。」

胡小天呵呵笑了一聲，可笑容又很快收斂道：「也不知二哥如今怎樣了？」

周默也跟著歎了一口氣。

胡小天道：「先不談這些，大哥，很久沒一起喝酒了，我讓人備了些酒菜，咱們今天好好喝上幾杯。」

周默點了點頭，兩兄弟來到涼亭中坐下，胡小天主動拿起酒壺將兩人面前的酒碗斟滿，周默酒量很大，跟他喝酒都是用大碗，胡小天端起酒碗道：「乾！」

周默端起酒碗一飲而盡，胡小天也是仰首將酒喝了，不由想起周默陪同他前往大雍，多次陪他出生入死的場景，心中泛起一陣複雜難言的滋味，香醇的美酒到了嘴裡也變得苦澀難咽。

周默放下酒碗，搶著將酒倒上了：「三弟有什麼打算？是不是準備回來主持神策府？」

胡小天搖了搖頭道：「我爹至今沒有任何消息，二哥、飛煙都在船上，五十艘戰船就不聲不響的人間蒸發了。」

周默道：「這段時間，我仔細研究了一下航海圖，根據目前所收集到的消息，也許船隊折返去了天香國海域。」

胡小天道：「我爹不會這麼做！」

周默道：「三弟不要忘了，除了胡伯父和咱們的人之外，船上共計有一萬名精銳水師，在茫茫大海之上，起到關鍵作用的還是他們。」

胡小天點了點頭：「這麼久了，仍然沒有半點消息。」

周默道：「我打算親自去天香國走一趟，去查查究竟發生了什麼事情。」

一陣冷風吹過，送來陣陣菊花香氣，胡小天靜靜望著花園內的菊花，低聲誦道：「待到秋來九月八，我花開後百花殺！」

周默讚道：「好詩，愚兄雖然胸無墨水，可是這首詩聽起來也是豪氣干雲，痛快得很呢。」

胡小天道：「咱們暫且不提這些事，今晚好好放鬆一下心情，喝酒，喝酒！」

周默道：「不錯，是時候該放鬆一下心情了，只要三弟願意，愚兄今晚捨命陪君子，陪你喝上個一醉方休。」

胡小天道：「那是自然，不過咱們就這樣一碗一碗地喝未免太單調了一些，不如我叫維薩吹個曲兒給咱們助助酒興。」

周默笑道：「兄弟別麻煩人家小姑娘了，我又不懂得音律，你就算叫她過來也是對牛彈琴。」

胡小天已經揚聲叫起了維薩。

沒多久看到維薩拿著玉笛走了過來，向兩人行禮。

胡小天讓她在一旁坐下，微笑道：「我跟大哥說你笛子吹得特別好，讓你過來給我們吹個曲兒助助酒興。」

維薩一雙冰藍色的美眸望著周默道：「不知周爺想聽什麼曲子？」

周默苦笑道：「我根本就不懂音律，還是讓我兄弟說。」

胡小天道：「那就吹一首你們當地的曲子吧。」

維薩道：「那我就吹一首《大漠秋思曲》給你們聽聽吧！」

周默道：「好！」

維薩手持玉笛，一曲悠揚婉轉的笛聲在靜夜中響起，這《大漠秋思曲》乃是攝魂寶典中所記載的曲子，乃是八首攝魂魔音之一，笛聲送入耳中，周默眼前彷彿出現了一片廣闊無垠的大漠，看到碩大的圓月從大漠的邊緣升騰而起，腦海中的畫面中出現一個孤獨的旅人行走在大漠中，從高空俯視，旅人的身影如此孤獨而渺小。

即便是胡小天已經修習過攝魂寶典中的定魂術，可他仍然不敢掉以輕心，維薩近距離吹奏魔音，按理說他和周默所受的影響是相同的，最大的分別無非是他已經有了準備，此前胡小天已經嚴令家中下人不得隨意靠近花園，也是為了避免他們被魔音干擾。

雖然胡小天做足準備，他仍然慎之又慎，提振精神抱守元一，內息悄然按照《菩提無心禪法》運行。

周默已經聽得入神，手中握著那杯酒凝滯半天不動卻渾然不覺，整個人已經沉浸在樂曲聲中，笛聲時而蒼涼悠遠，時兒低柔婉轉，有時像一個孤獨的旅人在訴說自己的滄桑往事，有時又像是一個幽怨的少女在傾吐衷腸。

周默終於將那杯酒飲盡，目光變得迷惘，彷彿精神已經隨著笛聲游離於他的肉體之外。維薩看到時機已經到來，兩個輕柔的轉調之後，停下了笛聲，一雙冰藍色的美眸盯住了周默的雙目，輕聲道：「你累不累？」

周默呆呆望著維薩，目光呆滯表情漠然道：「累了。」

維薩道：「何必將太多事都壓在自己心頭？有什麼心事為何不與我們分擔？」

周默喃喃道：「有些事是不能說的。」他雙拳緊握，感覺眼前景物一片模糊，自己似乎隨時都要睡過去，一個潛在的聲音在提醒他千萬不能睡，千萬不能睡。

維薩道：「不用擔心，這裡沒有外人，都是你的朋友，你的兄弟。」

周默用力搖了搖頭：「我對不起他，我對不起他……」

胡小天內心一沉，向維薩遞了一個眼色，趁著這個機會，他要從周默口中問出他的秘密。

「你對不起誰？」

周默艱難道：「我對不起三弟……」說到這裡，卻聽到夜空之中傳來蓬的一聲炸響，一朵五彩繽紛的煙花綻放在夜空中，這聲煙花動靜奇大，大地都為之一震。

周默魁梧的身軀明顯震動了一下，剎那之間他恢復了些許意識，忽然伸手抓住桌上的酒罈，仰首一飲而盡，一股熱流在他的腹部升騰，周默生來好酒，關鍵之時，煙花的炸響將他迷惘的意識拉了回來，殘存的意識讓他看到了這罈酒，彷彿一個溺水之人抓住了救命稻草，正是因為酒對他的重要性，方才依靠著酒慢慢找回了自己，周默感覺自己的血液都因為酒精而溫暖，已經麻痹的意識也漸漸開始復甦。

對面胡小天面龐的輪廓也開始重新變得清晰起來，周默努力回憶著剛才發生的一切，卻記不起，他唇角露出一絲不太自然的笑容：「三弟，剛剛發生了什麼？」

胡小天暗叫惋惜，偏偏在這種時候有人燃放煙花，導致功虧一簣，不然周默此時應當已經將實情說出來了。胡小天表情平靜道：「剛剛你說對不起我！」

周默內心劇震，笑得越發生硬了：「是，這件事一直壓在愚兄心頭，當初如果不是我疏忽，安平公主也不會離開。」

胡小天點了點頭道：「人心隔肚皮，別人怎麼想又怎能知道呢？」

周默長歎了一聲，打了個哈欠道：「睏了，我該回去了，三弟也早些休息。」

胡小天點了點頭，並沒有出聲挽留。

周默起身抱了抱拳，大步向外面走去，胡小天望著周默的背影，目光中閃爍出前所未有的陌生和冷酷。他幾乎可以斷定，龍曦月在海州的不辭而別是周默設下的圈套，胡小天暗恨自己，當初為何相信周默而沒有相信龍曦月，自己竟然懷疑曦月的感情，內心中一種前所未有的悲涼和愧疚如同一隻無形的手狠狠攥緊了，胡小天感覺胸口劇痛，幾乎就要透不過氣來。

維薩看出他表情有異，慌忙為他輕輕揉動後背，歉然道：「主人，都怪維薩學藝不精，這麼簡單的事情都沒幫主人做好。」

胡小天搖了搖頭道：「跟你沒有關係，是我的錯！全都是我的錯！」

此時霍勝男回來了，看到胡小天臉色蒼白的樣子，還以為他出了什麼大事，慌忙過來詢問。

胡小天道：「我沒事！」他讓維薩先回去。

霍勝男望著桌上的碗筷，小聲道：「周大哥這麼快就走了？」

胡小天道：「是，除了走，也許他已經沒有其他的選擇。」

霍勝男有些錯愕地看著他：「究竟發生了什麼事情？」

胡小天道：「等會兒你就會知道。」

周默返回神策府住處之後，馬上著手收拾行裝，出門的時候，迎面遇到了熊天霸，熊天霸看到周默的樣子不由得有些好奇：「師父，您這麼晚就回來了？不是去三叔府上喝酒了嗎？」

周默抿了抿嘴唇道：「你三叔有一些急事讓我去辦，我現在就要動身。」

熊天霸笑道：「出門辦事啊，咋不帶上我？在這康都待得就快悶出鳥來了，師父，您帶著我好不好？」

周默望著一臉憨笑的熊天霸，心中突然生出無限感慨，他伸出手去拍了拍熊天霸的肩頭道：「熊孩子，你去不得，我走之後，你記住一定要聽你三叔的話，要保護好你三叔。」說到這裡，他心中一陣難過，竟然說不下去，舉步就走。

熊天霸道：「師父啊，您這是去哪兒啊？就算是走也不必那麼著急，趕明兒天亮再走不行？」

周默快步走向自己的坐騎，還沒等他來到坐騎前，卻看到有一人從院門處走了進來，那人一身黑衣，身材挺拔，月光之下，英俊的面龐有些蒼白，臉上的表情充滿了失望和痛惜，不是胡小天還有哪個？

周默停下腳步，靜靜望著胡小天，臉上的笑容充滿了苦澀：「三弟來了！」

胡小天道：「酒還沒喝完，大哥為何要急著走？」

周默歎了口氣道：「該走的始終都要走，該來的始終都會來。」他的目光落在胡小天的左肩，肩頭露出一截黑色的劍柄，那是胡小天的大劍藏鋒。

熊天霸也察覺到氣氛有些不對，愕然道：「三叔……師父……你們……」

周默打斷他的話道：「我跟你三叔說話，沒你插嘴的份兒！」

胡小天微笑點頭道：「是啊是啊，熊孩子你去外面等等，我跟你師父有些事情單獨商量一下。」

熊天霸眨了眨眼睛，雖然覺得事情很是不對，但是卻又不敢忤逆兩人的意思，他向外面走去，離去的時候仍然不時回頭張望。

熊天霸離去之後，胡小天向周默的坐騎瞥了一眼道：「大哥這是要去哪裡？」

周默道：「有些私事趕著去處理。」

胡小天笑道：「能讓你連夜離去的一定是要緊事。」

周默望著胡小天，忽然歎了一口氣道：「什麼時候開始懷疑我的？」

胡小天道：「我本以為就算自己的親人可以背叛我，愛人可以離棄我，但是我的結義兄長絕不會背棄我，可現實卻給了我一記耳光，將我羞辱得體無完膚。」

周默道：「維薩居然是攝魂師，你用攝魂術來對付我。」他聲音平靜，不見任何怒氣。

胡小天點點頭道：「若非用這樣的方法，又怎能知道你的秘密。」雖然周默及時清醒，可是剛才畢竟意識被維薩控制，周默並不清楚他在意識喪失的那段時刻究竟說了些什麼。胡小天就是要利用這一點，讓周默誤以為自己已將秘密說出。

周默歎了口氣道：「我對不起你。」

「既然明知對不起我為何還要去做？明明是你害了曦月，卻為何要編織出這樣一個謊言欺瞞於我？」胡小天心頭一陣刺痛，不僅僅因為周默的背叛，更因為他對龍曦月的誤解，不知曦月現在究竟是死是活，她失蹤了這麼久，自己卻輕信周默的話，而放棄對她的尋找，若是龍曦月有什麼三長兩短，自己必然會後悔終生。

周默道：「你何時開始懷疑我？」

胡小天道：「我從未想過要去懷疑自己的結拜大哥，這次前往西川和天狼山的馬匪打過幾次交道，忽然發現天狼山的實力不過爾爾，以你的武功率領二百名虎頭營的精銳，本不該敗得如此狼狽。」

周默點了點頭。

胡小天又道：「現在回頭想想，你我的相逢實在太過巧合，我的一切你和二哥都知道，而我對你們卻近乎一無所知。蕭天穆主動請纓要陪同我爹一起前往羅宋開闢海上糧運通道，看來從那時起就已經準備撤離，我還以為你們千里迢迢從西川來到這裡是為了救我幫我，現在方才明白，你們的目的根本就是尚書大人。」

周默沒說話，靜靜望著胡小天，目光分不出是悲哀還是內疚。

胡小天道：「為何要出手對付曦月？」

周默道：「胡大人擔心你會因為她而壞了大事。」

「你們的大事？」

周默歎了口氣道：「你放心，她不會受到傷害。」

胡小天冷冷道：「現在說這種話是不是已經太晚？」

周默的目光再度落在胡小天肩頭的劍柄之上，低聲道：「你想殺我？」

胡小天道：「不敢，曦月和飛煙兩人全都在你們的手中，我就算想殺你，也需要顧及她們的性命。」說話的時候他已經緩緩將肩後的藏鋒抽了出來，大劍藏鋒，劍身烏沉沉的閃光讓人從心底感到一種壓抑的味道。

周默皺了皺眉頭：「你要跟我動手？」

胡小天道：「我只是想看看，你到底隱藏了多少秘密！」一個箭步已經猶如獵豹般竄了出去，手中大劍直刺周默的胸膛，周默不閃不避，靜靜站在那裡，劍鋒距離他的心口只剩半寸的時候，凜冽的劍氣已經侵入了他的肌膚，可是周默仍然沒有躲避的意思，靜靜望著胡小天。

劍鋒凝而不發，胡小天望著周默道：「為何不還手？以為我會心軟放過你？」

周默道：「三弟，我對不住你，你殺了我，我絕無怨言。」

外面傳來熊天霸驚恐萬分的聲音：「不要！」

周默怒吼道：「滾開！」炸雷般的吼叫過後，他一把抓住劍鋒，用力向自己的胸膛刺去，掌心被藏鋒的邊緣割破，鮮血沿著劍刃滴落下來。

胡小天和周默雙目對視，彼此的力量都集中在藏鋒之上，胡小天雖然充滿了怨憤，可是他卻無法一劍將周默殺死，雖然周默已經放棄了反抗，就算殺死周默，他也找不回龍曦月和慕容飛煙。

胡小天忽然揚起左拳，狠狠擊中周默的小腹，這一拳將周默打得鬆開藏鋒踉蹌後退，周默捂著腹部望著胡小天，緊咬牙關，胡小天的這一拳著實不輕。

熊天霸一旁站著，眼中已經湧出了熱淚，他不知究竟發生了什麼？為何師父會與同生共死的三叔突然反目。

胡小天大吼道：「給我一個理由！」

周默低聲道：「要殺就殺，沒有理由。」

胡小天點了點頭，猛然將手中藏鋒深深插入地面之中：「走！」

請續看《醫統江山》第二輯卷四　大膽佈局

醫統江山 II 卷3 真相殘酷

作者：石章魚
發行人：陳曉林
出版所：風雲時代出版股份有限公司
地址：10576台北市民生東路五段178號7樓之3
電話：(02) 2756-0949
傳真：(02) 2765-3799
執行主編：劉宇青
美術設計：許惠芳
行銷企劃：林安莉
業務總監：張瑋鳳

初版日期：2020年10月
版權授權：閱文集團
ISBN：978-986-352-868-5
風雲書網：http://www.eastbooks.com.tw
官方部落格：http://eastbooks.pixnet.net/blog
Facebook：http://www.facebook.com/h7560949
E-mail：h7560949@ms15.hinet.net
劃撥帳號：12043291
戶名：風雲時代出版股份有限公司

風雲發行所：33373桃園市龜山區公西村2鄰復興街304巷96號
電話：(03) 318-1378
傳真：(03) 318-1378
法律顧問：永然法律事務所 李永然律師
北辰著作權事務所 蕭雄淋律師

行政院新聞局局版台業字第3595號 營利事業統一編號22759935

定價：270元

國家圖書館出版品預行編目資料

醫統江山 第二輯／石章魚 著. -- 臺北市：風雲時代，2020.08- 冊；公分

ISBN 978-986-352-868-5（第3 冊；平裝）

857.7 109009548